한 명 희 지음

현대시와
오이디푸스 콤플렉스

올력

울력에서 펴낸 지은이의 책

절망에서 살아남기(피터 셀윈: 번역)

현대시와 오이디푸스 콤플렉스

지은이 | 한명희

펴낸이 | 강동호

펴낸곳 | 도서출판 울력

1판 1쇄 | 2009년 2월 10일

등록번호 | 제10-1949호 (2000. 4. 10)

주소 | 152-889 서울시 구로구 오류1동 11-30

전화 | (02) 2614-4054

FAX | (02) 2614-4055

E-mail | ulyuck@hanmail.net

값 | 16,000원

ISBN | 978-89-89485-70-4 93800

책머리에

꼭 필요한 책인가 스스로에게 물어보면 그렇지 않다는 대답이 돌아온다. 그런 줄 알면서도 책을 묶는다. 내 공부가 현대시 연구에서 자꾸 멀어지고 있다는 불안이 이 작업을 서두르게 했다는 것을 고백하지 않을 수 없다. 나는 오랫동안 시 연구와 시 창작의 두 마리 토끼를 쫓고 있었다. 논문을 쓰고 있으면 시를 쓰는 쪽의 떡이 더 커보였고, 시를 쓰고 있으면 논문을 쓰는 쪽의 떡이 더 커보였다. 그러나 어느 떡을 택할 겨를도 없이 나는 새로운 떡을 마주하게 되었다. 자의 반 타의 반 스토리텔링학과 교수가 되고부터는 이 '스토리텔링'이라는 새 물건을 놓았다 들었다 하고 있는 것이다. 딱 이쯤에서 그간의 나의 시 공부를 정리해 보아야겠다는 생각을 했다. 그래서 김수영 식으로 표현하자면 나의 소란을 하나 더 보태게 된 것이다.

이 책은 2002년부터 2008년까지 여러 학술지에 발표했던 논문들 중 김수영, 박인환, 김종삼에 관한 것을 모아 다듬고 고친 것이다. 이들 세 사람의 시를 각각 분석하고 〈오이디푸스 콤플렉스〉라는 관점에서 작품 세계를 분석하여 보았다. 이 책의 제일 앞에 실린 논문 「〈오이디푸스 콤플렉스〉를 통해서 본 김수영, 박인환, 김종삼의 시세계」가 사실은 이 책의 결론에 해당하는 셈이다. 요즘은 정신분석학이 인문 교양의 수준에서도 널리 읽히고 있는 느낌이지만 정신분석을 시의 분석에 적용하는 것에 거부감을 느끼는 사람도 적지 않다. 정신분석이라는 이름 아래에는 많은 방법이 있고 그것을 시에 적용하는 데는 더 많은 방법이 있다. 나는 일전에 낸『김수영 정신분석으로 읽기』라는 책에서 김수영의 시를 융C. G. Jung의 원형 비평을 이용하여 분석한 적이 있다. 거기서 나는 김수영의 시가 여러 아키타입 archetype 중 셀프 아키타입을 구현하고 있음을 밝혔다. 그 책과 이 책을 비교해 읽는다면 내가 정신분석학을 기계적으로 적용하는 위험에 빠지지 않으려고 노력했다는 것을 알 수 있을 것이다.

이 책의 키워드는 먼저 얘기한 '정신분석학'과 '영향 관계'이다. 김수영 시의 문학성에 대해서는 이런저런 견해들이 있지만 그가 70년대를 거쳐 오늘날에 이르기까지 우리 문단의 '신화'로 자리 잡고 있음을 부인할 수는 없다. 김수영 문학의 특이함이 어디서 기인한 것일까 하는 의문은 당연히 그가 '입은' 문학적 영향 관계에 관심을 기울이게 했다. 또 김수영의 영향을 받았음을 자처하는 후배 시인들이 너무나 많고 또 그의 영향을 드러내는 작품들이 많다는 사실은 그가 '끼친' 영향이 어디까지인지 살펴보게 했다. 헤럴드 블룸 식으로, 후배 시인들이 김수영의 영향을 입고 그것을 극복해 나아가는 과정을 '정신분석적'으로 해명해 보고 싶다는 의욕을 품었으나 제대로 해내지는 못했다.

이밖에도 뻔히 알면서도 고치지 못한 부분이 많다. 김수영에 관한 논문들은 더러 중복되는 느낌이고, 박인환에 대한 부분은 억지가 들어간 부분이 없지 않은 것 같다. 김종삼에 대해서는 장을 충분히 할애해 더 많은 논의를 했어야 한다. 게을러서도 그렇고 능력이 없어서도 이 점들을 보완하지 못했다. 공교롭게도 이 책에 실린 논문들을 쓰고 나서, 더러는 쓰고 있는 중에 김수영, 박인환, 김종삼의 전집이 각각 새로 나왔다. 각주도 여기에 맞춰 고치는 것이 바람직한 일이겠으나 그렇게 하지 못했다. 여러 가지 부족함이, 박인환의 표현대로, 나와 내 그림자 속에 넘쳐 흐르는 것을 잘 알고 있으니 넓게 이해해 주시기 바란다.

오래 묵어 좋은 것들이 많다. 도서출판 울력의 강동호 사장과의 관계가 그렇다. 그가 보여준 호의와 우정에 깊은 감사를 표한다. 그밖에도 감사한 분들이 많지만 일일이 적지 않는다. '길이 있다는 물이 있다는 그곳을 향하여… 가보자'고 한 사람은 김종삼이다. 나는 여기에 조금 보태어 이렇게 다짐한다. 길이 있다는, 물이 있다는 그곳을 향하여 끝까지 가보자고.

2009년 1월
한명희

차 례

제1부

김수영, 박인환, 김종삼

그리고 오이디푸스 콤플렉스

〈오이디푸스 콤플렉스〉를 통해서 본 김수영, 박인환, 김종삼의 시세계

1

1. 시와 〈오이디푸스 콤플렉스〉

이 글은 〈오이디푸스 콤플렉스〉라는 정신분석의 개념을 원용하여 1950년대의 대표적인 모더니스트 시인인 김수영(1921-1968), 박인환(1926-1956), 김종삼(1921-1984)의 시세계를 비교, 분석하는 것을 목표로 한다. 이들은 비슷한 시기에 등단하여 모더니즘 계열의 시로 시작 詩作 활동의 출발점을 삼았지만, 각자 뚜렷한 개성으로 시단에 자신의 시세계를 공고히 했다. 김수영은 모더니즘을 거쳐 "참여시의 총수"[1]가 되었다는 것, 박인환은 "가장 1950년대다운 시인"[2]이라는 것, 또 김종삼은 "우리의 현대시가 낳은 가장 완전도가 높은 순수시인"[3]이라는 것이 이들에 대한 일반적인 평가가 아닐까 한다.

김수영, 박인환, 김종삼이 중요한 시사적 의의를 지닌 시인인 만큼 이들 시인 각각에 대한 연구는 비교적 활발히 이루어져 왔다고 생각된다. 이 글에서는 기존의 연구 성과를 충분히 수용하면서 새로운 방식으로 이들의 시를 독해해 보려고 한다. 프로이트가 '정신분석의 초석'[4]이라고 표현한 바 있는 〈오이디푸스 콤플렉스〉를 적용해 이들의 시를 분석해 보는 것이 그것이다. 〈오이디푸스 콤플렉스〉는 프로이트가 임상 경험과 자기 분석, 그리고 소포클레스의 희곡 전집, 특히 오이디푸스가 자신의 아버지를 죽이고 어머니와 결혼함으로써 비극적 결말을 맞는 희곡 『오이디푸스 왕』을 자신의 연구에 사용한 것이다. 이것은 아이들이 한쪽 부모에게 강렬한 사랑을 느껴 그 부모를 독점적으로 차지하려고 하는 반면, 다른 쪽 부모에게는 강한 부정적 감정을 가지는 것을 의미하는 것으로, 무의식적인 수준에서 아이들은 독점하고자 하는 부모에게는 성욕을, 동성의 부모에게는 살의를 느낀다고 한다.[5]

"오이디푸스 콤플렉스를 인정하는지 않는지의 여부는 정신분석학 지지자들과 그 반대자들을 구별하는 쉽볼렛이 되었다"[6]고 할 정도로 이것은 프로이트 심리학에서 중요한 자리를 차지하고 있다. 또 〈오이디푸스 콤플렉스〉는 프로이트 자신에 의해서 뿐만 아니라 후대의 정신분석학자들에 의해서도 중요한 개념으로 다루어져 왔다.[7] 특히 라캉은 프로이트의 견해에 적극 동조하면서, 오이디푸스 콤플렉스 이론을 더욱 정교화한다. 이 글에서는 프로이트와 더불어 라캉의 이론도 적극 수용하고 있으므로, 그가 구분한 〈오이디푸스 콤플렉스〉의 세 시기에 대해 간략하게 설명하고자 한다. 오이디푸스 콤플렉스의 첫째 시기는 어머니-아이-남근이라는 상상적 삼각관계에 의해 특징화된다. 라캉은 이것을 전오이디푸스적 삼각관계라 불렀다. 아버지의 개입에 선행하여 어머니와 아이 사이의 순수한 이자 관계가 존재하는 것이 아니라 항상 제3자, 즉 어머니가 아이 그 자체를 넘어서 욕망하는 상상적 대상인 남근이 존재하는 것이다. 오이디푸스 콤플렉스의 둘째 시기는 상상적 아버지의 개입이 특징이다. 아버지는 남근적 대상에 어머니가 접근하는 것을 부정하고 주체가 어머니에게 접근하는 것을 금지함으로써 어머니의 욕망에 법을 부여한다. 이러한 개입은 거세의 작용이 아니라 박탈의 작용이다. 그러나 그 개입을 어머니의 '거세'라고 부른다. 이러한 개입은 어머니의 담론에 의해서 매개된다. 달리 말해 중요한 것은 실재적 아버지가 다가와 법을 부여하는 것이 아니라 이러한 법이 어머니의 말과 행위에서 어머니 자신에 의해 존중된다는 것이다. 이제 주체는 아버지를 어머니의 욕망에 대한 경쟁자로 본다. 오이디푸스 콤플렉스의 셋째 시기는 실재적 아버지의 개입이 특징이다. 남근을 가지고 있고 교환하지도 않으며 주지도 않는다는 것을 보임으로써 실재적 아버지는 어머니를 위한 남근이 되려는 아이의 지속적인 노력을 불가능하게 만든다는 의미에서 아이를 거세한다. 결국 아이는 실재적 아버지와 경쟁할 필요가 없는데, 왜냐하면 아버지가 항상 이기기 때문이다. 주체는 아버지가 남근을 가지고 있다는 것을 깨달음으로써 남근이 되려고 하는 불가능한 임무와 불안을 불러일으키는 임무로부터 벗어나게 된다. 이것은 주체가 아버지와 동일시하는 것을 허락한다. 이러한 이차적(상징적) 동일시에서 주체가 일차적(상상적) 동일시에 내재한 공격성을 초월한다.[8]

프로이트의 정신분석학이 문학 비평의 한 방법으로 자리 잡은 것은 인간의 무의식을 다루는 정신분석과 무의식의 암시에 귀를 기울여 문학 작품을 창조한다는 것 사이의 유사성에 기인한 것일 터이다. 문학 비평의 방법으로서 정신분석학의 유용성에 대해서는 따로 언급하지 않기로 하겠다. 다만 〈오이디푸스 콤플렉스〉가 시작품의 분석에 어떻게 사용될 수 있는지는 설명할 필요가 있겠다. 프로이트는 "현재의 어떤 강렬한 경험은 대개 유년기와 관련이 있는 이전의 그 경험을 작가에게 일깨워 준다. 그리고 문학 작품을 통하여 실현되는 욕망 또한 이전의 그 경험에서 유래한다. 그래서 문학 작품은 최근의 경험과 예전의 기억에 관련된 요소들을 똑같이 보여 준다… 몽상과 마찬가지로 문학적인 창조도 어린아이 적에 하던 놀이의 대체물이자 연장이다"고 하였다. 그런 의미에서 예술가들은 "표현 능력을 갖춘 아이들"이다.[9]

프로이트에 의하면, "최초의 성적 충동이 어머니를 향하고, 최초의 증오와 살의가 아버지를 향하는 것은 아마 우리 모두의 운명"[10]이다. 즉, 모든 사람은 〈오이디푸스 콤플렉스〉로부터 자유로울 수 없다는 것이다. 그러나 대부분의 사람들은 성적 충동을 어머니에게서 분리시키고 아버지에 대한 질투를 잊는 데 성공한다고 한다. 이것이 소위 오이디푸스 콤플렉스의 해소이다. 그러나 작가들만은 어린 시절의 그런 원시적 소망들을 실현시킨다고 한다. 작가는 과거를 들추어냄으로써 오이디푸스의 죄를 폭로하는 동시에, 우리 자신의 마음 깊은 곳에서도 억압된 형태이긴 하지만 그와 동일한 충동이 여전히 존재하고 있음을 인정하도록 강요하고 있다는 것이다.[11] 물론 작가들은 이것을 작품 속에 그대로 드러내지는 않는다. "이 감정적인 주제에 대한 자신의 지극히 사적인 관련 내용들을 다루기 위해 굉장히 다양한 수정, 왜곡, 위장을 사용"[12]한다.

프로이트를 따른다면, 시인들은 그들의 〈오이디푸스 콤플렉스〉를 작품 속에 표현해 놓는다고 할 수 있다. 그러나 이것이 드러나는 양상은 사람마다 다르게 마련이다. 프로이트가 자세히 밝힌 것처럼 같은 〈오이디푸스 콤플렉스〉라는 주제를 다루더라도 시인들에 따라서 다른 모습으로 나타나게 되는 것이다.[13] 마찬가지 원리로, 시 작품 속에 시인들이 〈오이디푸스 콤플렉스〉를 구현해 놓았다고 해도 그것이 드러나는 방식은 개인마다 다르게 마련이다. 이 연구에서는 〈오이디푸스 콤플렉스〉가 김수영, 박인환, 김종삼의 시에서 각각 어떻게 다르게 표출되고 있으며, 그것이 그들의 시세계에 어떤 식으로 영향을 미치는지 살펴볼 것이다.

2. 김수영: 아버지의 법에 대한 반항과 참여시

이른바 "김수영 현상," "김수영 신화"를 만들어 낸 가장 중요한 요인은 그의 시가 지닌 '저항성,' '비판 정신' 때문일 것이다. 이때 저항성과 비판 정신이란 그를 "참여시의 기수"로 평가하게 만들었던 정치권력에의 저항만을 의미하는 것은 아니다. 김수영의 저항과 비판은 사회 · 문화 현상을 포함, 실로 다양한 영역에 걸쳐 있다.[14]

> 왜 나는 조그마한 일에만 분개하는가
> 저 王宮 대신에 王宮의 음탕 대신에
> 五十원짜리 갈비가 기름덩어리만 나왔다고 분개하고
> 옹졸하게 분개하고 설렁탕집 돼지같은 주인년한테 욕을 하고
> 옹졸하게 욕을 하고
>
> 한번 정정당당하게
> 붙잡혀간 소설가를 위해서
> 언론의 자유를 요구하고 越南파병에 반대하는
> 자유를 이행하지 못하고
> 二十원을 받으러 세번씩 네번씩
> 찾아오는 야경꾼들만 증오하고 있는가
>
> (3연 생략)
>
> 그러니까 이렇게 옹졸하게 반항한다
> 이발쟁이에게

땅주인에게는 못하고 이발쟁이에게
구청직원에게는 못하고 동회직원에게도 못하고
야경꾼에게 二十원 때문에 十원 때문에 一원 때문에
우습지 않으냐 一원 때문에

— 「어느날 古宮을 나오면서」 부분

　화자는 자신의 모습을 "왕궁의 음탕"에 대해서 분개하거나 "땅주인," "구청직원," "동회직원"에게 반항하는 대신 "오십원짜리 갈비가 기름덩어리만 나왔다고" "설렁탕집 돼지같은 주인년한테 욕"을 하고, "이발쟁이"나 "야경꾼"에게 "일원 때문에" "반항"하는 것으로 희화화시키고 있다. 그러나 이러한 자기 풍자의 이면에는 권력에 대한 비판이 깔려 있다. 여기서 왕궁은 언론 자유, 월남 파병은 물론, 땅주인, 구청직원, 동직원을 관할하는 통치 기구로 제시되었다고 할 수 있다. 그러니까 "왕궁"은 사회를 부패하게 만드는 주원인인 셈이다.[15] 굳이 화자가 "고궁"을 나오면서 "왕궁"의 부패를 떠올리는 것은 이 시에 간접적이지만 전통에 대한 부정도 들어 있다고 볼 수 있을 것이다. 권력, 전통과 더불어 김수영이 비판하고 저항한 것은 기성의 사회 질서다.

既成六法全書를 基準으로 하고
革命을 바라는 者는 바보다
革命이란
方法부터가 革命的이어야 할 터인데
이게 도대체 무슨 개수작이냐
불쌍한 백성들아
불쌍한 것은 그대들 뿐이다

天國이 온다고 바라고 있는 그대들 뿐이다

최소한도로

自由黨이 감행한 정도의 不法을

革命政府가 舊六法全書를 떠나서

合法的으로 不法을 해도 될까 말까한

革命을—

불쌍한 것은 이레저레 그대들 뿐이다

그놈들이 배불리 먹고 있을 때도

고생한 것은 그대들이고

그놈들이 망하고 난 후에도 진짜 곯고 있는 것은

그대들인데

불쌍한 그대들은 天國이 온다고 바라고 있다

— 「六法全書와 革命」 부분

일반적으로 "육법전서"는 헌법, 형법, 민법, 상법, 형사소송법, 민사소송법의 육법을 총망라하여 체계화한 책이다. 그것은 한 나라의 법과 질서를 표상하는 상징이다. 따라서 "육법전서"는 사회의 모든 규범을 법치적 질서로 담아내는 그릇이며, 모든 갈등을 육법전서를 통해 해결하고자 한다. 그러므로 육법전서는 권력을 표방하는 중심부의 정점을 이루는 것이자 복종과 순응을 강요하는 책이다.[16] 그러나 화자는 "기성육법전서를 기준으로 하고/혁명을 바라보는 자는 바보다"라고 말함으로써 기성 질서를 전면적으로 부정하는 모습을 보여준다.

김수영 시의 이러한 특징은 주로 정치·사회적 상상력 속에서 이해되어 왔다. 그러나 정신분석의 입장에서 볼 때, 반항과 저항 정신은 〈오이디푸스 콤플렉스〉와 밀접한 관련이 있다. 프로이트에 의하

면, 모든 사회의 지배 원리는 오이디푸스 콤플렉스와 관련해서 생겨
난 것이다. 그는 사회의 법의 기반이 마련된 것이 근친상간을 금지하
면서부터라고 주장했다. 다른 말로 하면, 인간 주체의 가장 근본적인
욕망은 근친상간에 대한 욕망이며, 이것을 금지하는 것은 모든 사회
의 지배 원리를 대표한다. 법과 마찬가지로 금지는 문화의 영역 안에
서만 기능을 하며, 그것의 목적은 항상 근친상간을 금지하는 것이
다.[17] 오이디푸스 콤플렉스의 해소와 함께 사람들은 사회의 지배 원
리에 따라 행동하게 되는 것이다.[18] 그런데 이러한 사회적 · 상징적
법을 구현하는 것은 '아버지'이다.[19] 물론 이 아버지는 "실재적인 존
재가 아니라 하나의 위치 또는 기능"[20]이다. 라캉은 '상징적 아버지'
가 법을 정하고 욕망을 통제하는 기능을 한다고 말한 바 있다.[21]

　프로이트와 라캉을 따를 때, 김수영이 기성 질서, 정치 세력 등에
저항 정신과 반항 정신을 보인 것은 원초적 법, 즉 근친상간을 금하
는 법을 구현하는 아버지에 대한 반항이라고 할 수 있다. 「어느날 고
궁을 나오면서」에서 김수영이 비판하고 있는 "왕궁"이나 "땅주인,"
"구청직원" 등의 권력이나 「육법전서와 혁명」의 "기성육법전서"는
이것들이 사회의 지배 원리라는 측면에서 '아버지'의 기표라고 할
수 있을 것이다. 아버지의 기표 중에서도 김수영은 특히 '정치권력'
에의 저항을 보이는 것을 주저하지 않음으로써 자신만의 시세계를
분명히 했던 것이다.

　다시 '저항 의식' 문제를 심리적인 것으로 옮겨와 생각해 보면, 아
버지에 대한 비판과 저항은 '욕망'과 관련이 된다. 그 욕망이 바로
전오이디푸스적 삼각관계, 즉 아버지가 개입되지 않은 어머니-아이-
남근의 삼각관계를 회복하는 것이다. 꿈이 수정, 왜곡, 위장을 통해
주체의 소망을 나타내는 것처럼 김수영의 이러한 무의식적 소망도
그러한 변환을 거쳐 시로 나타나게 되는데, 「여편네 방에 와서」는 바

로 김수영의 전오이디푸스 콤플렉스 단계, 즉 "어머니를 위해 남근이된 상황"을 아내의 방에 와서 자신이 아이가 된 상황으로 바꾸어 놓은 것이다.

여편네의 방에 와서 起居를 같이해도
나는 이렇듯 少年처럼 되었다
興奮해도 少年
計算해도 少年
愛撫해도 少年
어린놈 너야
네가 성을 내지 않게 해주마
네가 무어라 보채더라도
나는 너와 함께 성을 내지 않는 少年

…(중략)…

여편네의 방에 와서 起居를 같이해도
나는 점점 어린애
나는 점점 어린애
太陽 아래의 단하나의 어린애
죽음 아래의 단하나의 어린애
언덕 아래의 단하나의 어린애
愛情 아래의 단하나의 어린애
思惟 아래의 단하나의 어린애
間斷 아래의 단하나의 어린애
點의 어린애

베개의 어린애
苦悶의 어린애

여편네의 방에 와서 起居를 같이해도
나는 점점 어린애
너를 더 사랑하고
오히려 너를 더 사랑하고
너는 내 눈을 알고
어린놈도 내 눈을 안다

— 「여편네의 방에 와서」 부분

　이 시는 남편으로 추정되는 화자가 "여편네의 방"에 와서 "어린
애"로 되어 버리는 비논리적인 상황을 보여 주고 있다. 이 남편은 시
의 진행에 따라 "소년"에서 "어린애"로 퇴행해 간다. 아내의 방에서
남편이 소년을 거쳐 어린애가 된다는 것은 논리적인 맥락에서는 이
해가 불가능한 것이라고 할 수 있겠다. 이것을 심리적인 방법으로 설
명해 본다면, 주체인 아이가 어머니의 "상상적 남근"[22]이 되어 있는
상황이라고 할 수 있다. 이 시에서 "여편네"로 표현된 아내는 '어머
니' 상이라고 볼 수 있으며, "소년," "아이"는 아이이자 어머니의 상
상적 남근으로 존재하고 있다고 보아야 할 것이다. 정신분석적으로
볼 때, 남근은 어린아이로 치환 가능하기 때문이다.[23] 아이가 자신을
상상적 남근과 동일시하는 것을 불가능하게 만드는 것은 아버지이
다. 그러나 이 시에서는 어머니와 아이의 관계에 개입하여 이를 파괴
하고 아이가 어머니의 욕망에 접근하는 것을 금지하는 아버지, 즉 아
이에게 법(근친상간을 금지하는 법)을 전수하고 아이의 욕망을 법에
종속시키는 아버지[24]가 존재하지 않는다. 그러니까 이 시는 아버지의

개입이 없는 전오이디푸스 콤플렉스 단계를 정확히 보여 주고 있는 것이라고 할 수 있다.

　김수영이 「푸른 하늘을」, 「헬리콥터」, 「조고마한 세상의 지혜」, 「여름뜰」 등의 시를 통해 얘기하고 있는 '자유' 역시 무의식적인 측면에서 설명해 볼 수 있을 것이다. 그가 노래한 자유는 아버지의 개입 없이 어머니-아이-남근의 삼각관계를 회복할 자유라고 할 수 있다. 이렇게 볼 때, 김수영은 개인직인 무의식의 문제, 특히 오이디푸스 콤플렉스의 문제를 정치적 · 사회적인 것과 결합시킴으로써 우리 시사의 한 페이지를 장식하게 된 행운의 시인이라고 할 수 있을 것이다.

3. 박인환: 욕망과 법 사이의 갈등과 페시미즘

한국 시문학사에서 1960년대부터 2000년에 이르는 시기는 "김수영의 시대"였다고 해도 과언이 아닐 것이다. 그러나 김수영이 표현한 것처럼 박인환이 살아 있었을 당시, 또 박인환 사후 얼마간은 "박인환의 시대"였다. "우리 시사에서 전란 중의 피폐함과 전후의 상실감이 박인환 시에서처럼 잘 반영된 시"[25]도 흔치 않았다는 것은 많은 연구자들이 공감하는 바인데, 박인환 시의 이러한 특성 역시 〈오이디푸스 콤플렉스〉와 무관치 않다.

　박인환의 시를 특징적으로 만드는 것은 그의 시에 허다하게 드러나는 '죽음 의식'이다. 그의 시들에서 죽음은 두려운 것이 아니라 오히려 지향해야 할 것, 쾌락을 주는 것으로 나타나고 있다. 그의 시는 또 '죽음'을 시화한 시들의 대부분이 '여성' — 소녀, 숙녀, 처녀, 신부, 아내, 천사, 창부, 어머니 등과 관련되어 있다는 특징을 지닌다. 남성 화자가 이들 여성과 만나는 쾌락의 순간이 바로 죽음의 순간이 되는 것이다.[26]

당신과 來日부터는 만나지 맙시다.
나는 다음에 오는 時間부터는 人間의 家族이 아닙니다.
왜 그리 할것인지 모르나
지금처럼 幸福해서는
조금 전처럼 錯覺이 생겨서는
다음부터는 피가 마르고 눈은 감길 것입니다.

사랑하는 당신의 寢臺 위에서
내가 바랄 것이란 나의 悲慘이 連續되었던
수 없는 陰影의 年月이
이 幸福의 瞬間처럼 속히 끝나 줄 것입니다.
……雷雨 속의 天使
그가 피를 吐하며 알려 주는 나의 位置는
廣漠한 荒地에 세워진 宮殿보다도 더욱 꿈 같고
나의 遍歷처럼 애처럽다는 것입니다.

사랑하는 당신의 부드러운 젓과 가슴을 내 품 안에 안고
나는 당신이 죽는 곳에서 내가 살며
내가 죽는 곳에서 당신의 出發이 시작된다고……
恍惚히 생각 합니다.
그리고 저기 무지개처럼 虛空에 그려진
感觸과 香氣만이 짙었던 靑春의 날을 바라봅니다.

당신은 나의 품 속에서 神秘와 아름다운 肉體를
숨김 없이 보이며 잠이 들었읍니다.
不滅의 生命과 나의 사랑을 代置하였읍니다.
呼吸이 끊긴 不幸한 天使……

당신온 氷花처럼 차기우면시도
아름답게 幸福의 어드움 속으로 떠나셨읍니다.
孤獨과 함께 남아있는 나와
희미한 感應의 時間과는 이젠 헤어집니다
葬送曲을 演奏하는 管樂器모양
最終 列車의 汽笛이 精神을 두드립니다.
屍體인 당신과
벌거벗은 나와의 事實을
不安한 地區에 남기고
모든 것은 물과 같이 사라집니다.

— 「밤의 未埋葬」 부분

　위의 시 「밤의 미매장」에는 "당신," "천사," "그"로 지칭되는 여성
과 이 시의 화자인 "나"가 등장한다. 그런데 이 두 사람은 매우 특수
한 관계에 놓여 있다. 화자는 계속해서 "사랑하는 당신"이라고 말하
고 있는데, 이 사랑하는 사람과 화자는 각각 다른 영역 — 죽음과 삶
의 영역에 속해 있다. 특히 "당신"(천사)의 '죽음'의 장소가 "침대"라
는 점, "나의 품 속에서 신비와 아름다운 육체를/숨김 없이 보이며
잠이 들"었다는 점과 "시체인 당신과/벌거벗은 나와의 사실"로 미루
어 '정사'를 짐작케 한다는 점도 주목할 만하다.

프로이트는 "죽음의 욕동이 성애로 채색되지 않으면, 그것은 지각을 벗어난다"[27]고 하여 죽음의 욕동의 성적인 측면을 강조했는데, 박인환 시에 드러나는 죽음에의 지향은 거의 대부분 성애적인 형태로 드러나고 있다. 라캉 식으로 표현하자면, 성애의 형태로 드러나는 이러한 죽음은 '주이상스'[28]의 실현이 된다. 죽음의 욕동은 상실된 조화에 대한 향수, 즉 어머니의 젖가슴과의 전오이디푸스적 융합으로 돌아가려는 욕망이라고 한다. 박인환 시에 나타나는 '죽음'의 문제 역시 어머니 젖가슴으로 회귀 소망과 관련이 있다. 즉, 라캉이 전제한 어머니-아이-남근의 삼각형을 실현하는 순간이 위의 시에서는 '죽음'의 순간으로 드러나는 것이다. 인용한 시 「밤의 미매장」에서 "당신"은 '상상적 어머니imaginary mother'인 셈이다. 화자인 남성이 사랑을 느끼지만 접근할 수 없는 여성은, 심리적인 면에서 볼 때, '상상적 어머니'이기 때문이다.[29] 주체가 이 상상적 어머니와 만나는 순간은 주체가 어머니의 '남근'으로 존재하는 순간이기도 하다. "사랑하는 당신의 침대 위에서," "당신은 나의 품 속에서 신비와 아름다운 육체를/숨김없이 보이며 잠이 든" 것이야말로 어머니의 상상적 남근이 된 주체의 모습을 형상한 것이라고 할 수 있다. "나의 비참이 연속되었던/수없는 음영의 세월"이 상상적 어머니와 만나는 순간, "행복의 순간"으로 바뀌는 것이다. 화자가 지금을 "행복의 순간"이라고 말하는 것, 또 화자가 "황홀"히 생각한다고 하는 것은 이 결합의 주이상스적 성격을 말해 주는 것이다.

그러나 박인환 시에 있어 어머니와의 결합은 늘 지속될 수 없는 것으로 나타난다. 다시 위의 시를 읽어 보면, 이 두 사람이 매우 특수한 상황에 처해 있음을 알 수 있다. "당신이 죽는 곳에서 내가 살며/내가 죽는 곳에서 당신의 출발이 시작"되는 것이다. 그러니까 "당신"과 "나"는 서로 다른 영역에 속해 있는 것이다. 시의 첫 부분에서 화자가 "당신과 내일부터는 만나지 맙시다./나는 다음에 오는 시간부터는 인간의 가족이 아닙니다."라고 한 것으로 보아 "나"는 "당신"과 만나서는 안 된다는 것을 누구보다도 잘 알고 있음을 알 수 있다. 특히 "천사"(어머니)가 "나"(아이)에게 "피를 토하며 알려 주는" 것을 화자는 "황막한 황지에 세워진 궁전보다도 더욱 꿈 같고/나의 편력처럼 애처럽다는" 것으로 받아들이는 것을 보아, "천사"는 "나"에게 현실적 상황, 즉 결코 천사(어머니)와 결합할 수 없다는 것을 알려주고 있는 것이라고 보아야 할 것이다.

　왜 "당신"(어머니)과 "나"(아이)가 결합할 수 없는가에 대해서는 시의 문맥만으로는 이해하기 어렵다. 이 문제에 대한 실마리는 이 시의 부제에서 얻을 수 있다. "우리들을 괴롭히는 것은 주검이 아니라 장례식이다"가 이 시의 부제이다. 이것에 대한 설명은 잠시 뒤로 미루고 다음 시에서 같이 하기로 하겠다. 다음에 인용할 시는 어머니와 아이의 결합이 왜 불가능한가에 대한 답을 제시하고 있다.

　　생애를 끝마칠
　　임종의 존엄을 앞두고
　　정치가와 회색 양복을 입은 교수와
　　물가지수를 논의하던
　　불안한 샨데리아 아래서
　　나는 웃고 있었다.

　　피로한 인생은
　　支那의 벽처럼 우수수 무너진다.
　　나도 이에 類型되어
　　나의 종말의 목표를 지향하고 있었다.

그러나 숨가쁜 호흡은 끊기지 않고
의식은 죄수와도 같이 밝아질 뿐

밤마다 나는 장미를 꺾으러
금단의 계곡으로 내려가서
동란을 겪은 인간처럼 온 손가락을 피로 물들이어
암흑을 덮어주는 월광을 가리키었다
나를 쫓는 꿈의 그림자
다음과 같이 그는 말하는 것이다.
……지옥에서 밀려 나간 운명의 패배자
너는 또 다시 돌아올 수 없다……

……처녀의 손과 나의 장갑을
구름의 衣裳과 나의 더럽힌 입술을…….
이런 유행가의 구절을
새벽녘 싸늘한 피부가 나의 육체와 마주 칠 때까지
노래하였다.
노래가 멈춘 다음
내 죽음의 막이 오를 때

오 생애를 끝 마칠 나의 최후의 주변에
양주 값을
구두 값을 책 값을
네가 들어갈 棺 값을 청산하여 달라고
(그들은 사회의 예절과 언어를 확실히 체득하고 있다)
달려 든 지낸 날의 친우들.

…(중략)…

어드움처럼 생과 사의 구분 없이
항상 임종의 존엄만 앞두고
호수의 물결이나 또는 배처럼
한계만을 헤매이는
지옥으로 돌아갈 수도 없는 자
이젠 얼굴도 이름도 스스로 기억ㅎ지 못하는
영원한 종말을
웃고 울며 헤매는 또 하나의 나.

— 「종말」 부분

　이 시 역시 "처녀"(상상적 어머니)와 밤마다 "장미를 꺾으러/금단의 계곡으로 내려가"는 "나"(아이)가 등장하고 있다. 장미를 꺾으러 금단의 계곡으로 내려가는 행위는 성적인 의미를 띠고 있다. "장미"가 여성 상징이며, "계곡"은 여성 성기의 이미지라는 것은 신화 비평에서는 널리 알려진 것이다. 특히 그 "계곡"이 "금단"의 장소라는 것은 이 "처녀"가 '상상적 어머니' 상임을 확인케 해준다. 이 상상적 어머니인 처녀를 만나는 순간이 '죽음'과 관련됨은 앞에서 인용한 시 「밤의 미매장」에서와 마찬가지다. 시의 처음에서부터 화자는 "생애를 끝마칠/임종의 존엄을 앞두고" 있는 상태인 것이다. 또 「밤의 미매장」에서와 마찬가지로 이 시의 화자는 "죽을 수도 없고/옛이나 현재나 변함이 없는" 상태로 지내야함을 고백하고 있다. 다시 말해 주체가 원하는 상상적 어머니와의 결합이 불가능함을 시사한 것이다.
　이 시의 분위기를 암울하게 만드는 것은 화자가 '죽음'을 소망하나 "죽을 수도 없고," "어드움처럼 생과 사의 구분 없이/항상 임종의 존엄만 앞두고" 있는 것과 관련이 있을 것이다. 정신분석적으로 다시 말해 보면, 주체가 어머니의 남근이 되고자 하나 그것이 될 수도 없고 그렇다고 남근이 되려는 소망을 포기할 수도 없는 것이다. 화자가 이러한 상황에 처하게 된 원인이, 「밤의 미매장」에서와는 달리 이 시에는 분명하게 제시되어 있다. 1연의 "정치가와 회색 양복을 입은 교수," 5연의 "사회의 예절과 언어를 확실히 체득하고" 있는 "지난날의 친우들"이 실마리를 제시한다. 5연에서 화자는 자신이 생애를 끝마칠 때 친우들이 "양주 값을/구두 값을 책 값을/네가 들어갈 관 값을 청산하여 달라고" 달려들 것이라고 생각하고 있다. 그리고 이러한 친구들의 행위를 "사회의 예절과 언어를 확실히 체득하고" 있는 것으로 이해한다. 1연의 "정치가와 회색 양복을 입은 교수" 역시 그러한 범주의 사람이라고 보아야 할 것이다. 화자가 "종말"을 앞두고 마음에 꺼려하는 이러한 사람들은 정신분석의 잣대로 볼 때 '아버지의 법'에 복종한 사람들이다. 한 사회의 문화적 성과들이 근친상간 금지의 원초적인 법으로부터 파생된 것임은 앞에서도 이미 설명한 바 있다. 문화, 법, 교양, 예절의 역사적, 정서적 토대를 제공하는 것이 바로 오이디푸스 콤플렉스인 것이다.[30] 그러니까 이 시에서 "사회의 예절과 언어를 확실히 체득하고 있는" 사람들은, 라캉 식으로 보자면, "아버지가 남근을 가지고 있다는 것을 깨달음으로써 남근이 되려고 하는 불가능한 임무와 불안을 불러일으키는 임무로부터 벗어나"[31] 있는 사람들이다. 화자가 전오이디푸스 단계의 상상적 어머니의 남근으로 존재하기를 꿈꿀 때, 이들이 아버지의 존재를 인식시키고 있는 셈이다. 화자는 아버지의 법을 무시할 수도 없고 어머니에의 집착을 포기할 수도 없는 상태에 놓여 있다. 시의 끝에서 제시한 "영원한 종말을/웃고 울며 헤매는 또 하나의 나"는 바로 그러한 모습을 객관화한 것이다.

앞의 시 「밤의 미매장」을 분석하면서 남겨두었던 문제, 시의 부제인 "우리들을 괴롭히는 것은 주검이 아니라 장례식이다"도 주체의 욕망과 현실법 사이의 갈등을 요약해 보여 준 것으로 이해할 수 있다. 즉, "주검"이 되고자하는 것으로 나타나는 어머니에의 집착이 장례식이라는 현실법, 즉 근친상간 금지법에 의해 제어되고 있음을 보여 주고 있는 것이다. 상징적 아버지의 이름이 개입될 때 아이와 어머니 사이의 상상적 일체감은 깨어진다.[32] 시 「벽」에서의 '벽,' 「불행한 신」에서의 '주검' 역시 아이와 어머니의 상상적 일체감을 깨뜨리는 아버지의 법으로 기능하고 있다. 아버지의 법이 존재하지 않을 때 주체는 "최고의 욕망의 실현,"[33] 즉 '죽음'을 행할 수 있는 것이다. 그러나 '벽,' '주검' 등이 가로막혀 있을 때, 즉 아버지의 법이 개입할 때는 주이상스가 실현될 수 없다. 「벽」, 「불행한 신」 등의 시는 주체가 아버지의 개입 앞에서 무력해진 모습을 보여 준다. 박인환 시가 페시미즘의 색채가 강한 것은 이러한 '법' 때문이라고 보아야 할 것이다. 즉, 상상적 남근으로서 어머니와 합일하고자 하나 아버지의 법이 가로막고 있음을 알게 될 때 무력감에 빠질 수밖에 없는 것이기 때문이다.[34]

4. 김종삼: 죄의식과 욕망, 그리고 순수시

김종삼 시의 대표직인 득징은, 그의 시에 '죄의식'을 드러내는 것이 많다는 점이다. 이 점에 대해서는 이미 여러 연구자들이 지적한 바 있으므로 여기서는 연구자들의 연구 성과에 기대어 서지사항을 기록하는 것으로 그 자세한 고구를 대신하고자 한다.[35] 이 글은 시에 나타

난 무의식적 측면에 주목하는 것이므로 김종삼 시에 드러나는 '죄의
식'을 심리적인 방법으로 규명해 보려고 한다. 먼저 김종삼의 시 중
'죄의식'을 보여 주는 대표적인 예를 들어보자.

여긴 또 어드메냐
목이 마르다
길이 있다는
물이 있다는 그 곳을 향하여
罪가 많다는 이 불구의 영혼을 이끌고 가 보자
그치지 않는 전신의 고통이 하늘에 닿았다

— 「刑」 전문

바로크 시대 음악 들을 때마다
팔레스트리나 들을 때마다
그 시대 풍경 다가올 때마다
하늘나라 다가올 때마다
맑은 물가 다가올 때마다
라산스카
나 지은 죄 많아
죽어서도
영혼이
없으리

— 「라산스카」 전문

그 언제부터인가
나는 罪人

　　　　　수억 年間

　　　　　주검의 連鎖에서

　　　　　惡靈들과 昆蟲들에게 시달려 왔다

　　　　　다시 계속된다는 것이다

- 「꿈이었던가」 전문

　이들 시에서 화자는 자신을 '죄인'으로 상정하고 있다. 특히 그 죄는 지은 지가 오래된 것이라는 특징을 지닌다. 화자는 그 죄 때문에 자신이 죽어서도 죄값을 치를 것이라고 생각하고 있다. 「刑」에서 화자는 자신을 "죄가 많다는 이 불구의 영혼"으로 표현하고 있다. 하늘까지 닿은 전신의 고통이 그치지 않는 것은 자신이 지은 죄가 많기 때문이다. 「라산스카」에서도 「형」에서와 마찬가지로 자신이 어떤 죄를 지었는지는 드러내지 않은 채 지은 죄가 많아서 죽어서도 영혼이 없으리라고 말하고 있다. 「꿈이었던가」에서는 상황이 더 심각한데, 자신이 언제부터인지도 모르게 죄인이어서 수억 년간 주검의 연쇄에서 악령과 곤충들에게 시달려 왔으며, 앞으로도 이러한 일이 계속될 것이라고 한다.

　이렇게 김종삼의 시에 허다하게 드러나는, 그러나 그 원인이 분명치 않은 죄의식은 심리적인 측면에서 분석해 볼 필요가 있을 것이다. 김종삼의 대표작으로 손꼽히는 「원정」을 비롯, '죄'라는 말을 명시하지 않은 시들에서도 죄의식은 배음처럼 깔려 있다. 다음에 인용할 시는 김종삼 시의 죄의식이 〈오이디푸스 콤플렉스〉와 밀접하게 관련이 있음을 시사하고 있다.

　　　오동나무가 많은 부락입니다.

어머니의 배ᅳㅅ속에서도

보이었던

세례를 받던 그 해였던

보기에 쉬웠던

추억의 나라입니다.

누구나,

모진 서름을 잊는 이로서,

오시어도 좋은 너무

오래되어 응결되었으므로

구속이란 죄를 면치 못하는

이라면 오시어도 좋은

오동나무가 많은 부락입니다

— 「오동나무가 많은 부락입니다」 부분

  김종삼의 많은 시가 그러하듯 이 시 역시 의미 해독이 쉽지 않다. 그러나 분명하게 확인할 수 있는 것은 화자가 청자들을 향해 오라고 권유하는 "오동나무가 많은 부락"의 특성이 "어머니의 배ᅳㅅ속"과 같은 이미지를 지니고 있다는 것이다. 신화적으로도 나무는 어머니와 같은 근원의 의미를 지니고 있으며 삶의 시작이자 원천이라고 한다.[36] 따라서 오동나무가 많은 부락은 김종삼의 무의식 속에 자리한 어머니상이라고 할 수 있을 것이다. 인용한 부분의 3연에서 "누구나,/모진 서름을 잊는"다고 한 것은 어머니와 오동나무의 관련성을 보다 확실히 해준다. 그런데 여기서 주목해야 할 것이, 오동나무가 많은 부락으로 "구속이란 죄를 면치 못하는/이라면 오시어도 좋"다고 하는 점이다. 여기서의 "죄" 역시 앞서 인용한 시들의 '죄'와 그 성격이 다르지 않다.

위의 시에 명시된 바, 주체가 '어머니의 뱃속'에 있는 것은 전오이디푸스 콤플렉스 단계의 어머니-아이-남근의 삼각형과 정확히 일치한다. 물론 이때 남근은 기표로서 기능할 뿐, 실제적인 남근과는 관련이 없다. 이 '남근'에 대해서는 라캉을 인용해 설명할 필요가 있겠다. 아이는 어머니의 욕망이 자신이 아닌 곳으로 향해 있음에 따라 자신이 어머니의 욕망과 동일한 것이 아니며 어머니의 욕망의 단일대상이 아니라는 것을 점차적으로 깨닫게 된다. 그러므로 그는 다시한 번 어머니의 욕망의 대상이 되어 예전의 기쁨에 찬 결합의 상태로 돌아가기 위해 노력할 것이다. 어머니와 아이 사이의 단순했던 이자관계는 아이, 어머니, 그리고 그녀의 욕망의 대상 사이에 맺어지는 삼자관계로 전환된다. 아이는 어머니의 욕망의 대상이 되어 그녀를 유혹하고자 한다. 이것이 바로 상상적 남근이다.[37] 그러니까 「오동나무가 많은 부락입니다」는 김종삼 시인의 무의식 속에 전제되어 있는, 자신이 어머니의 상상적 남근이 되는 상황을 노래한 시라고 볼 수 있는 것이다. 이 시에서 또 하나 주목해야 할 것은 어머니-아이-남근의 상상적 삼각관계를 깨뜨리는 아버지의 이름이 개입되지 않고 있다는 점이다. 상징적 아버지의 이름이 개입될 때, 아이와 어머니 사이의 상상적 일체감은 깨어진다.[38] 그러나 위의 시에서는 상징적 아버지의 개입이 없다. 아버지는 아이가 자신을 상상적 남근과 동일시하는 것을 불가능하게 만드는데,[39] 이러한 아버지가 개입하지 않는다는 점은 김종삼 시의 중요한 특질을 형성한다.

근친상간을 금지하고 상징계의 법을 도입하는 아버지의 이름[40]이 나타나지 않는 대신, 김종삼의 시에 드러나는 것은 '죄의식'이다. 이 죄의식은 자신의 내부에서 발동하는 오이디푸스적인 욕망, 즉 어머니를 향한 성적 충동 때문에 생긴 것이다.[41] 오이디푸스적 삼각관계에서 아이는 어머니와 신체적·정서적·지적으로 독점적인 관계를 맺길 원하지만, 어머니에게는 자신과 동성인 아버지가 우선권을 지 님을 인정해야만 한다. 이때 아이는 동성인 아버지로부터 보복을 당 하지나 않을까 두려워하면서 자신의 근친상간 욕구와 살인 충동에 대해 죄책감을 느끼기 시작한다.[42] 그러니까 위의 시에 드러나는 죄 의식은 '어머니의 뱃속'에 상상적 남근으로 존재하고자 하는 욕망 때문에 일어난 것이다.[43] 프로이트는 죄책감을 "야만적이고 탐욕스러 운 충동들과 싸우는 데 있어서 필수적인 무기"[44]라고 한 바 있다. 물 론 그 충동은 라캉 식으로 얘기하자면, 아이가 어머니의 상상적 남근 이 되고자하는 욕구이다. "죄책감은 범죄의 결과가 아니라 동기"[45]라 고 한다. 어머니의 남근이 되고자하는 욕구 자체가 죄책감을 유발하 는 것이다.

김종삼의 시에서 죄의식은 주로 자신에 대한 '처벌 욕구'와 관련 되어 나타나는 경우가 많다. 다시 앞에서 인용한 「형」, 「라산스카」, 「꿈이었던가」로 돌아가보면, "그치지 않는 전신의 고통," "죽어서도 영혼이 없"는 것, "악령들과 곤충들에게 시달"리는 것은 모두 자기 스스로를 처벌하려는 것과 관련이 있다. 물론 자신에 대한 처벌은 어 머니에 대한 성적 충동의 다른 표현이다. 김종삼의 무의식에 자리 잡 은 오이디푸스적 충동은 그에게 죄책감을 불러일으키고, 이것은 다 시 「원정」과 같은 명편을 만들어 낸 것이다. 김종삼 시에서는 어머니 에 대한 성적 충동을 자제하게 하는 '아버지의 법'이 나타나지 않는 다는 것이 특징적이다. 아버지의 금제가 없으므로 그는 반항할 필요 가 없고, 욕망과 법 사이에서 갈등할 필요도 없다. 갈등 대신 김종삼 의 시는 죄의식이 지배하게 되는 것이다. 김종삼 시의 이러한 특성이 그로 하여금 사회적인 것으로 눈을 돌리는 대신 개인의 무의식에 집 착하게 했을 것이다. 그의 시가 순수시의 전형으로 여겨질 만큼 사회

적 갈등이 드러나지 않는 것도 아버지의 법의 부재와 관련이 있는 것
으로 생각된다.

5. 결론: 전오이디푸스 콤플렉스에의 집착

〈오이디푸스 콤플렉스〉는 정신분석의 초석과 같은 것으로서 인간의
무의식을 이해하는 데 있어 가장 중요한 개념이라고 할 수 있다. 시
인들이란 자신의 무의식에 누구보다 예민한 존재들이고, 그것을 시
작품을 통해 형상화한다. 김수영·박인환·김종삼의 경우는 다른 어
떤 시인보다도 적극적으로 그들의 〈오이디푸스 콤플렉스〉를 시 속에
구현했다고 생각된다. 따라서 〈오이디푸스 콤플렉스〉를 통해 시작품
을 이해하는 일은 그 시를 쓴 시인의 시세계를 파악하는 일이기도 하
다.

  오이디푸스 콤플렉스는 거칠게 요약하자면, 이성의 부모에게는 성
욕을, 동성의 부모에게는 살의를 느끼는 것이라고 할 수 있다. 즉, 아
버지-어머니-아이의 삼각관계가 문제가 되는 것이다. 김수영·박인
환·김종삼 시인의 경우, 어머니-아이-남근의 전오이디푸스적 삼각
관계에의 집착을 보여 주고 있다. 이 세 시인이 모두 전오이디푸스
콤플렉스 단계를 보여 준다고 해도 그것이 시로 드러나는 양상은 모
두 다르다.

  김수영의 시에는 어머니의 상상적 남근이 되고자하는 주체의 욕망
에 법을 부여하는 아버지에 대한 반항이 두드러진다. 김수영 시에 드
러나는 반항 의식, 저항 정신은 정신분석적 측면에서는 아버지에 대
한 반항이 되는 것이다. 김수영이 '참여시의 기수'로 자리매김될 수

있었던 것은 아버지, 즉 법에 대한 끊임없는 반항 정신 때문이었다. 김수영은 자신의 무의식적 욕망을 정치·사회적인 것과 결합시킴으로써 '김수영 시대'를 만드는 행운을 누릴 수 있었던 것이다.

박인환의 시는 어머니의 남근이 되고자 하나 아버지의 법 때문에 그것을 실현할 수 없는 상태를 보여 준다. 주이상스의 실현인 '죽음'이라는 형태로 어머니의 남근이 되고자 하지만 "장례식," "사회의 예절과 언어" 등의 아버지의 법을 의식하지 않을 수가 없는 것이다. 박인환의 시는 근친상간을 할 수 없다는 현실법을 무시할 수도 없고 어머니에의 집착을 포기할 수도 없는 상태의 것이라고 할 수 있다. 박인환의 시가 비극적 색채를 띠는 것은 이러한 점 때문이다. 특히 이것은 그가 시작 활동을 했던 1950년대의 전후 상황과 관련되어 그를 1950년대의 정서를 가장 잘 보여 주는 시인으로 여겨지게 했던 것이다.

김종삼 시의 중요한 특징인 '죄의식'은 어머니의 남근이 되고자 하는 욕망 속에서 발생한 것이다. 그의 시에 허다히 나타나는 죄책감과 자신을 처벌하고자 하는 시도는 어머니에 대한 욕망 자체가 불러일으킨 것이다. 김수영, 박인환의 시에서와는 달리 김종삼의 시에서는 주체의 이러한 욕망을 금지하는 아버지가 드러나지 않는다. 김종삼 시가 순수시의 전형을 보이는 것은 이러한 점과 연관이 있다고 추정해 볼 수 있을 것이다.

여러 예술 분야 중에서도 문학은 억압된 욕구에 반응하는 상상력이 가장 구체적인 양태로 드러나는 장르라고 한다.[46] 김수영, 박인환, 김종삼은 자신들의 무의식에 억압된 오이디푸스 콤플렉스를 그들의 시에 충실히 표현했다고 할 수 있다. 그리고 그것이 그들의 시를 개성 있는 것으로 만들고 있다. 김수영, 박인환, 김종삼이 보여 주는 독특한 시세계는 그들의 오이디푸스 콤플렉스의 발현 양상과 깊은 관련이 있는 것이다. 오이디푸스 콤플렉스는 모든 시인들이 지닌 것이지만 특히 이들 세 시인은 각자의 오이디푸스 콤플렉스를 바탕으로 자신만의 특징적인 시세계를 만들어 냈다는 데 그 의의가 있을 것이다.

제2부

김수영을 위한 장

김수영의 시와 시정신

2

1. '김수영' 이라는 현상

김수영은 1949년, 우리 시단에 새로운 모더니즘 경향을 선보인 〈신시론〉 동인의 사화집인 『새로운 도시와 시민들의 합창』에 시를 발표함으로써 시작詩作 활동을 전개하였으나, 1960년대에는 소위 참여시와 참여시론을 발표하면서 순수/참여 논쟁의 핵심에 서게 된다. 김수영은 모더니즘의 바탕 위에서도 현실을 철저히 반영하고자 했으며, 현실을 반영하면서도 "작품다운 작품"[1]을 쓰고자 했다. 김수영의 이러한 태도가 그를 "해방 이후의 한국 현대시에 가장 강력한 영향력을 행사하고 있는 시인 중의 한 사람"[2]으로 자리매김하게 하였을 것이다. 1968년 김수영 사후 14년 만에 "김수영 신화"[3]라는 말이 만들어질 정도로, 또 70년대에 와서 뚜렷하게 부각된 "영웅적 시인"[4]으로 평가될 정도로 김수영에 대한 관심과 애정은 폭발적이었다고 할 수 있다. 1970년대 한국 문학에 중대하게 작용한 현상을 "김수영 현상"[5] 이라는 용어로 설명하는 것도 거의 우상화되어 버린 김수영의 영향을 짐작케 해주는 대목이다. 특히 "4.19 이후에 새로 시를 쓰려던 시인은 그냥 지나갈 수 없는 길목에 김수영이 자리잡고 있"[6]다는 평가는 한국 현대 시사에서 김수영이 차지하는 위치가 어떤 것인지를 잘 말해 주는 것이라고 하겠다. 근 서른 편에 달하는 김수영 관련 박사학위 논문, 백 편을 훌쩍 넘는 석사학위 논문, 또 18권이나 되는 김수영 관련 단행본의 숫자는 김수영 문학이 얼마나 많은 관심의 대상이 되고 있는지를 잘 보여 주고 있다.[7]

리얼리스트들과 모더니스트들에게서 모두 추앙 받고 있는 시인이라는 점에서 김수영은 우리 시문학사상 매우 예외적인 존재이며, 또 같은 의미에서 매우 행복한 시인이라고 할 수 있다. 김수영 문학이 시대가 변화할 때마다 당대적인 의미로 끊임없이 재해석되고 있으며 앞으로도 그러할 것이라는 점에서도 김수영 문학은 주목에 값한다. 김수영 문학의 이런 힘이 그의 어떤 시정신 속에서 만들어진 것인지 구체적으로 살펴볼 필요가 있겠다.

2. 권력에 대한 비판과 저항

"시인이 전반적으로 반체제적이라는 사실"[8]은 널리 알려져 있는 것이다. 시인들은 그가 살고 있는 세계에 비순응주의자로서 전적으로 대립하기 때문에 다른 사람들과 분간된다. 시인들은 모든 것들에 반항한다.[9] 김수영의 경우도 그 자신을 둘러싼 현실 전반에 대한 전면적인 비판과 저항의 정신을 보여 준다. 그의 시와 산문을 읽어 보면 그가 정치권력을 포함해 문단 권력, 교회 권력 등 어떠한 권력도 인정하지 않았다는 점을 알 수 있다. 인간은 권력을 지향하는 한편 권력에 복종하며 살아가는 존재라고 할 수 있다. 그러나 김수영은 어떠한 권력에도 '저항'하는 태도를 보인다.

김수영의 권력에 대한 비판과 저항 중에서도 특히 우리의 주목을 끄는 것은 '정치권력'에 대한 비판이다. 잘 알려진 것처럼 김수영은 4.19 이후, 「하…… 그림자가 없다」, 「우선 그놈의 사진을 떼어서 밑씻개로 하자」, 「기도」, 「육법전서와 혁명」 등의 시를 통해 직설적인 언어로 비판적인 발언을 했을 뿐만 아니라, 산문의 곳곳을 통해 "유상무상의 정치권력의 탄압"[10]에 항의를 표하는 등 정치, 사회직인 문제에 대해 강도 높은 목소리를 내었다.

우선 그놈의 사진을 떼어서 밑씻개로 하자
그 지긋지긋한 놈의 사진을 떼어서
조용히 개굴창에 넣고
썩어진 어제와 결별하자
그놈의 동상이 선 곳에는
民主主義의 첫 기둥을 세우고
쓰러진 성스러운 學生들의 雄壯한
紀念塔을 세우자
아아 어서어서 썩어빠진 어제와 결별하자

이제야말로 아무 두려움 없이
그놈의 사진을 태워도 좋다
협잡과 아부와 무수한 악독의 상징인
시굿지굿한 그놈의 미소하는 사진을—
大韓民國의 방방곡곡에 안 붙은 곳이 없는
그놈의 점잖은 얼굴의 사진을
洞會란 洞會에서 市廳이란 市廳에서

會社란 會社에서

××團體에서 ○○協會에서

하물며는 술집에서 음식점에서 洋靴店에서

무역상에서 개솔린 스탠드에서

책방에서 학교에서 全國의 國民學校란 國民學校에서 幼稚園에서

선량한 백성들이 하늘같이 모시고

아침저녁으로 우러러보던 그 사진은

사실은 억압과 폭정의 방패이었느니

썩은놈의 사진이었느니

아아 殺人者의 사진이었느니

— 「우선 그놈의 사진을 떼어서 밑씻개로 하자」 부분

이 시는 4.19 직후인 4월 26일, 그러니까 이승만이 하야한 날 씌어진 것으로 『새벽』 5월호에 발표된 것이다. 4.19의 흥분이 가라앉지 않은 채로 남아 있는 모습을 보여 주는 이 시는 제목부터가 「우선 그놈의 사진을 떼어서 밑씻개로 하자」라는 다분히 직설적이고 과격한 구호로 되어 있다. 이렇게 직설적인 언어를 남발하여 시인의 정서를 그대로 분출하고 있는 이 시가 시성을 담보하고 있는 것은 다분히 이 시 전체를 통해 드러나고 있는 열거법에 의지하는 바가 크다. 시의 1연에서 화자는 "그놈," 그러니까 이승만의 사진이 "대한민국의 방방곡곡에 안 붙은 곳이 없"었던 때로 표상되는 이승만 정권 하의 시절을 "썩어빠진 어제"라고 규정한다. 그리고 2연에서는 "썩어빠진 어제"를 만든 장본인인 "그놈"을 "협잡과 아부와 무수한 악독의 상징"으로, "억압과 폭정의 방패"로, "썩은놈"이며 "살인자"로 규정하고 있다. 이 시에서 김수영은 바로 권력의 이러한 성질, 즉 권력을 가진 자들이 자신들의 이익을 달성하기 위해 사회를 부패하게 만드는 현

상을 예리하게 지적하고 있는 것이다.

> 이유는 없다―/나가다오 너희들 다 나가다오/너희들 美國人과
> 蘇聯人은 하루바삐 나가다오/말갛게 행주질한 비어홀의 카운터에/
> 돈을 거둬들인 카운터 위에/寂寞이 오듯이/革命이 끝나고 또 시작
> 되고/革命이 끝나고 또 시작되는 것은/돈을 내면 또 거둬들이고/돈
> 을 내면 또 거둬들이고 돈을 내면/또 거둬들이는/夕陽에 비쳐 눈부
> 신 카운터같기도 할 것이니/…(중략)…/서푼어치값도 안되는 美·
> 蘇人은/초콜렛, 커피, 페치코오트, 軍服, 手榴彈/따발총……을 가지
> 고/寂寞이 오듯이/寂寞이 오듯이/소리없이 가다오 나가다오/다녀
> 오는 사람처럼 아주 가다오!
>
> ― 「가다오 나가다오」 부분

정치적 저항 의식을 표면에 내세운 김수영의 다른 시들이 대부분
그러한 것처럼 이 시도 직설적인 언어로 반복법과 열거법을 사용하
여 자신의 의사를 전달하고 있다. 우리나라에서 "미국인과 소련인은
하루바삐" 나가라는 것이 이 시가 전달하고 있는 메시지이다. 이 시
가 씌어졌을 무렵, 그러니까 1960년 무렵은 미국과 소련 양대 세력의
힘의 역학 관계 속에 우리 정치가 놓여 있었다는 사실을 감안한다면,
미·소에 대한 비판은 우리나라의 정치권력에 대한 비판과 다르지
않다는 것을 알 수 있다.

지금까지 김수영의 '권력 비판'을 정치권력 중심으로 살펴본 셈인
데, 김수영의 정치권력 비판의 요핵은 그들의 '금전'과 결부된 부도
덕성이다. 그러니까 스스로 '부정·부패'했으며 사회 전반의 풍조를
'부패'하게 만든 정치권력층에 대해 비판하고 있는 것이다. 김수영
은 정치는 물론 종교, 문단 권력 등 모든 권위를 인정하지 않는 태도

를 보였지만, 특히 정치권력에 대한 비판은 당시 어떤 시인도 하지 못했던 대담하고도 직접적인 것이었다고 할 수 있다. "권력애權力愛는 인간의 여러 가지 동기 중에서 가장 강력한 것의 하나"[11]여서 무한한 욕망을 지닌 인간으로서는 멀리하기 어려운 것이라고 할 수 있다. 더구나 권력에 대해 저항하고 비판하는 것은 쉬운 일이 아니다. 인류의 역사가 증명하고 있는 것처럼 특히 정치권력에 대한 비판은 목숨에 대한 위험 부담을 감내할 것을 요구하는 것이기 때문이다. 그럼에도 불구하고 김수영이 이렇게 권력에 대해 비판하고 저항할 수 있었던 것은 자신이 준거로 삼고 있는 특별한 기준이 없이는 불가능한 것이었다고 할 수 있다. "권력이란 타인의 행동에 자신의 의지를 부여하는 능력이다."[12] 바꾸어 말하면, '권력'에 따를 때 자신의 의지대로 자신의 행동을 할 수 없게 된다. 권력에 복종하지 않겠다는 것은 자기 자신의 의지대로 행동하겠다는 것이며, 자기 외의 어떤 외적 기준도 받아들이지 않겠다는 태도라고 할 수 있다. 김수영은 자신만의 확실한 준거 속에서 행동했고, 그렇게 함으로써 기성 권위에 대해 철저히 비판, 저항할 수 있었던 것으로 판단된다.

3. 자유의 지향과 시작 활동

김수영의 시를 관류하는 중요한 정신의 하나는 '자유'이다. 특히 김수영의 '정치적 자유'에 대한 끈질긴 추구는 김수영을 '참여 시인'으로 추앙하게 만든 중요한 동인이 되었다. 물론 김수영의 '자유' 개념은 정치적인 문제 외에도 양심과 사상의 문제, 언론과 표현의 문제, 창작의 문제에까지 넓게 펼쳐져 있다. 김수영에게 '자유'는 어떤 의미를 가지는 것인지, 그의 대표작이라고 할 수 있는 「푸른 하늘을」
에서부터 논의를 시작해 보자.

> 푸른 하늘을 制壓하는
> 노고지리가 自由로왔다고
> 부러워하던
> 어느 詩人의 말은 修正되어야 한다
>
> 自由를 위해서
> 飛翔하여본 일이 있는
> 사람이면 알지
> 노고지리가
> 무엇을 보고
> 노래하는가를
> 어째서 自由에는
> 피의 냄새가 섞여있는가를
> 革命은
> 왜 고독한 것인가를
>
> 革命은
> 왜 고독해야 하는 것인가를

— 「푸른 하늘을」

　이 시는 표면적으로는 정치적 자유를 확보하기 위해서는 "혁명"이
필요하다는 의미로 이해된다. 이것은 "혁명"을 평화적인 방법이나
폭력적인 방법으로 정부를 타도하고 새로운 정부와 교체시키는 것이

라는 사전적 의미에 연결시킨 해석이다. 이러한 해석은 이 시「푸른 하늘을」을 쓴 날짜가 1960년 6월 15일, 즉 이 땅에 4.19 혁명이 일어난 두 달 후라는 점에서 그 해석의 타당성을 얻는다. 여기에 부가하여 이 시는 시 창작과 관련한 "자유"를 노래한 시로 해석될 수 있다.[13] 이것은 "자유"가 "시인"이라는 객체를 대상으로 끌어들여 얘기되고 있다는 점에서 비롯되는 해석으로, 이렇게 볼 경우 "자유"가 고독한 시 작업을 위해 필요한 조건이라는 결론을 자연스럽게 끌어낼 수 있다. 그러니까 표면적으로 볼 때 이 시는 정치적 자유, 시 창작의 자유를 위한 혁명의 필요성과, 그 혁명에 따르는 "고독"에 대해 노래하고 있는 시로 이해되는 것이다.

그러나 이러한 해석에도 불구하고 이 시는 중요한 의문점을 남긴다. 왜 자유가 "고독"한 것이라고 하는가 하는 것이 그것이다. 시의 1연부터 다시 검토해 보자. 화자는 "자유"에 대한 기존 관념을 뒤엎는 발언을 하고 있다. 일반적으로 하늘을 마음껏 날아다니는 새는 "초월에 가장 적합한 상징,"[14] "자유와 해방의 상징"[15]으로 이해되고 있다. 그러나 화자는 자유가 "푸른 하늘을 제압"하며 날아다니는 것이라는 말은 "수정되어야 한다"고 말한다. 그리고 이어서 "자유를 위해서 비상하여 본 일이 있는 사람이면 알지"라고 하여 자신이 "자유"를 향해 비상해 본 사람으로서 깨달은 것을 제시하고 있다. 화자가 생각하는 자유는 크게 두 가지의 특징을 지닌다. 하나는 "피의 냄새"가 섞여 있다는 점이고, 다른 하나는 자유를 성취하는 "혁명"이 "고독"한 것이라는 점이다. "피의 냄새"는 자유를 성취하기 위한 "혁명"에 따르는 '대가'를 얘기하는 것으로 판단된다. 즉, 혁명은 대가를 치르고 나서야 얻을 수 있는 것임을 강조하고 있는 것이다. "혁명"에 따르는 "고독"의 의미를 분명히 하기 위해서는「푸른 하늘을」에 대한 김수영 자신의 해설을 살펴보는 것이 좋은데, 그의 산문「실험적인 문학과 정치적 자유」를 보면「푸른 하늘을」에서 말하는 '혁명'이란 '내적 자유'와 '외적 자유'가 모두 실현된 '완전한 세계'를 이루기 위한 혁명이며, 자유는 바로 그러한 세계를 달성하는 것으로 이해된다.[16] 그러니까「푸른 하늘을」은 "자유"를 달성하는 것이 "혁명"이며, 그 혁명에는 "피의 냄새," 즉 '대가'와 '고독'이 따른다는 것을 보여 주는 시인 것이다. 물론 이때 '자유'와 '혁명'은 정치적 의미와 사회적 의미, 그리고 개인적 의미까지도 포함하는 개념이다. 이 시가 주는 매력은 바로 이러한 다층적 의미에서 찾을 수 있다.

김수영은「나의 신앙은〈자유의 회복〉」이라는 제목의 산문을 쓴 적이 있거니와 그야말로 '자유 회복'은 김수영에게 있어서 '신앙'과 같은 것이었다. '자유'에 대한 열망이 컸던 만큼 '자유'를 행하지 못하는 자신에 대한 자괴감은 컸으리라고 짐작하기는 어렵지 않다. 다음의 시「사령」은 자유를 이행하지 못하는 자신을 '죽은 영혼'으로 규정하고 있는 모습을 보여 준다.

>……活字는 반짝거리면서 하늘아래에서
>간간이
>자유를 말하는데
>나의 靈은 죽어있는 것이 아니냐
>
>벗이여
>그대의 말을 고개숙이고 듣는 것이
>그대는 마음에 들지 않겠지
>마음에 들지 않어라
>
>모두다 마음에 들지 않어라

이 黃昏도 저 돌벽아래 雜草도
담장의 푸른 페인트빛도
저 고요함도 이 고요함도

그대의 正義도 우리들의 纖細도
行動이 죽음에서 나오는
이 욕된 郊外에서는
어제도 오늘도 내일도 마음에 들지 않어라

그대는 반짝거리면서 하늘아래에서
간간이
자유를 말하는데
우스워라 나의 靈은 죽어있는 것이 아니냐

― 「死靈」

이 시는 시의 첫 행에 말줄임표를 배치하여, "활자"의 반짝거리는 모습을 시각적으로 형상하는 효과를 내고 있다. 활자가 반짝거리면서 "자유"를 말한다는 것은, 활자가 능동적으로 반짝거리고 말을 할 수는 없다는 측면에서 화자가 글(활자)을 읽다가 "자유"라는 글자에 눈이 번쩍 뜨이게 된다는 의미로 이해된다. 이렇게 화자가 활자 속에서 "자유"를 보고는, "나의 영은 죽어있는 것이 아니냐"라고 생각하게 되는 것은, 화자가 "그대의 말," 즉 "자유"에 관한 말을 "고개숙이고" 듣고 있을 뿐 자유에 대해 아무런 반응도 하지 않기 때문이다. 자신의 이러한 행동에 대해 화자는 "그대는 마음에 들지 않겠지"라고 하여, 자신의 행동을 "그대"가 마음에 들어 하지 않는 것이 당연하다고 생각한다. 그런데, "벗"의 마음에 들지 않는 것은 비단 화자뿐이 아니다. "황혼," "돌벽아래 잡초," "담장의 푸른 페인트빛," "저 고요함," "이 고요함"도 "모두다" 마음에 들지 않을 것이라고 생각한다. "벗"이 이런 것들을 마음에 들어 하지 않으리라고 생각하는 것 역시 이 모든 것이 "자유"에 대해 반응하지 않기 때문이다. 4연에서 화자는 "어제도 오늘도 내일도 마음에 들지 않어라"라고 하여 이 세상 어디에도 자유는 없다는 점을 강조하고 있다. 5연은 1연과 수미쌍관을 이루어 다시 한 번 자신을 '죽어 있는 엉혼'으로 규정한다. 화자가 "나의 영은 죽어있는 것이 아니냐"고 자책하는 것은 자신이 스스로에게 기대하고 있는 수준의 삶을 영위하지 못하기 때문에 발생한 것이다.[17]

김수영은 "아직까지의 자유의 서술이 자유의 서술로 그치고, 자유의 이행을 하지 못한 데가 있다"[18]라고 하여 "자유의 이행"의 중요성을 강조한 바 있거니와, '자유'를 말하기는 쉽지만, 그것을 이행하는 것은 쉬운 일만은 아니다. 김수영의 '자유'는 거기에 상응하는 대가를 치른 후에야 획득될 수 있는 것이기 때문이다. 김수영은 '자유'를 실현함에 있어서의 '육체'의 제약에 대해 누구보다 깊이 생각했던 사람이다. 시 「헬리콥터」는 김수영이 발표한 시 중에서 '자유'라는 단어가 가장 먼저 나오는 시이며, '자유'를 달성함에 있어서의 '육체'의 구속에 대해 직시하고 있는 시이다.

김수영에 있어 '자유'의 실행은 주로 '언어'를 통해 이루어진다. 산문에서 그는 "언어를 통해서 자유를 읊고, 또 자유를 산다,"[19] "자유는 고독한 것이다. 그처럼, 시는 고독하고 장엄한 것이다"[20] 등의 진술을 하고 있거니와, 그에게 있어 시작詩作 행위는 곧 자유를 행하는 것이었다. 김수영은 '자유'가 '고독'한 것이라는 대전제 속에서 '시'가 인간의 삶의 형태 중에서 어떤 작업보다도 '고독'한 것임을 간파했고, '시'를 쓰는 것을 자유를 이행하는 방법으로 삼았던 것이다. 즉, 고독 속에서 현실적인 욕망을 희생한다는 김수영식 ‘자유’의 개념에 가장 잘 부합되는 것이 시작이었던 것이다.

4. 역경주의의 신념화

김수영의 시와 산문에 드러나는 개성적인 면모 중 하나는 그가 ‘고생’을 긍정적인 것으로 받아들이고 있다는 점이다. 김수영의 ‘고생’에 대한 긍정은, 자신이 일부러 ‘고생’을 택하며, ‘고생’을 하기 위해 자기 스스로를 괴롭히는 데까지 이르고 있다는 점에서 특징적이다.

> 收入에 대해서 생각하는 것은 너나 나나 매일반이다
> 모이 한 가마니에 四百三拾圓이니
> 한달에 十二, 三萬원이 소리없이 들어가고
> 알은 하루 六十개밖에 안 나오니
> 묵은 닭까지 합한 닭모이값이
> 一週日에 六日을 먹고
> 사람은 하루를 먹는 편이다
>
> 모르는 사람은 봄에 알을 많이 받을 것이니
> 마찬가지라고 하지만
> 봄에는 알값이 떨어진다
> 여편네의 계산에 의하면 七割을 낳아도
> 만용이(닭 시중하는 놈)의 학비를 빼면
> 아무것도 안 남는다고 한다

나는 點燈을 하고 새벽모이를 주자고 주장하지만
여편네는 지금 주는 것만으로 충분하다는 것이다
아니 四百三拾圓짜리 한 가마니면 이틀은 먹을 터인데
어떻게 된 셈이냐고 오늘 아침에도 뇌까렸다

이렇게 週期的인 收入騷動이 닐 때만은
네가 부리는 독살에도 나는 지지 않는다

무능한 내가 지지 않는 것은 이때만이다
너의 毒氣가 예에 없이 걸레쪽같이 보이고
너와 네가 半半—
「어디 마음대로 화를 부려보려무나!」

— 「만용에게」

위의 시는 「만용에게」라는 제목을 달고 있는데, "만용"은 "양계일을 보느라고 둔 담양에서 올라온 머슴아이"[21]이다. 그런데 화자는 시의 첫 행에서 "수입에 대해서 생각하는 것은 너나 나나 매일반이다"라고 하여 자신이 주도적으로 처리해야 할 양계장 일을 머슴아이에게 상당 부분 맡겨 놓은 상태임을 보여 준다. 또 화자는 가정의 수입원인 양계 일을 하는 데 있어 아내(인용시의 표현대로는 "여편네")보다 계산적이지 못한 모습으로 그려지고 있다. "여편네"는 닭에 들어가는 사료 값과 닭 시중하는 "만용"의 학비, 그리고 닭이 낳을 알의 개수를 꼼꼼히 따진다. 그리고 거기에 따라서 닭에게 줄 모이의 양을 정한다. "여편네의 계산에 의하면" 430원짜리 모이 한 가마니로 이틀을 먹여야 수지타산이 맞는다. 그러나 화자는 "모이 한 가마니에 430

원," "한 달에 십이, 삼만원," 즉 하루 한 가마니씩을 주어야 한다고 생각한다. 화자와 여편네 사이의 갈등은 "점등을 하고 새벽모이를 주자"는 것과 이틀을 먹여야 할 모이가 자꾸 줄어들어 있는 것에서 첨예화된다. 이틀은 먹일 수 있는 모이가 줄어 있는 이유를 따지며 "독살"을 부리고 "화"를 내는 아내에 대해 화자는 지지 않겠다는 반응을 보인다. 화자는 자신의 "무능한" 점은 인정하지만 모이를 주는 것만큼은 아내 뜻대로 할 수 없음을 강조하고 있는 것이다. "닭 시중하는 놈"까지 들여놓고 양계를 하는 것은 일단은 돈을 벌기 위한 것이겠는데, 화자는 돈을 벌기는 하면서도 수지타산을 따지지 않는 것이다.

위의 시에 나타나 있는 화자(김수영)가 양계를 하는 방식은 현실적으로 볼 때 전혀 합리적이지 못한 것이라고 할 수 있다. 그런데 이러한 삶의 태도를 김수영은 "역경주의力耕主義"라는 말로 신념화하고 있어 주목된다.

> 아내는 요즈음 양계가 수지가 안 맞는다고 다시 토끼를 길러보자고 한다. 이번에는 본격적으로 해보자는 것이다. 몇해 전엔가 메추리가 유행했을 때, 친구들 중에 이 메추리가 利가 많으니 해보라고 권하는 사람이 많았지만 나는 굳이 듣지 않았다. …(중략)… 그에 비하면 토끼는 하면 될 것같다. 왜냐하면 토끼도(닭에 못지않게) 기르기가 힘이 들기 때문이다. 나는 무슨 일이든 얼마나 남느냐보다도 얼마나 힘이 드느냐를 먼저 생각하는 버릇이 있는데, 아내는 아직도 나의 이 力耕主義에는 그리 신뢰를 두지 않고 있는 모양이다.[22]

인용하지 않은 앞부분의 내용은 아내나 친구들이 '이익'을 고려해 기를 동물을 선택한다는 것이다. 김수영은 "얼마나 남느냐"보다는

"얼마나 힘이 드느냐"를 먼저 생각해서 일한다고 말하고 있다. 그가 "토끼는 하면 될 것같다"고 생각하는 이유도 "토끼도 기르기가 힘이 들기 때문"이다. 이러한 태도를 김수영은 스스로 "역경주의"라고 부르고 있다. 그런데 이 "역경주의"는 단순히 '이익을 따지지 말자'는 의미만을 지니는 것이 아니다. 그는 경제적인 문제뿐만 아니라 생활 전반의 태도에 있어서까지 이 역경주의를 신념화하고 있다. "나의 경우야말로 자발적 감금생활, 혹은 적극적 감금생활이라고 힐 수 있을 것 같다"[23]거나 "예술가는 되도록 비참하게 나와야 한다. 되도록 굵고 억세고 날카롭고 모진 가시 면류관을 쓰고 나와야 한다."[24] "비록 나를 위한 동정의 한숨이라손 치더라도 나는 조금도 고마웁게 생각할 이유가 없다. 내가 사서 하는 고생이기 때문이다"[25] 등은 모두 그의 역경주의적 자세를 보여 주는 것이다.「동맥」,「아픈 몸이」,「먼 곳에서부터」,「X에서 Y로」 등의 시에는 몸이 아프지만 아무런 대응을 하지 않는 모습, 힘들지만 그냥 참고 견디는 상태를 보여 준다. 그에게 있어 '고통'에 대한 그의 유일한 대응은 '견디는 것'이었다.

　"역경주의"가 경제적인 문제에 적용되면 "얼마나 남느냐보다 얼마나 힘이 드느냐"를 먼저 문제 삼는 것이 되지만 '고통'에 적용이 되면 고통에 아무런 저항을 하지 않고 참고 견디는 모습을 보여 주게 되는 것이다. '고통'을 실천하는 모습이 잘 나타나는 시가 다음에 인용할「설사의 알리바이」이다.

　　　설파제를 먹어도 설사가 막히지 않는다
　　　하룻동안 겨우 막히다가 다시 뒤가 들먹들먹한다
　　　꾸루룩거리는 배에는 푸른 색도 흰 색도 敵이다.

　　　배가 모조리 설사를 하는 것은 머리가 설사를

시작하기 위해서다 性도 倫理도 약이
되지 않는 머리가 불을 토한다

여름이 끝난 壁 저쪽에 서있는 낯선 얼굴
가을이 설사를 하려고 약을 먹는다
性과 倫理의 약을 먹는다 꽃을 거두어들인다

文明의 하늘은 무엇인가로 채워지기를 원한다
나는 지금 規制로 詩를 쓰고 있다 他意의 規制
아슬아슬한 설사다

言語가 죽음의 벽을 뚫고 나가기 위한
숙제는 오래된다 이 숙제를 노상 방해하는 것이
性의 倫理와 倫理의 倫理다 중요한 것은

괴로움과 괴로움의 履行이다 우리의 行動
이것을 우리의 詩로 옮겨놓으려는 생각은
단념하라 괴로운 설사

괴로운 설사가 끝나거든 입을 다물어라 누가
보았는가 무엇을 보았는가 일절 말하지 말아라
그것이 우리의 증명이다

— 「설사의 알리바이」

  이 시는 김수영의 시 중에서도 난해한 시에 속해 연구자들의 주목
을 별로 받지 못한 시에 속한다. 이 시의 첫 행에서 화자는 설사약

"설파제"를 먹어도 설사가 멎지 않는다고 진술하고 있다. 약을 먹어도 "하룻동안 겨우 막히다가 다시 뒤가 들먹들먹"하기 때문에 화자에게 있어서는 "푸른 색" 약도 "흰 색" 약도 모두 "적"이 되는 것이다. 그런데 화자는 "설사를 하려고 약을 먹는" 독특한 모습을 보여주고 있다. 특히 주목되는 것은 화자가 자신이 먹는 약을 "성과 윤리의 약"이라고 표현하고 있는 점이다. 이 "성과 윤리의 약"은 이 시의 5연에 의하면 "언어가 죽음의 벽을 뚫고 나가기 위한 숙제"를 "노상 방해하는 것"이라고 한다. "성과 윤리의 약"이 이러한 '오래된' 숙제를 방해한다는 것을 뻔히 알면서도 "성과 윤리의 약"을 먹는 것이다. 이 이상한 상황에 대해 화자는 "중요한 것은//괴로움과 괴로움의 이행이다"라고 말한다. 화자에게는 "괴로움"과 "괴로움의 이행" 자체가 의미가 있는 것이다. 더 나아가 화자는 이 "괴로움의 이행"을 시로 옮기려는 생각은 "단념하라"고 말한다. 설사가 끝나더라도 "누가/보았는가 무엇을 보았는가" 일절 말하지 말라고 얘기하고 있다. 이것은 "괴로움과 괴로움의 이행" 자체가 의미 있는 것이므로 "괴로움"에 대해 아무 말도 할 필요가 없다는 의미로 이해된다. 즉, 이 시는 "괴로움과 괴로움의 이행" 자체에 의미를 두고 "설사"라는 고통스러운 상황도 참고 견디는 화자의 모습을 보여 주고 있는 것이다. 특히 화자는 시의 끝 연에서 "괴로운 설사가 끝나거든 입을 다물어라 누가/보았는가 무엇을 보았는가 일절 말하지 말아라/그것이 우리의 증명이다"라고 하여 '괴로움'에 대한 유일한 응대는 '침묵'임을 보여주고 있다.

5. 죽음에 대한 동경과 희생

 김수영의 시를 관류하는 중요한 의식의 하나는 '죽음'이다. 김수영에게 있어 '죽음'은 시와 산문의 주요 테마를 이루고 있지만, 그가 말하는 '죽음'의 의미를 파악하는 일은 용이하지 않다.[26] 시뿐만 아니라 산문에서조차도 '죽음'은 문맥에 따라 다른 의미로 사용되고 있기 때문이다.

> 屛風은 무엇에서부터라도 나를 끊어준다
> 등지고 있는 얼굴이여
> 주검에 醉한 사람처럼 멋없이 서서
> 屛風은 무엇을 向하여서도 無關心하다
> 주검에 全面같은 너의 얼굴 우에
> 龍이 있고 落日이 있다
> 무엇보다도 먼저 끊어야 할 것이 설움이라고 하면서
> 屛風은 虛僞의 높이보다도 더 높은 곳에
> 飛瀑을 놓고 幽都를 점지한다
> 가장 어려운 곳에 놓여있는 屛風은
> 내 앞에 서서 주검을 가지고 주검을 막고 있다
> 나는 屛風을 바라보고
> 달은 나의 등뒤에서 屛風의 主人 六七翁海士의 印章을 비추어주
> 는 것이었다
>
> ―「屛風」

 김수영 자신의 말대로 이 시는 '죽음을 노래'하고 있다. 그러나 이

'죽음의 노래'는 슬프거나 우울한 노래가 아니다. 화자는 '죽음'에 취해 있기 때문이다. 1, 4연의 병풍이 "무엇을 향하여서도" 무관심하고 "무엇에서부터라도" 나를 끊어 준다는 것은, '죽음'의 세계가 아닌 것, 즉 삶에 관한 것으로부터 '무관심하고,' '끊어' 주는 것으로 이해된다. 이 시의 화자는 삶에는 무관심하지만 죽음에는 취한 독특한 상태에 놓여 있는 것이다. "병풍"이 "주검을 가지고 주검을 막고 있다"는 표현은 화자의 '죽음'에 대한 태도를 가장 잘 보여 주는 곳이라고 할 수 있다. 병풍은 지금 화자에게 울타리처럼 둘러쳐져 있는데, 화자는 이 울타리 때문에 삶과 죽음의 경계를 넘어갈 수 없는 상태에 놓여 있다. 따라서 병풍은 "가장 어려운 곳에 놓여있는"것이 된다. 즉, 화자는 자신의 '죽음'을 원하지만 '병풍'이 가로막혀 있어서 쉽게 그것을 달성할 수 없는 것이다. 그래서 화자는 '병풍을 바라보고'만 있는 것이다.

시의 끝 행에서는 "달"이 화자의 등뒤에서 "屏風의 主人 六七翁海士의 印章을 비추어 주는 것이었다"고 하여 이 병풍의 주인이자 이제는 죽은 사람인 67세의 해사海士에 대한 동경을 보여 주고 있다. 「병풍」에 나타나는 '죽음'은 삶이 "설움"이라는 것을 잊게 하는 죽음이며, 삶의 "허위"를 뛰어넘는 죽음으로 파악된다. 화자가 "주검에 취한 사람"처럼 병풍을 바라보게 되는 것은 병풍 뒤에 놓인 시신을 생각하면서 죽음의 이러한 면들을 깨닫게 된 때문이다.

「구라중화」, 「도취의 피안」 등의 시를 통해서도 김수영에게 있어 '죽음'은 현실을 초월하는 것이며 현실의 치욕과 허위를 뛰어넘는 것임을 확인할 수 있다. '죽음'이 그러한 것일 수 있는 것은 그에게 있어 죽음 후의 세상은 '피안'의 세계로 인식되고 있기 때문이다.

　　내가 사는 지붕 우를 훌러가는 날짐승들이

울고가는 울음소리에도
나는 취하지 않으련다

사람이야 말할수없이 애처로운 것이지만
내가 부끄러운 것은 사람보다도
저 날짐승이라 할까
내가 있는 방 우에 와서 앉거나
또는 그의 그림자가 혹시나 떨어질까보아 두려워하는 것도
나는 아무것에도 취하여 살기를 싫어하기 때문이다

(3연 생략)

나야 늙어가는 몸 우에 하잘것없이 앉아있으면 그만이고
너는 날아가면 그만이지만
잠시라도 나는 취하는 것이 싫다는 말이다

나의 초라한 검은 지붕에
너의 날개소리를 남기지 말고
네가 던지는 조그마한 그림자가 무서워
벌벌 떨고 있는
나의 귀에다 너의 엷은 울음소리를 남기지 말아라

차라리 앉아있는 기계와같이
취하지 않고 늙어가는
나와 나의 겨울을 한층더 무거운 것으로 만들기 위하여
나의 눈이랑 한층 더 맑게 하여다우

짐승이여 짐승이여 날짐승이여

도취의 피안에서 날아온 무수한 날짐승들이여

―「陶醉의 彼岸」

이 시도 '죽음'에 대한 "도취"를 노래하고 있다. 화자의 언술에는 '죽음'이 드러나지 않지만, 이 "날짐승"들이 "피안"에서 날아온 것들이므로 이 시는 '죽음'이 주조를 이루게 된다. "날짐승," 즉 새는 영혼의 상징[27]이라고 하는데, 화자가 이 새들을 "피안"에서 날아온 것으로 얘기하는 것은 '새'와 '죽음'의 관련성을 한층 강하게 해준다. 화자가 이렇게 "피안"에서 날아온 "날짐승"에 대해 두려움을 표시하는 것은 "날짐승"들이 화자에게 '운명'을 가르쳐주기 때문이다. 물론 이 '운명'은 화자의 죽음과 관련된 운명이다. 그러니까 화자는 '차안'의 삶에서 오는 "수치와 고민"이 아니라 자신의 '운명,' 즉 '초월적인 존재supreme being'[28]에 대한 생각을 하고 있는 것이다. 화자는 "나야 늙어가는 몸 우에 하잘것없이 앉아있으면 그만"이라고 하여 자신의 육체가 유한한 것임을 인정한다. 그러나 화자는 '피안'에서 날아온 '날짐승의 울음소리'에는 취하고 싶지 않다고 말한다. 화자가 "나의 초라한 검은 지붕에/너의 날개소리를 남기지 말"라고 말하는 것, 그리고 "나의 귀에다 너의 엷은 울음소리를 남기지 말아라"고 말하는 것은 자신이 날짐승의 "날개소리"에도 취하고 "조그마한 그림자"에도 취하게 되기 때문이다. 이것은 화자의 '죽음'에 대한 '양가감정ambivalence'[29]을 보여 주는 것이라고 하겠다. 화자는 한편으로는 죽음을 두려워하지만, 다른 한편으로는 죽음에 도취하고 있는 것이다.

김수영은 '죽음'올 긍정하고 적극적으로 수용하는 자세에서 한 걸음 더 나아가 '죽음'을 '의로운 것'으로 생각하는 모습을 보여 준다.

다음에 인용할 시 「폭포」에는 '의로움'의 실현으로서의 '죽음'이 다루어지고 있다.

　　瀑布는 곧은 絶壁을 무서운 기색도 없이 떨어진다

　　規定할 수 없는 물결이
　　무엇을 向하여 떨어진다는 意味도 없이
　　季節과 晝夜를 가리지 않고
　　高邁한 精神처럼 쉴사이없이 떨어진다

　　金盞花도 人家도 보이지 않는 밤이 되면
　　瀑布는 곧은 소리를 내며 떨어진다

　　곧은 소리는 소리이다
　　곧은 소리는 곧은
　　소리를 부른다

　　번개와같이 떨어지는 물방울은
　　醉할 瞬間조차 마음에 주지 않고
　　懶惰와 安定을 뒤집어놓은 듯이
　　높이도 幅도 없이
　　떨어진다

　　　　　　　　　　　　　　　　　　　　　　　　　— 「瀑布」

　이 시는 "자연 현상과의 감징적인 〈무의식적 동일성〉"[30]을 보여 주고 있는 작품이다. 표면적으로는 자연 현상으로서의 폭포가 쏟아져 내리는 모습을 노래하고 있지만, 이 폭포는 화자의 심리 상태가 투영되어 있는 화자의 모습이라고 할 수 있다. 심리적으로 '떨어지는 것'은 '죽음'과 관련되어 있다.[31] '떨어지는 것'은 "탄생으로서의 추락"[32]과 "죽음으로서의 추락"[33]이 이야기될 수 있는데, 시「폭포」에서의 "추락"은 "죽음으로서의 추락"으로 이해된다.[34] 화자는 "폭포"를 "물방울"과 동일시하고 있거니와 '물'은 '죽음'의 주요한 테마이다.[35] 그러니까 이 시는 화자의 '죽음'의 모습이 '폭포(물방울)'가 떨어지는 모습으로 형상화되어 있는 것이다. 따라서 "폭포"가 "무서운 기색도 없어 떨어진다"는 것은 '죽음'을 두려워하지 않는 모습으로 이해되어야 할 것이다.

3연에서 화자는 폭포(자신)가 떨어짐(죽음)을 "곧은 소리"를 내며 떨어지는 것으로 표현하고 있다. "소리"가 "곧다"는 것은 폭포의 떨어짐이 '의로운 외침(義聲)'과 관련이 있음을 말해 준다. '폭포'의 '추락'이 의로운 것인 이유는 그것이 "곧은 소리"를 내면서 떨어지면서 또 다른 "곧은/소리를 부른다"는 측면에서 찾을 수 있다. 3연에서의 '곧은 소리를 내며 떨어'지는 주체는 폭포(화자)인데, 이것은 4연에서는 다른 "곧은 소리"를 이끌어내는 것으로 나타나고 있는 것이다. 폭포(화자)는 "곧은 소리"를 낸다는 것이 죽음을 불러옴에도 불구하고 "높이도 폭도 없이" 떨어짐(죽음)을 택한다. 폭포(화자)는 자신의 죽음이 "곧은 소리"를 낸다는 것 자체에서 의미를 찾고 있는 것이다. 이로써 폭포(화자)의 떨어짐(죽음)은 "곧은 소리"를 위한 '희생'의 성격을 띤 것임이 분명해진다. '희생'은 항상 "자신의 가치 있는 부분의 포기를 의미"[36]하는데, 이 시의 화자는 자신의 육체를 희생함으로써 "곧은 소리," 즉 '의로움'을 부르는 행위를 보여 주고 있는 것이다. 폭포(화자)가 자신의 떨어짐(죽음)을 "고매한 정신"에 비유하는 것은, 육체적으로는 '죽음'이 두려운 것임에도 불구하고 '정신'의

힘으로 '죽음'을 택하는 것과 관련된다.

　김수영이 "시작노우트"를 통해 밝히고 있는 「폭포」에 대한 해설은 시 「폭포」가 '희생'으로서의 '죽음'이라는 점을 확인하는 데 유효한 단서를 제공해 준다.

　　살아가기 어려운 세월들이 부닥쳐올 때마다 나는 피곤과 권태에 지쳐서 허수룩한 술집이나 기웃거렸다.
　　거기서 나눈 우정이며 현대의 정서며 그런것들이 후일의 나의 노우트에 담겨져 詩가 되었다고 한다면 나의 시는 너무나 불우한 메타포의 단편들에 불과하다.
　　우리에게 있어서 정말 그리운 건 평화이고 온 세계의 하늘과 항구마다 平和의 나팔소리가 빛나올 날을 가슴졸이며 기다리는 우리들의 오늘과 내일을 위하여 詩는 과연 얼마만한 믿음과 힘을 돋구어 줄 것인가.[37]

　김수영은 위의 글에서 자신의 시가 "온 세계의 하늘과 항구마다 평화의 나팔소리가 빛나올 날을 가슴졸이며 기다리는" "오늘과 내일"의 모든 사람들에게 "믿음과 힘"을 돋우어 줄 수 있기를 기대한다는 사실을 분명히 밝혀 놓고 있다. 이것은 자신의 시가 세계의 "평화"의 실현을 위해 기여하기를 바라는 태도로, '희생' 정신을 보여주는 것이라고 할 수 있다. 자신의 시가 다른 사람들에게 평화에 대한 믿음과 힘을 더 높게 하는 것은 「폭포」에서 자신의 '떨어짐'이 다른 "곧은 소리"를 부르는 것과 같은 상황이라고 할 수 있다. 이러한 맥락에서 김수영이 '죽음'을 "현대의 순교"와 관련시키고 있다는 점은 무척이나 시사적이다.

① 죽어가는 자기를 바라볼 수 있는 자기가 아니라, 죽어 가는 자기 ─ 그 죽음의 실천 ─ 이것이 현대의 순교다.[38]

② 그러고 보면 나는 이미 종교의 세계에 한쪽 발을 들여놓고 있는지도 모른다. 아무튼 여자를 그냥 여자로서 대할 수가 없다. 남자도 그렇고 여자도 그렇고 죽음이라는 전제를 놓지 않고서는 온전한 형상이 보이지 않는다. …(중략)… 너무 성인같은 말을 써서 미안하지만 사실 나는 요즘 이러한 運算에 바쁘다. 이런 운산을 하고 있을 때가 나에게 있어서는 가장 행복한 시간이다. 나의 여자는 죽음 반 사랑 반이다. 나의 남자도 죽음 반 사랑 반이다. 죽음이 없으면 사랑이 없고 사랑이 없으면 죽음이 없다……[39] (강조: 인용자)

김수영은 인용문 ①에서 "죽음의 실천"을 강조하고 그것을 "현대의 순교"라고 말하고 있거니와 이러한 "순교"의 자세를 「폭포」 등의 시를 통해 드러내 보인 것이다. 김수영이 좌우명으로 삼았던 '상주사심常主死心'은 이러한 "순교"로서의 "죽음"을 각오하고 있는 태도를 보여 주는 말이라고 보아야 할 것이다.

6. 결론

한국의 현대 문학사를 논할 때 김수영을 빼놓을 수는 없을 것 같다. 이 글은 김수영 시의 시정신을 중심으로 그의 문학 세계를 살펴본 것이지만, 시의 기법의 측면이나 영향 관계의 측면에서 살펴보더라도 김수영은 범상한 존재가 아니기 때문이다. 김수영이 후배 시인들에게 어떻게 수용되고 있는가를 살펴보면 그가 우리 문학사에 미친 영향력이 어느 정도인지 금방 드러날 것이다.

이 글에서 밝힌 김수영의 시정신이 김수영 시에서만 드러나는 것이라고는 할 수 없다. 비판과 저항 정신을 가지고 정치권력에 저항한 시인들은 많았다. 그러나 그것을 극단화하여 참여시의 새로운 지평을 열 수 있었던 것은 역시 김수영의 몫이었다고 해야 할 것이다. 물론 이것은 그의 시가 참여시냐 아니냐의 문제와는 전혀 다른 성질의 것이다. 자유의 정신 역시 마찬가지이다. 그에게 있어서는 '자유'를 달성하는 것이 '혁명'이며, '자유'는 '진정한 단독의 자신'이 되는 것이다. 특히 김수영은 '자유'를 '언어'를 통해 달성하려고 했다는 점에서 시인으로서의 특징적 면모를 보여 준다. 김수영에게 있어 '시'야말로 자유를 이행하는 구체적인 방법이었기에 생활인으로서의 삶은 등한시하는 한편, "후퇴없는 영광"이라고 표현했던 시인의 삶을 살고자 노력했던 것이다. "역경주의"는 그가 신념화하고 있었던 삶의 방식이라고 할 수 있겠는데, 이것은 될 수 있으면 돈을 버는데 게을러야 한다는 태도, 또 무슨 일이든 얼마나 남느냐보다 얼마나 힘이 드느냐를 기준으로 생각하는 것이다. 김수영은 세상을 살아가는 것을 고통을 받는 것으로 생각한다. 그러나 김수영은 고통을 해결하려기보다 고통을 받는 것 자체에서 의의를 찾는 독특한 모습을 보여 준다. 인간의 삶에 있어 가장 큰 비극이 '죽음'임에도 불구하고 김수영은 죽음을 '도취'로, 혹은 '환희'로 표현한다. 그는 '죽음'의 실천을 강조하기도 하는데, 죽음의 실천을 "현대의 순교"라고 표현하면서 이것이 '희생'으로서의 죽음임을 암시하고 있다. 김수영 문학의 특징은 김수영이 이러한 시정신들을 '온몸'으로 끝까지 밀고 나가려 했다는 점에서 찾아야 할 것이다.

그의 산문에서 드러나는 바, 새로운 문학을 향한 끊임없는 열망과 전위에 서려는 태도, 그것이 김수영의 문학을 만들었을 것이다. 또 시인 자신의 내면적인 특성과 사회 현실에 대한 끊임없는 관심이 조화를 이루어 그의 문학을 만들어 냈을 것이다. 그리고 그의 문학은, 여러 차례 강조한 것처럼, 새로운 의미로 끊임없이 재해석될 것이다.

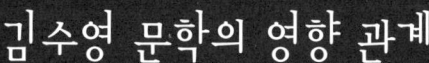

김수영 문학의 영향 관계

3

1. 왜 영향 관계가 문제인가

김수영 문학을 이야기함에 있어 영향 관계가 특히 문제되는 이유는 우선, 그의 문학이 우리 문학사상 유례없는 독특함을 보여 주고 있다는 것과 관련이 있다. 어떤 시인이 지닌 문학적 특성이 어디에서 연유하는 것인지를 따져볼 때 가장 먼저 고려되는 것은 당연히 그가 속한 사회의 전통과의 연관일 것이다. 그러나 김수영의 경우는 우리 문학보다는 외국 문학의 영향을 더 많이 받은 것으로 알려져 왔다. 그의 시가 보여 준 정신의 문제는 차치하고라도 일상어를 과감히 도입했다거나 수다와 요설을 구사했다는 것, 일상의 잡사를 시화했다는 것, 또 자유로운 산문식의 시행을 구사했다는 것 등은 김수영의 독점물처럼 여겨지고 있는데, 이들은 우리 시의 전통 속에서는 찾아볼 수 없는 것들이기 때문이다.

　김수영에게 있어 영향 관계가 중요한 두 번째 이유는 그가 시인이자 번역가라는 특별한 위치에 있었다는 점과 연관된다. 영향 관계, 특히 외국 문학과의 영향 관계에 있어서는 이합 핫산이 말한 '중간 매체'의 역할이 중요하다. 모든 문학적 영향은 중간 매체의 역할에 의해서 이루어지며, 당연히 '인간'이 그 역할을 담당한다. 이 중간 매체의 역할을 하는 사람이 번역자, 평론가, 비평가, 외국 문학자 등이다. 김수영은 외국 문학을 우리나라에 소개하는 중간 매체의 역할을 하는 동시에 시 창작 활동을 한 경우에 해당한다. 김수영이 번역가로 중간 매체의 역할을 할 수 있었던 것은 당연히 그의 외국어 실력이 바탕이 되었는데, 그가 어떤 외국어에 능통했는가를 살펴보는 것은 그의 문학적 영향 관계를 설명하는 데 있어 매우 중요하다. 김수영은 1921년 생으로 학교에서 한국어 교육을 받는 대신 일본어 교육을 받았다. 김수영이 우리말보다 일본말이 더 익숙한 세대라는 점과 더불어 또 하나 주목해야 할 것은 그의 영어 실력이 뛰어났다는 점이다. 그는 짧은 기간 신문사 기자 생활을 한 것을 제외하고는 번역을 주업으로 삼았다. 그는 『에머슨 논문집』, 『20세기 문학평론』, 『현대문학의 영역』, 『문화 · 정치 · 예술』 등의 문학 이론서를 번역하였음은 물론 상당수의 시와 소설, 평론을 번역했다. 이런 번역물들이 창작을 하는 김수영에게 많은 영향을 미쳤으리라는 점은 짐작하기 어렵지 않다. 그러나 여기서는 김수영이 일본어와 함께 영어에 능통했다는 사실에 방점을 찍어두고 세 번째 이유로 넘어가기로 하자.

　김수영 문학을 얘기함에 있어 영향 관계가 중요한 세 번째 이유는, 물론 이것이 가장 중요한데, 그가 산문을 통해 수많은 외국 문인들의 이름을 거론하고 있으며 그들 문인들에 대한 추수를 보여 주고 있기 때문이다. "엘리어트를 닮기 전에 쉴러를 닮아라,"[1] "申XX가 되지 마라. 內村鑑三가 되라. H. G. Wells가 되라,"[2] "아포리넬의 교훈처럼 개미처럼 일하자"[3] 등의 구절이 보여 주는 것처럼 김수영은 수많은 외국 문인들을 거울 삼아 시작 활동을 전개하였다. 그의 산문에서 외국 문인과의 대결 의식을 나타낸 대목, 외국 문인들을 뛰어넘으려는 의

지를 다지는 대목을 찾는 것은 그리 어려운 일이 아니다. 김수영이 그의 문학 세계에 수용하였으리라고 추정되는 외국 작가들의 이름을 시대별로 나열하는 것은 20세기 영미 문학사를 개관하는 것과 거의 같다고 할 수 있다. 그 정도로 김수영은 외국 문인들에 대한 추수를 보이고 있다.

결론을 미리 얘기하는 셈이 되지만, 김수영의 경우 그가 경도된 모든 문인들의 영향을 받았다고 보아야 한다. 그는 특정 문인의 영향을 받았다기보다 관심을 끊임없이 옮겨가면서 영향의 수원을 바꾸었던 것이다. 특히 김수영에게 중요했던 것은 그와 동시대의 외국 문인들이었다. 앞으로의 서술은 모두 이러한 점을 확인하는 데 바쳐질 것이다.

2. "영양의 보급로," "문학의 자양"

김수영에게 있어 외국 문학이 어떤 비중을 차지했는가 하는 것은 그 자신의 표현 ― "문학의 자양," "영양의 보급로"라는 말에 잘 드러난다. 그는 문학 활동에 있어서의 "문학의 자양" 혹은 "영양의 보급로"의 중요성을 여러 차례 강조하고 있는데, 이것은 그 자신의 문학 활동뿐만 아니라 우리 시단의 현황을 점검하는 데 있어서도 중요한 잣대로 작용하였다.

① 따라서 35세 이상은 대체로 일본어를 통해서 문학의 자양을 흡수한 사람이고 그 미만은 영어나 우리말을 통해서 그것을 흡수한 사람이다 …(중략)… 그러면 35세 이하의 경우는 어떠한가? 이들의

문학자양의 원천은 기성세대보다도 더 불안하다.[4]

　② 이런 싸움이나 주장에서는 성장이 아닌 혼돈만을 자아내는 결과밖에 나오지 않는다. 시작품도 그렇고 시론도 그렇고 〈문맥이 통하는〉 단계에서 〈作品이 되는〉 단계로 옮겨서야 한다. 그러기 위해서는 신진들의 시급한 과제는 그들의 시나 시론이 정상적으로 발전해나갈 수 있는 영양의 보급로를 찾아야 할 일이다.[5]

　이 두 인용문은 우리 문단에 대한 ‘진단’을 하고 있는 것이지만 김수영이 시작 활동을 함에 있어 “자양,” “영양”을 얼마나 중요하게 생각했는지를 확인하기에는 조금도 부족함이 없다. 그러면 그의 문학에 자양분을 공급해 주었던 보급로는 구체적으로 어떤 것이었을까? 김수영에게 있어서는 우리 문학을 문학적 자양으로 했다는 사실을 확인할 수 없다. 적어도 그가 의식하고 있었던, 그리고 의식적으로 보급 받으려 했던 것은 외국 문학이었다.

　김수영이 일차로 “영양의 보급로”로 택했던 외국 문학은 일본 문학이었다. 그의 산문 곳곳에서 안자이 후유에安西冬衛, 니시와키 준자부로西脇順三郎, 기타조토 가쓰에北園克衛, 홋타 요시에堀田善衛, 우치무라 간조內村鑑三, 요시아 노부코吉屋信子, 무라노 시로村野四郎 등에 대해 관심을 표명하고 있음을 확인할 수 있다. 또 김수영 평전을 통해 확인할 수 있는 바, 김수영이 일본 유학 시절에 일본의 동인지『시와 시론』에서 활약했던 모더니스트들과 에머슨, 러스킨, 블레이크, 초현실주의 시인들을 좋아했다는 사실과 〈마리서사〉 시절에도 일본 초현실주의 시인들에게 관심을 가졌다는 것도 알 수 있다.[6] 김수영이 습작 초기에 일어로 시를 썼다거나 1960년대까지도 일본어로 된 책을 읽었고 더러는 일기도 일본어로 썼다는 사실[7]은 김수영과 동시대의 시인들에게 있어서는 특별한 일이 못 될지도 모른다. 그들은 학교에서 일본어로 교육을 받은 사람들로 한국어보다 일본어가 더 편한 세대들이기 때문이다.

김수영이 같은 시대의 시인들과 자리를 달리하는 것은 그가 영양의 보급로로 일본 문학 외에 영·미 문학을 택했다는 점에 있다. 김수영은 그가 몸담았던 〈후반기〉의 다른 동인들과 마찬가지로 시작 초기에는 일본 문학의 영향, 특히 『시와 시론』에서 활약했던 모더니스트들과 초현실주의 시인들의 영향을 받았다고 할 수 있다.[8] 그러나 해방 이후 그는 "문학의 자양"을 "서구의 현대시"에서 찾았다. 대부분의 김수영 세대들이 해방 후 새로 들어온 '미국 문학'에 등한한 것에 반해 그는 미국 문학 쪽에 적극적인 관심을 기울인다. 이 점이 바로 김수영과 동시대의 시인들을 구별해 주는 것이자 김수영 스스로 갖는 자부심이기도 했다.

앞서 인용한 바 있는 「히프레스 문학론」은 "이렇게 이곳의 문학계가 저조하고 좋은 작품이 나오지 않는 이유가 어디에 있는가를 생각해 볼 때"로 시작된다. 그리고 그 이유를 "우리 문학에 '영양'을 제공해주는 원천이 고갈되어 있다"는 사실에서 찾고 있다. 이 점을 구체적으로 설명하기 위해 김수영은 '우리 문단의 나이'를 35세 미만과 35세 이상으로 나누어 그 각각의 '문학적 영양' 상태를 진단한다. 그에 따르면 35세는 1945년에 15세였던 사람으로 대체로 일본어를 통해서 문학의 자양을 흡수한 사람이고, 35세 미만은 영어나 우리말을 통해서 그것을 흡수한 사람이다. 그런데 김수영이 보기에 이 두 그룹은 모두 '문학적 영양'에 있어 각각 문제를 지니고 있다. 35세 이상의 문학하는 사람들, 즉 일본어로 문학의 자양을 흡수한 사람들은 해방과 더불어 그들에게 "문학의 자양을 공급하던 가냘픈 뿌리," 즉 일본 문학을 더 이상 공급받지 못하게 되었으며, 영어나 우리말을 통해 문학의 자양을 흡수한 35세 이하 사람들은 양서洋書를 거의 읽지 않기 때문에 "밑천" 없이 문단에 등장한다는 것이다.[9]

　김수영의 논리를 따라간다면 자신은 해방 이전에는 일본 문학을 읽었고 해방 이후에는 즉시 미국 문학을 읽음으로써 든든한 "밑천"을 가지고 문학 활동을 하였던 것이 된다. 특히 해방 후에는 일본서를 읽는 사람도, 서양서를 읽는 사람도 별로 없는데 반해 자신은 두 가지를 모두 읽는 경우에 해당되는 것이다. 여기서, 김수영이 이해한 서구 문학이란 것이 어떤 것이었는지 그 자신의 말을 통해 확인해 볼 필요가 있을 것 같다.

　　우리 문학이 일본서적에서 자양분을 얻었다고 했지만, 정확하게 말하자면 일본을 통해서 서양문학을 수입해왔고, …(중략)… 그러나 해방과 동시에 낡은 필터 대신에 미국이라는 새 필터를 꽂은 우리 문학은, 이 새 필터가 헌 필터처럼 친절하지 않다는 것을 느꼈다. …(중략)… 이러한 새로운 탁류 속에서 미국의 〈국무성 문학〉이 서구문학의 대명사같이 되었고, 우리 작가들은 외국문학을 보지 않는 것을 명예처럼 생각하게 되었던 것같다.
　　그러나 식민지문학으로 등장한 미국문학이라고 하지만 그의 역사는 일본문학의 3배나 되고, 그의 밀접한 배후에 장구한 역사를 가진 유럽문학과 부단히 혈액관계를 가지고 있는 문학은 일본문학처럼 다루기 쉬운 것은 아니었고…… 식민지문학을 벗어나지 못한 문학이 F. O. A의 언어를 이해하지 못할 때 거기서 무엇이 자랄 수 있겠는가?…(중략)…
　　아무래도 앞으로 우리 문학은 세계의 창을 내다볼 수 있는 소수의 지적인 젊은 작가들에게 희망을 걸 수밖에 없다.[10]

위의 글을 통해 김수영이 해방 이전의 일본 문학과 해방 이후의 미국 문학을 문학의 자양으로 강조하는 것은 그것이 바로 세계의 문학을 이해하게 해주는 통로이기 때문이라는 것을 알 수 있다. 김수영은 '미국 문학'을 일본 문학보다 3배나 오래 되었고, 장구한 역사를 지닌 유럽 문학과 밀접히 관련되어 있는 것으로 이해하고 있다. 이 경우, 김수영이 말하는 '미국 문학'이란 영 · 미를 위주로 한 서구 문학의 대표 이름으로 보는 것이 좋을 것이다. 어쨌든 김수영은 이 서구 문학을 내다볼 수 있는 "소수의 지적인 젊은 작가들에게 희망을" 걸고 있는 것이고, 그 자신의 문학적 희망도 이 서구 문학에서 찾았던 것이 틀림없다.

3. 영 · 미 잡지 『엔카운터』, 『파르티잔 리뷰』

해방 이후 김수영의 관심이 일본 문학에서 영 · 미 문학 쪽으로 옮겨 왔다는 것, 그것이 그 자신의 자부심이었다는 것은 앞에서 얘기하였다. 이때, 김수영이 영 · 미 문학이라는 문학 활동의 자양분을 보급받은 주된 통로는 '책'이었다. 이제는 그것이 어떤 '책'이었는지를 살펴볼 차례다. 김수영의 시에는 특이하게도 외국 서적에 대한 관심 자체가 시가 되거나 외국 서적이 시의 소재가 되고 있는 것이 많다. 「가까이 할 수 없는 서적」, 「아메리카 타임지」, 「방안에서 익어가는 설움」, 「서책」, 「육법전서와 혁명」, 「만시지탄은 있지만」, 「엔카운터지」, 「VOGUE야」 등이 그것이다. 이 가운데 「가까이 할 수 없는 서적」, 「아메리카 타임지」, 「엔카운터지」, 「VOGUE야」는 잡지를 소재로 한 시이다. 책, 특히 외국 잡지를 소재로 삼은 시는 우리 시단에서는 매우 희귀한 것으로 이 자체가 김수영의 특징적 면모가 된다.

①
가리포루니아라는 곳에서 온 것만은
確實하지만 누가 지은 것인줄도 모르는
第二次大戰 以後의
긴긴 歷史를 갖춘 것같은
이 嚴然한 冊이
지금 바람 속에 휘날리고 있다

— 「가까이 할 수 없는 **書籍**」 부분

②
瓦斯의 政治家여
너는 活字처럼 고읍다
내가 옛날 아메리카에서 돌아오던 길
뱃전에 머리 대고 울던 것은 女人을 위해서가 아니다

오늘 또 活字를 본다
限없이 긴 활자의 連續을 보고
瓦斯의 政治家들을 凝視한다

— 「아메리카 타임誌」 부분

③
VOGUE야 넌 잡지가 아냐
섹스도 아냐 唯物論도 아냐 羨望조차도
아냐—羨望이란 어지간히 따라갈 가망성이 있는

상대자에 대한 시기심이 아니냐, 그러니까 너는
羨望도 아냐

— 「VOGUE야」 부분

　「가까이 할 수 없는 서적」에는 "가리포루니아"(미국의 캘리포니아)라
는 곳에서 온 책을 대하는 화자의 심정이 드러나 있으며 「아메리카
타임誌」, 「VOGUE야」는 잡지 이름을 그대로 시의 제목으로 하여 그
잡지와 관련된 화자의 정서를 담고 있다. 잡지는 시사성, 현장성이
강한 책이라고 할 수 있다. 김수영이 외국 잡지에 관심이 많았다는
것은 그가 세계 문단의 조류를 감지하려고 했던 것과 불가분의 관계
에 있는 것으로 판단된다.[11] 이런 잡지들 중에서도 특히 "스티븐 스펜
더 주간의 영국의 고급 월간지"[12]인 『엔카운터Encounter』에 대한 김수
영의 관심은 지대했던 것으로 보인다.

　　빌려드릴 수 없어. 작년하고도 또 틀려.
　　눈에 보여. 냉면집 간판 밑으로―육계장을 먹으러―
　　들어갔다가 나왔어―모밀국수 전문집으로 갔지―
　　매춘부 젊은애들, 때묻은 발을 꼬고 앉아서
　　유부우동을 먹고 있는 것을 보다가 생각한 것
　　아냐. 그때는 빌려드리려고 했어. 寬容의 미덕―
　　그걸 할 수 있었어. 그것도 눈에보였어. 엔카운터
　　속의 이오네스꼬까지도 희생할 수 있었어. 그게
　　무어란 말이야. 나는 그 이전에 있었어. 내 몸. 빛나는
　　몸.

　　그렇게 매일 믿어왔어. 방을 이사를 했지. 내

방에는 아들놈이 가고 나는 식모아이가 쓰던 방으로
가고. 그런데 큰놈의 방에 같이 있는 가정교사가 내
기침소리를 싫어해. 내가 붓을 놓는 것까지
자리에서 일어나는 것까지 문을 여는 것까지 알고
防禦作戰을 써. 그래서 안방으로 다시 오고, 내가
있던 기침소리가 가정교사에게 들리는 방은 도로
식모아이한테 주었지. 그때까지도 의심하지 않았어.
책을 빌려드리겠다고. 나의 모든 프라이드를
재산을 연장을 내드리겠다고.

— 「엔카운터誌」 부분

　위의 시는 『엔카운터』라는 잡지를 시의 제목, 소재로 하고 있다는
점도 특징적이지만 잡지 내용의 일부 — "이오네스꼬"까지 거론하고
있다는 점도 눈에 뜨인다. 이 시에서 김수영은 『엔카운터』를 "나의
모든 프라이드," "재산," "연장"이라고 표현하고 있다. 김수영의 산문
을 추적해 보면 그가 실제로 『엔카운터』를 정기 구독한 것을 알 수
있다. 그는 산문에서 "《엔카운터》誌가 도착한 지가 벌써 일주일도 넘
었을 터인데 이놈의 잡지가 아직도 봉투 속에 담긴 채로 책상 위에서
딩굴고 있다"[13]는 기록을 하고 있는 것이다. 김수영이 생계의 일부를
번역으로 해결했다는 것은 잘 알려져 있다. 이 번역에 중요한 자료를
제공한 것도 『엔카운터』였다. 김수영이 번역한 글 중 리차즈 스턴의
작품 「이」(『문학춘추』, 1964. 7), 죠지 스타이너의 평론 「맑스주의와 문
예비평」(『현대문학』, 1963. 3-4)은 『엔카운터』에 실려 있던 것이다.[14] 네
루다의 시 역시 『엔카운터』에서 고른 것이었다.[15]
　『엔카운터』는 1953년 영국에서 스티븐 스펜더와 크리스틀이 공동
편집인으로서 창간한 잡지로, 김수영은 이 잡지에 관심을 가짐으로

써 영국 문단을 위주로 한 세계 문단의 동향을 파악할 수 있었을 것이라고 생각해 볼 수 있다. 『엔카운터』가 영국을 중심으로 한 세계 문단을 한 눈에 조망케 하는 잡지였다면, 『파르티잔 리뷰』는 미국을 중심으로 한 세계 문단 동향을 파악할 수 있게 한 잡지였다.

> 지금 나는 바로 옥색빛나는 새로 산 금성표 라디오 앞에서 며칠 후
> 에 이 라디오로 들을 수 있는 방송용 수필을 쓰고 있다. 이 탁자 위
> 에는 라디오의 오른편에 전화통이, 왼편에 전기스탠드가, 스탠드
> 앞에는 《신동아》《사상계》《파르티산 레뷰》 등의 신간잡지가 놓여
> 있고, 라디오의 바로 앞에는 수일전에 결혼한 어떤 젊은 평론가의
> 청첩장 봉투가 놓여있고, 이 봉투 위에는 낙서가 낭자하게 적혀있
> 다. 지금 이 수필을 쓰게 된 영감은 이 봉투 위의 낙서에서 온 것이
> 다.[16]

김수영은 『파르티잔 리뷰』[17]를 통해서도 『엔카운터』만큼이나 많은 "자양"을 공급받았던 것으로 보인다. 김수영이 번역한 글의 상당 부분이 『파르티잔 리뷰』에 실렸던 것으로 확인되고 있기 때문이다. L. 트릴링의 「쾌락의 운명」(『현대문학』 1965. 10-11), A. 카진의 「정신분석과 현대문학」(『현대문학』, 1964. 6), 조셉 프랑크의 「도스또예프스키와 사회주의자들」(『현대문학』, 1966. 12), L. 아벨의 「아마추어 시인의 거점」(『현대문학』, 1958. 9) 등이 『파르티잔 리뷰』에서 번역한 글이다. 『파르티잔 리뷰』는 1936년 창간 후, 정간과 복간을 거쳐 '뉴욕 지성인파 The New York Intellectuals'가 주도하였다. 김수영이 산문을 통해 거론하고 있는 스티븐 마커스, 메리 메카시, 앨프리드 카젠(알프레드 케이즌)[18] 등이 모두 이 '뉴욕 지성인파' 들인데, 이들은 『파르티잔 리뷰』를 통해 집하게 되었을 것이라고 추정해 볼 수 있을 것이다. 이들 뉴

욕 지성인파의 전성기는 대체로 30년대 말부터 50년대 중반까지지만, 케이즌, 하우 등의 비평가들이 뉴욕 지성인파의 사상과 관심, 방법과 전망을 1980년대까지 지속했다는 점을 고려해 본다면,[19] 김수영이 얼마나 당시의 '조류'를 적극적으로 수용했는지를 짐작하기 어렵지 않다.

김수영은 『엔카운터』를 통해 영국 문단을, 『파르티잔 리뷰』를 통해 미국 문단을 조망하고 있었다고 할 수 있겠다. 물론 이 두 잡지가 다른 나라의 문인들을 소개했을 것이고, 김수영은 이 두 잡지를 통해 문학의 세계적인 흐름을 읽을 수 있었을 것이다.

김수영이 영·미 잡지를 구독했다는 사실은 자칫 그를 영·미 문학 편향자로 오해하게 할 소지가 있을 것 같다. 그러나 영·미 잡지 구독은 그의 외국어 능력, 즉 그가 할 수 있는 외국어가 일어와 영어였다는 사실과 관련이 있는 것일 뿐, 그가 다른 외국 문학을 도외시했다는 증거는 아니다. 『엔카운터』와 『파르티잔 리뷰』는 세계 각국의 문학을 소개하고 있었으므로 김수영은 이들 잡지를 통해 세계 각국의 문학의 흐름을 알 수 있었을 것이다. 실제 그의 산문이나 번역물을 보면 이 두 잡지를 통해 독일, 스페인, 인도, 칠레 등의 문학도 접했던 것으로 확인되고 있다. 그러니까 김수영에게 있어 『엔카운터』와 『파르티잔 리뷰』는 세계 문학의 조류를 조망할 수 있게 해주는 중요한 수단이었던 것이다.

잡지는 시사성, 현장성이 강한 책이다. 김수영이 외국 잡지에 관심이 많았다는 것은 그가 세계 문단의 조류를 감지하려고 했던 것, 그리고 그것을 따라가려고 했던 것과 불가분의 관계에 있다. 김수영에게 있어 외국 잡지는 일차로 그의 수입원인 번역 거리를 제공해 주었고, 또 시의 주요한 소재가 되어 주었다. 그리고 풍부한 시와 시론을 제공함으로써 그의 시작 활동에 많은 영향을 미쳤던 것이다. 세계 문단의 조류를 따라가고자 했던 김수영에게 영·미 잡지는 불가피한 선택이었다고 할 수 있다. 그 당시, '세계의 창을 내다볼 수 있는' 통로로 잡지만큼 빠르고 유용한 매체는 없었을 것이기 때문이다.

그러나 김수영의 정신은 '움직이는' 것에 그 특징이 있다. 그는 이 두 잡지에 만족하지 않았다. "불어도 배우자. 부지런히 배우자. 불란서잡지를 주문해서 참고로 하자. 오늘뿐만 아니라 내일의 참고로도 하자"[20]는 진술은 그의 정신을 설명해 주는 데 시사하는 바가 많다. 이 일기를 쓴 것이 1960년 9월인데, 그 후 김수영이 "불란서잡지"를 구독했는지 어쨌는지는 확인할 수 없다. 그러나 그가 적어도 프랑스 문단에도 촉각을 곤두세우고 있었으리라는 점만은 짐작키 어렵지 않다.

4. 동시대의 시와 시론

김수영이 산문에서 거론하고 있는 문인, 그가 번역한 글들의 작가 이름을 나열해 보면 한 가지 뚜렷한 특징을 발견할 수 있다. 일본 문학을 "영양의 보급로"로 했던 시기를 지나 영·미 문학을 영양의 보급로로 삼은 이후, 그가 경외감을 표현한 혹은 관심을 보인 문인들은 미국의 신비평가에서 시카고학파, 라이오넬 트릴링, 고백파 시인, 비트 시인, 뉴욕 지성인파, 그리고 영국의 엘리엇, 오든 그룹, C. D. 루이스, 조지 바커, 딜란 토마스, 킹슬리 아미스 등에 이른다. 물론 이 외에도 프랑스, 독일, 러시아, 폴란드, 인도 시인들에 대해서두 관심을 보이고 있다. 이러한 이름들의 나열에서 이미 짐작되는 것이겠지만, 김수영에게 영양을 공급해 주는 중요한 보급로였던 영미 문학이 '고전'까지를 포함하는 것은 아니었다. 다시 「히프레스 문학론」으로 돌아가 보자.

　　그러면 35세 이하의 경우는 어떠한가? 이들의 문학자양의 원천은
기성세대보다도 더 불안하다. 서울만 하더라도 洋書 신간점이 日書
店보다 숫적으로는 훨씬 많지만 구매량은 지극히 미소하다. 이들은
기성세대들이 문학공부를 할 때의 독서량에 비하면 현격하게 희미
한 양의 밑천을 가지고 문단에 등장한다. 그러니까 이들은 마지못
해 국내작가들의 것을 읽게 되고, 김동리 서정주 유치환 박영준 안
수길 백철 이어령의 추천을 받고 나온다. 이들의 「천료소감」이라는
것을 보면 〈……나는 백철씨의 인내와 끈기, 이어령씨의 패기와 재
치, 유종호씨의 중용을 한데 종합한 것을 써보겠다……〉는 식이다.
이런 사람들은 대개가 국문과 출신이고, 서정주나 김동리의 아류가
제일 많이 나오는 곳이 여기이다.[21]

　김수영은 주로 국문과 출신의 신인들이 국내 작가의 작품을 "자
양"으로 하여 등단한다는 사실, 그리고 국내 작가를 따르고 싶어 한
다는 사실에 우려를 표한다. 영문과 출신들이 외국 작가들을 "자양"
으로 하고 있다는 점에 있어서는 국문과 출신보다 "약간 시야가 넓
은 것" 같지만 더 "조잡"하다고 말한다. 김수영이 영문과 출신들이
국문과 출신보다 더 조잡하다고 말하는 이유는 그들이 "천료소감"에
서 톨스토이나 포스터, 랭보를 거론하고 있기 때문이다. 김수영이 이
들 문호를 거론하는 신인에 대해 우려를 표하고 있는 것은 이들 문호
들이 '현대'의 작가들이 아니라는 점 때문이다. 톨스토이는 1910년
에, 랭보는 1891년에 사망한 인물이다. 김수영이 위의 글을 쓸 당시,
그러니까 1960년대에 문단에 등장하는 사람들과 톨스토이나 랭보와
는 50-70년의 시간적인 거리가 존재한다. 김수영이 영문과 출신들을

"조잡"하다고 말하는 것은 바로 이러한 사정과 관련된다. 김수영이 이 글을 썼던 1964년에 포스트는 86세의 나이로 생존해 있었다. 생존해 있는 인물에 대해서조차 그 인물을 추수하는 것을 우려하는 것은 김수영이 얼마나 '현대적'인 것을 중요하게 생각했는지를 알게 해준다. 위의 글 말고도 「세대교체의 연수표」에서, 김수영은 핀다로스나 알렉산더 포프 등과 같은 '현대적'이지 않은 인물들을 인용하는 사람들에 대한 우려를 표명하고 있다.

김수영에게 동시대의 문학이 얼마나 중요했는지는 그가 산문에서 거론하고 있는 작가들의 생몰 연대를 확인해 보면 분명하게 드러난다.[22]

미국	파운드(1885-), 로예스케(1908-1963), 볼드윈(1924-), 메리앤 무어(1887-), 노오만 메일러(1923-), 에드워드 앨비(1928-), 엘리자베스 비숍(1911-), 알렌 긴즈버그(1926-), 존 애쉬베리(1927-), 프로스트(1987-1963), 뢰스케(1908-1963)
영국	엘리어트(1888-1965), 아브람 테르쯔, 킹슬리 아미스(1922-), H. G. 웰스(1866-1946), 존 웨인(1925-), 머독(1919-), 로버트 그레이브스(1895-)
프랑스	그레암 그린(1904-), 아폴리네르(1880-1918), 샤르트르(1905-), 쥴 슈뻴비엘(1884-1960), 앙드레 부르똥(1894-1966), 트리스탄 자아라(1896-1963), 바타이유(1897-1962), 모리스 브랑쇼(1907-), 장 꼭또(1889-1963), 르끌레지오(1940-), 레이몽 끄노(1903-)
소련	마야코프스키(1893-1930), 파스테르나크(1890-1960), 에프투셴코(1933-), 보즈네센스키(1933-), 카자코프(1927-), 솔제니친(1918-)
독일	브레히트(1898-1956), 홀투젠(1913-), 고드프리드 벤(1886-1956), 알바트 아놀드 숄
폴란드	센키에비치
인도	타골(1861-1941)
일본	安西冬衛(1898-1965), 西脇順三郎(1894-), 北園克衛(1902-), 三岸節子北( ), 堀田善衛(1918-), 内村鑑三(1861-1930), 吉屋信子(1896-), 村野四郎(1901-), 高見順(1907-1965)

위의 인명들의 생몰 연대는 김수영을 기준으로 하여 작성하였다. 김수영이 사망한 1968년을 기준으로 하여 1968년 이후 사망한 경우에는 사망 연대를 밝히지 않았다. 위의 도표에 따르면, 일단 김수영의 관심이 영·미 문학은 물론 독일, 폴란드 문학에까지 미치고 있다는 것을 알 수 있지만, 그보다 더 눈에 뜨이는 점은 그가 관심을 표명한 인물들이 대부분 김수영 당대에 활발히 활동하고 있던 문인들이라는 점이다. 그가 긍정적인 측면에서 언급했던 인물들은 거의 대부분이 김수영 당대에 생존해 있는 인물들(파운드, 니시와키 준자부로, 기카조노 가쓰에, 무라노시로, 보즈네센스키, 에프투센코, 볼드윈 등)이거나 적어도 1960년대에 사망한 인물들(프로스트, 엘리엇, 파스테르나크, 뢰스케 등)이었던 것이다. 김수영이 거론한 일부 작가들은 80년대까지 활동하거나 90년대에 사망(제임스 볼드윈은 1987년 사망, 그레이엄 그린은 1970년대 사망, 킹슬리 에이마스는 2000년도까지 활동한 것으로 확인되고 있다)했다. 수잔 손탁은 2004년 사망할 때까지 비평가로 활발하게 활동했다. 이렇게 김수영은 당대에 한창 활동하고 있거나 적어도 막강한 영향력을 행사하고 있는 인물들에 관심을 가졌던 것이다. 김수영이 얼마나 재빨리 관심의 영역을 바꾸었는지를 실증하기 위해 여기서는 그의 시와 시론을 구체적으로 살펴보는 것이 좋을 것 같다.

김수영 시에 영향을 주었다고 연구자들이 판단해 온 외국 시인들로는 휘트먼, D. H. 로렌스, 말라르메, 발레리, 하이데거, 릴케, 로버트 트릴링 등이 있다. 이들은 모두 어떤 식으로든 김수영에게 영향을 주었을 것이다. 그러나 이 글은 김수영 시의 어떤 부분이 어떤 시인의 영향을 받았는지를 밝히는 것보다 김수영 시의 영향 관계의 본질을 밝히는 것에 주력하고 있으므로 개별 시인과의 일대일 비교는 하지 않으려한다. 그러나 기왕의 연구자들이 다루지 않았던 소련 시인 보즈네센스키와의 관련, 미국의 고백파 시인들과의 관련에 대해 간략히 언급하는 것은 김수영의 관심의 향방이 얼마나 다채롭게 움직였는가를 보여 주는 중요한 증거라고 생각한다. 필자가 이 두 사람을 택한 것은 이들과의 영향 관계가 다른 논자들에 의해 전혀 논의되지 않았거나 별로 논의되지 않았기 때문이지 김수영과 특별히 더 영향 관계가 많기 때문은 아니라는 점을 한 번 더 강조해 두어야겠다.

김수영은 산문에서 마야코프스키, 파스테르나크, 에프투센코, 보즈네센스키, 카자코프, 솔제니친 등의 소련 작가에 대해서 언급하고 있는데, 특히 보즈네센스키에 대해서는 특별한 관심을 보인 바 있다. 그는 「히프레스 문학론」과 「반시론」에서 보즈네센스키를 언급하고 있는데, 이 두 글은 각각 1964년과 1968년에 씌어진 것이다. 보즈네센스키는 1933년 생으로 1958년부터 시를 발표하기 시작, 1960년에 첫 시집을 출간했고, 이후 7, 80년대까지도 왕성한 작품 활동을 하여 1979년에 시 부문 국가상을 수상했다. 특히 1960년에 발간한 작품집들은 시의 형식면에서 과감한 실험 정신을 보여 준 것으로 당시 소비에트 문단과 외국 문단에 이르기까지 큰 반향을 일으키며 그에게 확고한 문명文名을 안겨주었다.[23] 여기서 우리의 주목을 끄는 사실은 김수영의 보즈네센스키에 대한 관심이 보즈네센스키의 활동 연대에 이미 이루어졌다는 것이다. 이것은 김수영이 얼마나 세계 문단의 조류에 민감했으며, 그의 관심 영역이 얼마나 끊임없이 변화해 갔는지를 잘 보여 주는 것이라고 할 수 있겠다.[24]

보즈네센스키와 더불어 소개하고자 하는 또 다른 시인은 소위 '고백파'라고 불리던 데어도어 뢰스케이다. 뢰스케를 설명하기 전에 왜 '고백파'를 주목하는가에 대한 설명부터 해야 할 것 같다. 김수영이 번역한 시작품의 목록을 보면 모두 8명의 외국 시인의 이름이 나온다. 엘리엇, 파스테르나크, 예이츠, 엘리자베스 비숍, 데오도오 뢰스케, 델모아 슈왈쯔, 로버트 로웰, 파블로 네루다가 바로 그들이다. 그런데 이 중 네 명의 시인 ─ 엘리자베드 비숍, 데어도오 뢰스케, 델모아 슈왈쯔, 로버트 로웰 ─ 이 1950년대 미국 시단에서 '고백파'로 불리던 사람들이다.[25]

김수영이 번역한 네 명의 고백파 시인들 중 특히 친밀감을 표한 사람이 뢰스케다. 뢰스케가 김수영에게 미친 영향은 다른 고백파 시인들보다 직접적이라고 할 수 있을 것이다. 김수영이 산문을 통해서 직접 뢰스케에 대한 친화감을 표시하고 있기 때문이다.

① 그런데 이와 비슷한 담배갑의 보이지 않는 메모가 내 머릿속에도 거의 언제나 들어있다. 요즘의 그 위에 써있는 메모는 미국시인 데어도오 뢰스케의 시의 짤막한 인용구다―〈너무 많은 實在性은 현기증이, 체증이 될 수 있다―너무 밀접한 직접성은 극도의 피로가 될 수 있다.〉[26]

② 그 증거로는 신문사의 신춘문예응모작품이라는 엉터리 시를 500편쯤 꼼꼼히 읽은 다음에 그대의 시를 읽었을 때와, 헤세나 릴케 혹은 로예스케의 명시를 읽은 다음에 그대의 시를 읽었을 때와는 그대의 작품에 대한 인상·감명은 어떻게 다를 것인가. 그대는 발광해버릴 것이다.[27]

김수영이 이들 고백파의 시를 그들이 한창 활동하던 시기에 외국 잡지를 통해 직접 접했다는 사실은 주목을 필요로 한다. 그가 국내의 어떤 시인보다도 먼저 이들 고백파의 작품을 접했으리라는 것은 짐작하기 어렵지 않다. 고백파의 작품을 접하고 김수영이 그것에 친화감을 느꼈으며, 그 친화감이 김수영의 시세계에 영향을 미쳤을 것으

로 보이는 것이다.[28]

아직 검토하지는 못하였지만 파블로 네루다의 작품도 정밀히 살펴볼 필요가 있는 것으로 생각된다. 김수영은 『창작과 비평』 1968년 여름호에 네루다의 시를 번역해서 실은 바 있다. 같은 지면에서 김수영은 "여기에 역출한 6편의 작품은 최근의 「엔카운터」지에 게재된 12편 중에서 뽑은 것이고, 그의 시집 『에스트라바가리오』(1958)와 『프레노스 · 포데레스』(1962)에서 골라 낸 것들이다"[29]고 밝히고 있다. 김수영의 말을 그대로 믿기로 한다면 그는 네루다의 시집을 두 권 읽은 셈인데, 이것도 어떤 식으로든 김수영 문학에 영향을 미쳤을 것으로 추정되는 것이다.

그러나 '고백파'의 영향, 또 보즈네센스키의 영향으로 김수영의 시 전체를 설명할 수는 없다. 김수영이 독자를 압도하는 것은 그의 시세계가 다채롭기 때문이다. 김수영은 부단한 자기 갱신으로 끊임없이 시세계를 바꾸어 가려고 노력했던 인물이다. 김수영이 외국 문학에 관심을 기울이고 거기서 많은 영향을 받은 것은 사실이지만, 그의 관심이 어느 한두 시인, 혹은 유파에 머물러 있었다고는 할 수 없는 것이다. 이 점은 시뿐만 아니라 시론에서도 마찬가지다.

김수영은 시작 초기에는 일본의 『시와 시론』을 중심으로 한 초현실주의 시인들을 숙독하였으나, 재빨리 영미 문학 쪽으로 관심을 옮긴다. 이때 그가 주목한 시인들이 스티븐 스펜더를 중심으로 한 오든 그룹이다. 1950년대의 그의 산문, 번역물 목록을 확인해 보면, C. D. 루이스, 브라머, 알렌 테이트를 비롯한 신비평가들의 이름, 뉴욕 지성인파의 이름이 자주 눈에 뜨인다. 실제로 그는 자신의 시 작품을 이들 외국 시인들의 시와 시론에 비추어 평가하였던 것으로 보인다. 그는 「미역국」은 C. D. 루이스의 시론을,[30] 「눈」, 「이 한국문학사」, 「H」는 알렌 테이트의 시론을 의식해서 쓴 것이라고 밝히고 있다.[31] 그리

고 리오넬 트릴링에 비추어 자신의 처녀작을 「병풍」과 「폭포」로 들기도 했다.[32]

그러나 이들에 대한 그의 관심도 오래 지속되지는 않았던 것 같다. 1966년의 산문에서는 프로스트에 대한 경사를 보여 주고 있다. 그는 특히 「풀의 영상」, 「엔카운터지」, 「전화이야기」 등의 시를 프로스트의 시론에 비추어 보고 있다.[33] 그러나 이 무렵의 김수영이 프로스트만을 염두에 두고 있었다고 할 수 없을 듯하다. 같은 해의 그의 글에서 수잔 손탁, 스티븐 마커스, 메리 매카시 같은 사람들의 글이 언급되고 있기 때문이다. 우리가 확인할 수 있는 바 김수영이 관심을 가졌던 마지막 인물이 하이데거인 것은 확실한 듯하다. 그가 사망하던 해인 1968년에 씌어진 글에서 그는 프로스트에서 하이데거로 관심이 옮겨가고 있음을 고백하고 있다.

> 로버트 프로스트의 〈시는 지리에서부터 시작된다〉는 말을 몹시 신봉하던 때가 있었는데 근자에는 그 신조를 무시하고 쓴 시가 여러 편 있다. 요즘의 강적은 하이데거의 「릴케론」이다. 이 논문의 일역판을 거의 안 보고 외울만큼 샅샅이 진단해보았다. 여기서도 빠져나갈 구멍은 있을텐데 아직은 오리무중이다.[34]

나는 김수영이 프로스트에서 하이데거로 관심의 방향을 바꾼 것이 당시의 미국 문단의 상황과 무관하지 않다고 생각한다. 뉴욕 지성인파 이후 미국 문단을 풍미했던 것이 바로 실존주의였다. 유럽 실존주의자들이 미국 비평가들에게 커다란 영향력을 행사했는데, 그 대표적인 사람이 바로 마르틴 하이데거와 장 폴 사르트르였던 것이다. 그의 하이데거 이해가 얼마나 정확한 것이었는지는 알 수 없다.[35] 그러나 확실한 것은 그가 더 살아 있었다면 그의 관심 분야가 다시 이동해 갔으리라는 것이다. 김수영은 누구의 시론이든 "빠져나갈 구멍"을 찾으면 즉시 거기를 빠져나와 관심을 다른 곳으로 돌렸기 때문이다.

5. '새로움'의 정체

김수영은 산문에서 "스승 없다, 국내의 선배시인한테 사숙한 일도 없고 해외시인 중에서 특별히 영향을 받은 시인도 없다"[36]고 말한 바 있다. 이 말은 한편으로 참이며, 다른 한편으로는 참이 아니다. 김수영이 기존이 모든 문학을 거부하고 새로운 문학을 하고자 했다는 측면에서 이 말은 참이다. 그러나 그가 많은 해외 문인들의 시와 시론을 읽었고 그것을 철저히 의식했다는 점에서는 이 말은 참이 아니다.

김수영만큼 외국 문학에 대해 개방적인 태도를 취하고 그것을 적극적으로 자신의 시세계에 도입한 시인은 흔치 않다. 김수영이 그럴 수 있었던 것은 그의 시정신 ― '새로운 것'을 추구하는 정신 ― 때문이었을 것이다. 그는 "〈새로움〉을 제시하는 것이 문학자의 의무"[37]라고 보았으며, "시에 〈의미〉가 있든 없든 간에, 시에 있어서 새로운 것이 있느냐 없느냐, 새로운 것이 있다면 어떤 모양의 새로운 것이냐부터 보아야 할 것"[38]이라고 하였다. 이렇게 '새로움'을 추구하는 정신이 끊임없이 그의 "영양의 보급로," "문학적 자양"의 원천을 바꾸게 했을 것이다.

김수영이 시를 통해 우리 시단에 선보인 독특한 모습들의 정체는 그의 '세계 문학'을 향한 끊임없는 도전 정신의 결과였다고 할 수 있을 것이다. 한국 문학을 벗어나 세계 문학을 보려는 의욕, 세계 문학의 동향을 민감하게 받아들이는 촉수, 그리고 이것들을 통해 새로운

문학을 이루어내려는 그의 시도가 김수영 문학을 낳게 했다고 보아
야 할 것이다. 이런 점에서 김수영은 영원히 새로운 시인이며, 언제
나 전위에 서 있는 시인이다.

김수영 시와 보즈네센스키 시의 비교

4

1. 들어가는 말

김수영이 우리 문학사에서 독특한 위치를 차지하고 있는 이유 중 하나는 그가 의식적으로 외국 문학을 자기화하려고 했다는 사실에서 찾아야 할 것 같다. 그의 시「가까이 할 수 없는 書籍」,「아메리카 타임誌」,「엔카운터誌」,「VOGUE야」,「전화이야기」등은 외국 잡지, 혹은 외국 문인들을 소재로 하고 있어 외국 문학에 대한 관심이 그의 시세계에 많은 영향을 미쳤음을 확인할 수 있다. 특히 김수영의 산문을 살펴보면 그가 수많은 외국 문인의 이름을 거론하고 있다는 사실, 그리고 이들 외국 시인과 대결 의식을 가지는 한편 외국 시인을 뛰어넘으려는 의지를 다졌다는 점, 또 외국 시론에 맞추어서 시를 쓰려고 했다는 점을 쉽게 확인할 수 있다.[1] 김수영의 경우, 외국 문학이 그의 시세계에 적지 않게 '영향'을 미쳤으며 또 그가 적극적으로 외국 문학을 '수용'했다고 판단되는 것이다.[2]

김수영이 그의 문학 세계에 수용하였으리라고 추정되는 외국 작가들의 이름을 거론하는 것은 20세기 영미 문학사를 개관하는 것과 같을 정도로 김수영은 외국 문인들에 대한 추수를 보이고 있다.[3] 이 글에서는 김수영이 관심을 표명한 많은 외국 작가들 중에서 러시아의 시인 보즈네센스키의 시와 그의 시를 비교해 보려고 한다.[4] 필자가 여기서 '영향 관계'를 규명하겠다는 표현을 쓰지 않고 '비교'를 해 보겠다고 한 것은, 보즈네센스키를 김수영 시의 영향의 원천으로 보기에는 현재로서는 무리가 따른다고 판단되기 때문이다. 물론 이것이 김수영이 보즈네센스키의 영향을 받지 않았다고 단정하는 것은 아니다. 다만 "역사적이고 사실적인 관계 유형에 의해"[5] 보즈네센스키의 영향과 수용을 증명하기에는 자료가 충분하지 않다는 것뿐이다. 영향 관계를 밝히는 것이 한계를 지니고 있으므로 이 글에서는 "두 작품 사이에 직접적인 관련이 없으면서도 공통적으로 나타나는 특성을 검토하는 주제 연구 방법"[6]을 주로 하여 두 시인의 작품을 비교해 보려 한다.

　이러한 연구를 진행하기 위해 필자는 우선 김수영의 산문을 통해 보즈네센스키의 영향을 짐작할 수 있는 근거들을 제시하고자 한다. 그리고 두 시인의 작품을 대비해 보고자 한다. 두 시인의 시세계에 대한 대비는 "문학 작품을 바라보는 시각을 확대시켜 영향 연구가 제공할 수 없는 측면을 보강"[7]해 줄 수 있을 것이다.

2. 보즈네센스키의 수용 가능성

김수영이 "문학의 자양," "영양의 보급로"라는 말로 외국 문학이 자신의 문학 활동의 원천이라는 것을 강조했다는 것은 3장에서 이미 밝혔다. 실제로 김수영이 일본어 실력과 영어 실력을 바탕으로 김수영 당대의 외국 잡지들, 특히 『엔카운터*Encounter*』와 『파르티잔 리뷰 *Partisan Review*』를 구독한 것도 확인하였다. 그리고 그의 관심의 영역이 영·미 문학은 물론 소련·독일·폴란드 등의 문학에까지 확대되어 있다는 점도 확인하였다. 김수영이 산문에서 언급한 소련 작가들은 마야코프스키, 파스테르나크, 에프투셴코, 보즈네센스키, 카자코프, 솔제니친 등이다. 그중에서 보즈네센스키에 대해 언급한 부분을 인용해 보기로 하자.

① 이것만 보아도 우리의 문학이 얼마나 세계의 조류를 등지고 있는가를 측량할 수 있다. …(중략)… 우리나라의 글 쓰는 사람들의 소심증은 일제의 군국주의시대에서부터 물려받은 연면한 전통을 가진 뿌리깊은 것이기도 하지만, 그리고 아직까지도 자유의 언어보다도 노예의 언어가 더 많이 통용되고 있는 비참한 시대이기는 하지만, 적어도 작가라면 이런 소리를 해서는 아니된다. 〈우리 문학이여, 나이를 어디로 먹었는가〉하는 한탄이 저절로 나온다. 우리나라 펜클럽은 에프투셴코를 모르고, **보즈네센스키를 모르고,** 카자코프를 모르고, 「解氷期」의 투쟁을 모르고, 아렌 테이트를 모르고, Communication과 Communion을 식별할 줄을 모른다. 우리나라의 대가연하는 소설가나 평론가들이 술을 마시기 전에 문학청년에게 침을 주는 말이 있다—『이거봐, 어려운 이야기는 하지 말아!』 우둔한 나는 이 말을 완전히 이해하기까지 꼭 15년이 걸렸다.[8] (1964)

② 歸納과 演繹, 內包와 外延, 庇護와 무비호. 유심론과 유물론, 과거와 미래, 남과 북, 시와 반시의 대극의 긴장, 무한한 순환, 圓周의 확대, 곡예와 곡예의 혈투, 뮤리엘 스파크와 스프트니크의 싸움, 릴케와 브레흐트의 싸움, 앨비와 **보즈네센스키의 싸움,** 더 큰 싸움, 더

큰 싸움, 더, 더, 더 큰 싸움······반시론의 반어.⁹ (1968)

(강조는 필자)

①은 김수영이 1964년에 쓴 「히프레스 문학론」의 일부분이다. 이 글은 "이렇게 이곳의 문학계가 저조하고 좋은 작품이 나오지 않는 이유가 어디 있는가를 생각해볼 때"로 시작하여, 우리 문학계에서도 외국 문학에 관심을 기울일 것을 강조하는 내용을 담고 있다. 김수영은 이 글에서 "우리 문학은 세계의 창을 내다볼 수 있는 소수의 지적인 젊은 작가들에게 희망을 걸 수밖에 없다"¹⁰고 하고 있는데, 특히 세계의 창으로 강조하고 있는 것이 위에서 인용한 소련 작가들이다. 김수영이 소련 작가들을 언급하게 된 맥락은 "우리나라의 글 쓰는 사람들의 소심증"¹¹을 지적하기 위한 것이다. "해빙기 투쟁"¹² 이후 소련 문단조차 급격한 변화를 보이고 있는데 반해 우리나라 문단은 "작품 자체에 진도가 없"¹³다는 점을 비판하는 것이다. 여기서 김수영이 거론한 에프투센코, 보즈네센스키는 소련의 '해빙기'를 대표하는 시인이다. 이 중 '보즈네센스키'는 ②의 인용문에서도 다시 등장한다.

②는 김수영이 1968년에 쓴 「반시론」의 제일 끝부분이다. 이 글의 앞부분은 우리 시단의 후진성을 지적하는 내용, 또 자신의 시 「라디오界」, 「性」, 「미인」에 대한 해설로 이루어져 있다. 여기서도 여러 사람의 외국 작가들을 거론하고 있는데, 그중의 한 사람이 바로 '보즈네센스키'이다. 김수영은 "앨비와 보즈네센스키의 싸움"이라고 표현하고 있는데, 이 표현만으로는 "앨비"¹⁴와 "보즈네센스키"의 어떤 측면을 지적한 것인지 파악하기 어렵다. 그러나 이 '싸움'은 김수영에게 긴장을 일으키는 영향력의 싸움이라고 보아도 좋을 것이다. 김수영이 다른 글에서 블라디미르나 파스테르나크, 마야코프스키 등의

소련 작가들에 대해 언급하지 않은 것은 아니지만, 필자의 현재 판단으로는 '보즈네센스키'의 시와 김수영 시가 친연성이 제일 많은 듯하다.

그러면 보즈네센스키가 어떤 시인인지 살펴보자. 안드레이 보즈네센스키Andrej Voznesenskij는 1933년 생으로 1989년 현재 "소련에서 가장 인기 있는 시인"[15] 중 한 사람이다. 1957년 「대가Master」, 「나는 고야Ja-Goya」를 발표하면서 주목을 받기 시작했고, 1960년에는 시집 『포물선Parabola』, 『모자이크Mosaic』를, 1964년에는 『반세계Antimity』, 1966년에는 『아킬레스 심장』을 낸 바 있다. 그의 시는 미래파 시인 마야코프스키와 그의 스승인 파스테르나크의 시적 전통에 뿌리박고 있다. 그는 전통적인 시 형식에서 일탈한 새로운 시 장르를 창조하고자 하는 과감한 실험 정신을 보여 주기도 한다. 시 형식뿐만 아니라 운율과 이미지에서도 새로운 실험을 시도하였다. 다양한 예술적 기법을 사용하여 다중 운율시, 산문시, 시와 산문의 혼합시, 그래픽시, 시각시 등을 개발하기도 했다. 이러한 실험시 등을 통하여 예술의 기존 형식에 도전하고자 했으며, 현 소련의 전위파 시인들의 지도적 인물이 되었다.[16]

여기서 우리의 주목을 끄는 중요한 사실은, 김수영의 보즈네센스키에 대한 관심이 보즈네센스키의 활동 연대에 이미 이루어졌다는 것이다. 김수영이 보즈네센스키에 대한 관심을 표명한 글을 쓴 것이 1964년과 1968년인데, 보즈네센스키는 1957년 모스크바 건축 대학을 졸업하고 그 이듬해부터 시를 발표하기 시작, 1960년에 첫 시집을 출간했고, 이후 7, 80년대까지도 왕성한 작품 활동을 하여 1979년에 시부분 국가상을 수상하기도 했다.[17] 김수영이 얼마나 세계 문단의 조류에 민감했으며 그의 관심의 영역이 얼마나 끊임없이 변화해 갔는지는 이미 3장에서 밝힌 바 있거니와, 그는 보즈네센스키에 대해 거의 동시대적인 관심을 기울이고 있었던 것이다.

　이상으로 김수영과 보즈네센스키의 친연성은 충분히 확인을 한 셈이다. 그러나 이 글의 모두에서 이미 밝힌 것처럼 김수영이 보즈네센스키를 직접 수용했는지를 밝히는 것은 현재로서는 어려운 일이라고 생각된다. 다음 절에서는 김수영과 보즈네센스키의 시를 비교해 보려고 한다.

3. 「죄와 벌」과 「누군가 여자를 때리고 있다」

김수영의 시 「죄와 벌」은 길거리에서 자기 아내를 때린 독특한 소재를 시화하고 있다. 이 시는 김수영이 1963년에 『현대문학』에 발표한 시인데, 보즈네센스키가 1960년에 발표한 시 「누군가 여자를 때리고 있다」와 많은 점에서 유사한 면을 보여 주고 있다. 먼저 김수영의 시를 인용해 보자.

　　남에게 犧牲을 당할만한
　　충분한 각오를 가진 사람만이
　　殺人을 한다

　　그러나 우산대로
　　여편네를 때려눕혔을 때
　　우리들의 옆에서는
　　어린놈이 울었고
　　비오는 거리에는

四十명가량의 醉客들이

모여들었고

집에 돌아와서

제일 마음에 꺼리는 것이

아는 사람이

이 캄캄한 犯行의 現場을

보았는가 하는 일이었다

아니 그보다도 먼저

아까운 것이

지우산을 現場에 버리고 온 일이었다

— 김수영, 「罪와 罰」

　김수영의 「죄와 벌」은 자기 아이("어린놈")와 지나가는 사람들("사십명가량의 취객들")이 빤히 지켜보는 "거리"에서 자기 아내("여편네")를 "우산대"로 "때려눕"힌 일을 다루고 있다. 이 소재 자체의 비도덕적인 면도 물론 놀라운 것이지만, 이보다 더 독자를 놀라게 하는 것은 아내 폭행 후의 화자의 감정이다. "제일 마음에 꺼리는 것"이 아내에 대한 미안함이나 자식에 대한 염려가 아니라 혹시 아는 사람이 그 장면을 보지 않았을까 하는 걱정이라는 것, 또 아내를 때렸던 우산을 그 현장에 그대로 두고 왔음에 대한 마음 쓰임이라는 것은 독자를 충분히 당황케 한다. 이 시를 쓴 시기가 1960년대라는 점, 그리고 그 당시의 우리 사회의 분위기가 가부장적인 면이 팽배했다는 점을 감안하더라도 이 시에서 화자가 아내를 대하는 태도는 지나친 감이 없지 않다. 그런데 우리는 이 시와 유사한 이미지를 보즈네센스키의 시에서도 발견할 수 있다.

누군가 여자를 때리고 있다. 번뜩이는 흰자위.
자동차 안은 어둡고 후덥지근하다.
하얀 탐조등처럼
여자의 다리가 천정을 때린다!

누군가 여자를 때리고 있다. 마치 여자 노예들을 두들겨 패듯이.
눈물로 뒤범벅이 된 여자가
나이프 스위치같은 손잡이를 비틀어 떼내고,
거리로 뛰쳐나온다!

비명을 질러대는 브레이크 소리들.
누군가가 여자를 따라잡는다
그리곤 그 여자를 질질 끌고가다 쐐기풀밭에
내동댕이쳐 엎어 놓고 때린다.

인간 쓰레기, 좀스럽게 여자를 때리다니,
번지르르하게 차려입은 놈, 개자식, 난폭한 놈!
날카로운 구둣발이 다리미처럼
여자의 갈비뼈를 내찔렀다.

오 점령군의 환희,
야비한 시골뜨기의 용의주도한 잔악한 행위여……
꾸바브나의 길 모퉁이에서
누군가가 여자를 때리고 있다.

누군가 여자를 때린다. 끝도 없이 때린다.

젊은이를 때린다. 결혼을 알리는
경종소리가 장엄하게 울리고,
누군가 여자를 때리고 있다.

두 뺨의 붉은 자국은
마치 화롯불에라도 덴 듯하다.
속물들은 이게 바로 사는 거라고 말하겠지!
누군가 여자를 때리고 있다.

그러나 그녀의 고상한 빛은 순결하고,
용감하고 성스럽다.
종교도 계시도 없다.
여자만이 있을 뿐!

……그녀는 호수처럼 누워 있고
두 눈은 수면처럼 잔잔하다,
숲속의 공기나 별처럼
그 여자는 그의 소유물이 아니었다.

검은 유리 위의 빗방울처럼,
하늘에는 별들이 떨고 있다.
빗방울은 굴러 떨어지면서
그녀의 뜨거운 이마를 식혀주었다.

— 「누군가 여자를 때리고 있다」¹⁸

김수영의 시 「죄와 벌」과 보즈네센스키의 시 「누군가 여자를 때리고 있다」를 비교해 보면 몇 가지 점에서 유사성이 있음을 알 수 있다. 제일 먼저 눈에 띄는 것은 길거리에서 '아내'를 때리는 것을 소재로 삼고 있다는 점이다. 「죄와 벌」은 "여편네"라는 단어로 때리는 사람과 맞는 사람이 부부 사이임을 나타내 주고 있다. 「누군가 여자를 때리고 있다」에는 '아내'라는 직접적인 단어는 사용하지 않았지만 "결혼을 알리는/경종소리가 장엄하게 울리고"라는 구절이 두 사람이 부부 사이임을 암시하고 있다.

두 번째로는 두 시의 시간과 공간이 비슷하다는 점을 들 수 있다. 두 시는 모두 '거리'라는 열린 공간에서 일어난 일을 다루고 있다. 「죄와 벌」은 "비오는 거리"가 아내 폭행이 일어난 장소이며, 「누군가 여자를 때리고 있다」는 폭행 장소가 '차 안'에서 '길 모퉁이'로 이어지고 있다. 차 안에서 폭행당하던 여자가 차의 "손잡이를 비틀어 떼내고,/거리로 뛰쳐" 나오지만 뒤쫓아온 남자에게 붙잡혀 다시 길 모퉁이에서 폭행을 당하는 것이다. 이렇게 두 시는 '거리'라는 공간에서 일어난 사건을 다루고 있다. 이들 시는 시간적 배경도 '밤'으로 일치한다. 「죄와 벌」에서 "사십명가량의 취객들"이 모여들었다는 표현을 하고 있는 것으로 보아 이 사건은 '밤'에 일어난 일임을 알 수 있다. 「누군가 여자를 때리고 있다」는 "하늘에는 별들이 떨고 있다"라는 표현이 이 시의 시간적 배경이 '밤'이라는 것을 확인시켜 주고 있다.

세 번째 유사점으로 지적되어야 할 것은 두 시 모두 남녀가 때리고 맞는 상황을 지켜보는 사람들이 등장하고 있다는 점이다. 「죄와 벌」에는 "어린놈"(화자의 아이)과 "사십명가량의 취객"이 폭행 현장의 구경꾼으로 제시되어 있다. 「누군가 여자를 때리고 있다」에서는 "비명을 질러대는 브레이크 소리들"이라는 구절이, 여러 명의 운전자가 폭행 현장을 보게 되었다는 것을 나타내 준다.

그러나 무엇보다 이 두 시가 유사한 것은 '비'와 관련된 이미지가 등장한다는 것이다. 「죄와 벌」은 아내를 때린 도구부터가 "우산대"이다. 그러니까 비가 오는 날 이러한 사건이 일어난 것이다. 보즈네센스키의 시에서는 '비'라는 어휘가 직접 등장한다. "빗방울은 굴러 떨어지면서/그녀의 뜨거운 이마를 식혀주었다"는 구절이 그것이다.

물론 시의 형태면에서나 내용면에서 「죄와 벌」과 「누군가 여자를 때리고 있다」는 다른 점도 많다. 김수영의 시는 2연 18행의 단시인데 비해, 보즈네센스키의 시는 10연 40행의 비교적 긴 시에 속한다고 할 수 있다. 그리고 「죄와 벌」은 시의 화자가 아내를 폭행하는 남자인데 반해, 「누군가 여자를 때리고 있다」에서는 화자와 여자를 때리는 남자는 다른 인물로 제시되고 있다. 「누군가 여자를 때리고 있다」에서는 화자가 여자를 때리는 인물과는 거리를 유지함으로써 때리는 남자에 대해서는 부정적인 시선을, 매를 맞는 여자에 대해서는 동정적인 시선을 보낼 수 있게 되는 것이다.

이상에서 지적한 몇 가지 차이점에도 불구하고 두 시는 여러 가지 면에서 유사점을 지니고 있다고 판단된다. 그러나 김수영의 시를 보즈네센스키 시의 '암시'[19]에 의한 것으로 보아야 할지는 아직은 확신할 수 없다. 현재로서 이 부분은 러시아 문학의 연구 성과가 더 축적되기를 기다리는 수밖에 없을 것 같다.

4. 「白蟻」와 「개미」

두 번째로 비교할 시는 김수영의 시 「백의」와 보즈네센스키의 「개미」이다. 김수영의 「백의」는 「여름아침」, 「병풍」과 함께 1956년 『현대문학』2월호에 발표된 것으로 확인되고 있다. 먼저 김수영의 시를 인용한 후 보즈네센스키의 시와 비교해 보기로 하자.

내가 비로소 餘裕를 갖게 된 것은

거리에서와 마찬가지로 집안에 있어서도 저 무시무시한 白蟻를 보기 시작한 때부터이었다

白蟻는 自動式文明의 天才이었기 때문에 그의 所有主에게는

一言의 約束도 없이 제가 갈 길을 自由自在로 찾아다니었다

그는 나같이 몸이 弱하지 않은 點에 主要한 原因이 있겠지만

雷神보다 더 사나웁게 사람들을 울리고

뮤우즈보다도 더 부드러웁게 사람들의 傷處를 쓰다듬어준다

叱責의 權利를 주면서 叱責의 行動을 주지 않고

어떤 나라의 紙幣보다도 信用은 있으나

身體가 너무 倭小한 까닭에 사람들의 눈에 띄지를 않는다

古代 形而上學者들은 그를 보고「兩極의 合致」라든가 或은「巨大한 喜悅」이라고 부르고 있었지만

十九世紀 詩人들은 그를 보고「逃避의 王者」或은 單純히「餘裕」라고 불렀다

그는 南美의 어느 綿工業者의 庶子로 태어나서

나이아가라江邊에서 隧道工事에 挺身하고 있었다 하며

그의 母親은 希臘人이라고 한다

兩眼이 모두 淡紅色을 하고있는 것으로 보아

그가 오랜 歲月을 暗夜 속에서 살고 있었던 것만은 確實하다고 나는 생각한다

나의 맏누이동생이 그를「하니」라고 부르고 있는 것이 아니꼬와서

내가 어느날 그에게「魔神」이라고 別名을 붙였더니

그는 대뜸

「오빠는 어머니보다도 더 頑固하다」고 하면서

나를 도리어 꾸짖는 척한다

(그가 나를 眞心으로 꾸짖지 않았다는 것을

나는 그의 은근하고 魅惑的인 表情에서 能히 感得할 수 있었다)

悲慘한 것은 白蟻이다

그는 韓國에 輸入되어가지고 完全한 孤兒가 되었고

거리에 흩어진 月刊 大衆雜誌 우에 每月 그의 寫眞이 揭載되어왔
을 뿐만 아니라

어느 三流新聞의 社會面에는 間或 그의 救濟金 應募記事같은 것
이 나오고 있다

나는 이러한 寫眞과 記事를 볼 때마다

이것은「아틀랜틱」과「하아파스」의 廣告部의 分室이 나타났다고

이곳 저널리스트의 逆襲의 妙理에 感歎하고 있었는데

白蟻는 이와같은 나의 安心과 怠慢을 비웃는 듯이

어느틈에 우리 家庭의 內部에까지 侵入하여 들어와서

身心兩面의 虛弱症으로 呻吟하고 있는 나를 督促하여

「希臘人을 母親으로 가진 美國人에게 대한 呼訴文과」「精神上으로 본
希臘의 獨立宣言書」를 써서

前者를 現在 일리노이州에 있는 자기의 母親에게 보내고

後者는 希臘國立博物館館長에게 보내달라고 한다

이러한 그의 無理한 要請에 대하여 나는 하는수없이

「그것은 나의 力量 以上의 것이므로 新世界劇壇의 演出者 S氏를
찾아가보라」고

터무니없는 거짓말을 하여가지고 卽席에 拒絕하여버렸다

오히려 이와같은 나의 輕蔑과 剛毅로 因하여

나는 그날부터 그를 眞心으로 사랑하게 되었다

　그러나 바로 어저께 내가 오래간만에 거리에 나가니

　나의 親舊들은 모조리 나를 回避하는 눈치이었다

　그중의 어느 詩人은 다음과같이 나에게 辱을 하였다

　「더러운 자식 너는 白蟻와 姦通하였다지? 너는 오늘부터 詩人이

아니다……」

　—白蟻의 悲劇은 그가 現代의 經濟學을 等閑히 하였을 때에서부

터 시작되었던 것이다

　　　　　　　　　　　　　　　　　　　　　　　　—「白蟻」

　이 시는 의미 해독이 어려워 연구자들 사이에서 별로 거론된 적이 없는 것 같다.[20] 우선 이 시의 "백의," 즉 흰개미의 의미를 파악하기가 쉽지 않기 때문에 이 시의 해석도 모호해질 수밖에 없다. "백의"를 상징으로 이해해야 할지 알레고리로 이해해야 할지 분명치 않기 때문이다. 사정이 이러함에도 불구하고 우리는 이 시에서 "백의"에 대한 몇 가지 특징을 간추려 볼 수 있을 것이다. 우선 "백의"는 원래부터 화자가 사는 곳에 있었던 것이 아니고 다른 곳에서 한국으로 유입되어 온 존재이다. 이 시의 화자는 "백의"가 "남미의 어느 면공업자의 서자로 태어나서/나이아가라강변에서 수도공사에 정신하고 있었다"는 점을 밝히고 있는 것이다. 그리고 "백의"는 한국에 오면서 그의 가족들과는 이별을 하게 되었다는 것도 알 수 있다. 그 다음으로 주목을 끄는 것은 "백의"를 대하는 사람들의 태도다. 이 시의 화자는 "백의"를 "마신"이라고 부를 정도로 싫어한다. 화자가 여러 가지 이유로 "백의"를 "진심으로 사랑하게 되었"을 때, 화자의 친구들은 "모조리" 화자를 회피한다. 친구들은 화자에게 "더러운 자식 너는 백의와 간통하였다지? 너는 오늘부터 시인이 아니다"라고 말하면서

화자를 경멸하는 것이다. 이렇게 '개미'를 의인화한 시를 보즈네센스키에게서도 발견할 수 있다.

> 그는 나와 함께 저편 강변에서 헤엄쳐 왔다,
> 내 배를 타고 길을 잃은 채.
> 그는 개미집을 파지 않는다.
> 저편 강변에서 온 개미는.
>
> 하얀 알을 밴 검은 개미,
> 아니, 더 하얀 알을 밴……
> 그만이 저편 강변에서 온 개미이다,
> 저편 강변에서 온 개미.
>
> 저편 강변에서 온 그는, 아마도,
> 카톨릭교인들이 보기엔 구교도이다.
> 그곳에선 바늘 끝을 아래가 아닌
> 위로 한 채 가지고 다녀야만 한다.
>
> 도망나온 악마여, 너를 저편 강변으로 되돌려 놓고 싶다.
> 그러나 무리들 속에선 누가 어느 쪽 강변에 속하는지 알 수 없다.
> 개미여, 나 자신도
> 저편 강변의 위치를 모른다.
>
> 저편 강변의 딸기는
> 익어가고 있는데……
> 나는 강변이 움직이는 걸,

이해조차 할 수 없다!

한 달이 지난 그는, 마치 베링 선장처럼,
나무조각을 타고 가족에게 도착할 것이다.
그러나 저편 강변의 개미들은 그에게 말하리라:
"이 개미는 저편 강변에서 왔다"고

— 「개미」[21]

보즈네센스키 시 「개미」에 나타나는 "개미"는 일단 "검은 개미"이
지만 "하얀 알을 밴" 상태라는 점을 강조함으로써 하얀 색의 이미지
를 살리고 있다. 이 「개미」가 김수영의 「백의」와 비슷한 점은, 이 "개
미" 역시 이 시의 화자가 사는 곳에 원래부터 있었던 것이 아니고 다
른 곳에서 왔다는 것이다. 김수영의 "백의"가 "나이아가라강변"에서
온 것처럼 보즈네센스키의 "개미"도 "저편 강변"에서 온 것으로 되
어 있는 것이다. 그리고 이 "개미" 역시 김수영의 "백의"가 "일리노
이주"에 "모친"을 두고 이곳에 와 있는 것처럼 가족과 떨어져서 "이
편"에 와 있는 상황이다. 그리고 두 시 모두 언젠가는 가족에게 돌아
갈 가능성이 제시되어 있다. 또 한 가지 유사한 점은 두 시 모두에서
'개미'가 환영받지 못하는 존재라는 점이다. 앞에서 설명한 것처럼
김수영 시의 경우, "백의"와 친해진 것이 화자에게 "백의와 간통"한
것으로 간주된다. 보즈네센스키 시의 경우도 "카톨릭교인들이 보기
엔 구교도"라는 표현이 보여 주는 것처럼 "개미"는 "이곳" 사람들과
어울리기 힘든 상황인 것이다.
   이러한 유사점에도 불구하고 이 두 시에는 차이점도 많다. 우선 김
수영의 "백의"가 화자도 모르는 사이에 "나이아가라강변"에서 화자
의 "가정의 내부"에까지 들어오게 된 데 반해, 보즈네센스키의 "개

미"는 화자와 함께 "저편 강변에서 헤엄쳐" 온 것이다. 그리고 김수영이 시에서 "나이아가라," "일리노이주," "희랍국립박물관장" 등의 구체적인 지명과 관직명을 동원하여 시에 구체성을 부여하고 있는데 반해, 보즈네센스키는 구체적인 지명을 거론하지 않고 있다. 무엇보다 중요한 것은, 보즈네센스키의 "개미"가 "이편 강변"에 속하느냐 "저편 강변"에 속하느냐 하는 소속의 문제에 초점을 맞추고 있다면, 김수영의 "백의"는 "현대의 경제학," 혹은 자본의 문제에 대한 고발의 성격을 띠고 있다는 것이다. 이와 같은 명백한 차이점에도 불구하고 이 두 시는 '개미'라는 소재를 통해 인간사의 단면을 보여 준다는 점에서 일치한다고 하겠다.

　앞 장에서 다루었던 김수영의 시 「죄와 벌」이 보즈네센스키 시 「누군가 여자를 때리고 있다」의 '암시'에 의한 작품이라는 추정을 가능케 하는 반면, 「백의」는 「개미」와 직접 관련이 있다고 보기는 어려울 것 같다. 그럼에도 불구하고 두 작품 사이에는 많은 유사점이 확인되고 있는 것이다.

5. 맺는 말

김수영처럼 외국 문학의 동향에 민감했고, 또 끊임없이 관심의 영역을 옮겨간 시인에게서 '입은 영향'을 추적한다는 것은 쉬운 일이 아니다. 그것은 연구자의 외국 문학에 대한 폭넓은 지식을 필요로 하는 것이기 때문이다. 그러나 김수영이 직접적인 관심을 표명한 시인의 경우 영향 관계 추적이 비교적 수월해진다. 김수영의 산문을 검토해 보면 소련의 해빙기 시인 "보즈네센스키"를 언급한 내목이 두 번 나온다. 그러나 현재로서는 두 사람의 영향 관계를 단정하기는 어렵다. 그래서 이 장에서는 김수영이 보즈네센스키를 수용했을 가능성이 있는지 살펴보고, 두 사람의 시를 비교해 보았다.

보즈네센스키는 1957년에 등단, 현재까지 활동이 확인되고 있는 시인이다. 이 글에서는 김수영의 시「죄와 벌」과 보즈네센스키의 시「누군가 여자를 때리고 있다」, 그리고 김수영의「백의」와 보즈네센스키의 시「개미」를 비교하여 보았다.「죄와 벌」과「누군가 여자를 때리고 있다」는 모두 비 오는 날 밤에 길거리에서 남자가 '아내'를 폭행한 일을 소재로 하고 있다. 그리고 이런 상황을 지켜보는 구경꾼이 등장하고 있다.「백의」와「개미」는 모두 '개미'를 의인화한 시이다.

물론「죄와 벌」과「누군가 여자를 때리고 있다」사이, 그리고「백의」와「개미」사이에는 상이점도 많다. 그러나 동시대를 살았던 외국 작가에게서 이만큼 친연성이 높은 시를 발견하게 되는 것도 흔한 일은 아니라고 생각된다. 앞으로 보즈네센스키를 비롯한 러시아 문학에 대한 연구가 진전되면 김수영의 영향 관계에 대한 연구도 한층 심화될 수 있으리라 생각된다.

김수영 시 「전화이야기」의 기법과 그 수용 양상

5

1. 문제 제기

김수영은 시정신의 측면에서는 물론 시의 기법 면에서도 새로운 영역을 개척한 바 크다. "반복의 효과"는 김수영이 완성한 새로운 기술로 고평되고 있으며,[1] "언어의 범속화"는 "김수영에 의해서 개발된 매우 중요한 현상"[2]으로 여겨지고 있다. 시의 형식에 있어서도 김수영은 "이상과 더불어 한국 현대시사상 가장 다양한 시형을 개척한 시인"[3]으로 평가되고 있다. 김수영이 시에서 구사한 '풍자'와 '아이러니'의 기법도 주목에 값하는 것이다.[4]

김수영의 시에 나타나는 이러한 다양한 기법들은 김수영이 시의 작품성에도 민감했다는 점을 보여 주는 것이라고 하겠다. 실제로 그는 산문에서 "최소한도 작품다운 작품,"[5] "〈문맥이 통하는〉 단계에서 〈작품이 되는〉 단계,"[6] "말하고자 하는 그 무엇을 어떻게 시의 수준에까지 올려놓느냐"[7] 등의 표현을 통해 "시의 예술성"[8]을 강조한 바 있다. 시인에게 있어 '기법'이란 그가 시의 주제를 발견하고, 탐험하고, 발전시키는 것을 의미하는 것으로,[9] 김수영이 시에서 개척한 새로운 형식과 기법들은 그의 시정신과 불가분의 관계를 가지는 것이다.

　이 장에서 살펴보고자 하는 것은 김수영에 의해서 처음으로 시도되었다고 판단되는 기법을 사용한 시 「전화이야기」이다. 김수영에 관한 연구 결과물이 끊임없이 쏟아져 나오고 있음에도 불구하고 「전화이야기」를 본격적으로 거론한 논문을 찾기는 어렵다. 그러나 몇몇 연구자들이 부분적으로나마 이 시의 특징적인 면모에 대해 주목한 바 있다. 권오만은 이 시가 로만 야콥슨이 제시한 전달 체계의 6요소 중 '접촉'의 방식이 새로운 시라고 하였고,[10] 최미숙은 이 시가 화자를 해체하여 대화를 건네는 세 층위의 체험을 지닌 주체로 보여 준다는 점에 주목하였다. 생존을 위해 번역을 하고 출판업자와 대화를 하는 층위, 여편네와 아이들로 구성된 가족과 관련된 층위, 이 두 체험을 바라보는 층위가 그것이다.[11] 금동철은 이 시와 더불어 「엔카운터지」가 "서정시의 일인칭 화자를 해체"[12]하고 있음을 지적하였다. 권오만의 글은 「전화이야기」가 '전화'를 통해서 화자와 청자가 '접촉'하고 있음을 지적하였다는 점에서는 매우 중요하지만 '전화'라는 매체가 시적 담화의 변화에 어떻게 기여하였는지를 밝히기에는 미흡하다고 생각된다. 최미숙의 글은 이 시의 화자가 번역을 하는 사람이며, 번역한 원고를 전화 상대자인 출판업자의 잡지에 실어달라고 하는 것으로 이 시의 내용을 이해하고 있는데, 이것은 이 시에 대한 명백한 오독이다. 「전화이야기」가 화자의 해체를 통해 서정적인 통일성의 해체를 보여 준다는 금동철의 지적은 매우 적절해 보인다. 그러나 그의 글은 '전화'라는 소통 매체의 중요성을 부각시키려는 필자와는 서로 입지점이 다르다.

　「전화이야기」가 새로운 기법을 보여 주는 시임에도 불구하고 김수영 시에서 이러한 기법이 사용된 시를 더 이상 발견할 수는 없다. 그러나 「전화이야기」의 기법이 우리 문단에 끼친 영향은 결코 작은 것이었다고 할 수 없다. 많은 후배 시인들이 자신의 시에 「전화이야기」를 수용하고 있기 때문이다. 「전화이야기」에 대한 연구가 후배 시인들에게 수용된 양상까지를 포함하지 않을 수 없는 이유가 여기에 있다. 이 글에서 필자는 「전화이야기」가 서정시의 양식에 어떤 변화를 몰고 왔는지를 '전화'라는 소통 매체의 특성을 중심으로 고찰해 볼 것이다. 그리고 그것이 후배 시인들에게 어떤 영향을 미쳤는지, 후배 시인들은 「전화이야기」를 어떻게 수용하고 있는지 구체적인 작품을 예로 들어가며 설명하려 한다.

2. 「전화이야기」의 기법: 송화자와 수화자, 그리고 엿듣는 자

「전화이야기」는 김수영이 1966년 6월 14일에 써서 같은 해 9월에 『한국문학』에 발표한 시로 김수영의 후기작에 속한다. 이 시에서 김수영은 '전화'라는 매체를 통한 화자의 발화라는, 이전의 우리 시에서는 볼 수 없었던 새로운 담화 방식을 보여 준다. 시에 의사소통의 매체를 도입함으로써 화자의 발화 양식에 변화를 가져왔던 것으로는 편지 형식을 들 수 있을 것이다. 1920년대, 임화가 「우리 오빠와 화로」에서 편지 형식을 활용하였던 것이 대표적인 예다. 편지에서 한 걸음 더 나아가 '전화'라는 의사소통 매체를 도입하여 시의 목소리에 일대 변화를 가져온 것이 바로 「전화이야기」이다. 소설의 경우, "최초의 전화 텍스트"는 박완서가 1994년에 발표한 『나의 가장 나종 지니인 것』이라고 한다.[13] 이보다 18여 년 앞서 김수영은 「전화이야기」를 통해 전화를 통한 담화 형식을 완성하였던 것이다. 시를 인용해 보자.

여보세요. 앨비의 아메리칸 드림예요. 절망예요.

八月달에 실려주세요. 절망에서 나왔어요.

모레면 다 돼요. 二백매예요. 特種이죠.

머릿속에 特種이란 자가 보여요. 여편네하고

싸우고 나왔지요. 순수하죠. 앨비 말얘요.

살롱 드라마이지요. 半島호텔이나 朝鮮호텔에서

공연을 하게 돼요. 절망의 여운이에요.

미해결이지요. 좋아요. 만족입니다.

新聞會館 三층에서 하는 게 낫다구요. 아녜요.

거기에는 냉방장치가 없어요. 장소는 二백명가량

수용될지 모르지만요. 절망의 연료가 모자

란다구요. 그래요! 半島호텔같은 데라야

미국놈들한테서 입장료를 받을 수 있지요.

여편네하고는 헤어져도 되지만, 아이들이

불쌍해서요, 미해결예요.

코리안 드림이라구요. 놀리지 마세요.

아이놈은 자구 있어요. 구원이지요. 나를

방해를 안하니까요. 절망의 물방울이

튄 거지요.

내주신다면, 당신의 잡지의 八月호에 내주신다면,

특종이니깐요, 극단도 좋고, 당신네도

좋고, 번역하는 사람도 좋고, 나도 좋은

일을 하는 폭이 되지요.

앨비예요, 앨비예요. 에이 엘 삐 이 이. 네.

그래요. 아아, 그렇군요.

네에, 그러실 겁니다. 아뇨. 아아, 그렇군요.

이런 전화를, 번역하는 친구를 옆에 놓고,
생색을 내려고, 하고나서, 그 訃告를
그에게 전하고, 그 무지무지한 騷亂 속에서
나의 소란을 하나 더 보탠 것에 만족을
느낀 것은 절망에 지각하고 난 뒤이다.

— 「電話이야기」 전문

　위의 시는 크게 1, 2연과 3연의 두 부분으로 나눌 수 있다. 1, 2연이 전화를 통한 발화 내용을 옮겨놓은 것인데 반해, 3연은 전화가 끝난 후의 화자의 진술이기 때문이다. 먼저 '전화'를 통한 발화인 1, 2연에 주목해 보자. '전화' 통화를 옮겼다는 것은 우선, 이 시가 '문자 언어'보다는 '구술 언어'의 특징을 보여 줄 것이라고 기대하게 하는데, 이 시에서는 '말하기'의 특성이 그대로 드러나고 있다.[14] 전화 통화는 송화자와 수화자를 필요로 하는데, 이 시에서는 송화자의 발화만 드러날 뿐 수화자의 발화는 직접 언표되지 않는다. 이 시는 특정한 상황, 즉 출판사에 전화를 해서 원고를 실어달라는 부탁을 하는 상황이 설정되어 있다는 점에서 극의 모습을 띠고 있는 것처럼 보인다. 특히 이 극적인 상황이 화자의 일방적 독백으로 전달되고 있어서 알프레드 테니슨에 의해 처음 시도되어 로버트 브라우닝에 의해 완성되었다고 하는 '극적 독백'[15]의 모습과도 일견 비슷해 보인다. 그러나 이 시는 시인 자신의 입으로 말하고 있다는 점에서 극적 독백과는 다르다.
　이 시가 전통적인 시의 발화 방식과도 다름은 물론이다. 엘리엇은 시의 음성을 세 가지로 구분하여 제시한 바 있다. 첫 번째 음성은 자기 자신에게 말하는 시인의 음성이다. 둘째는 많거나 적거나 간에 청중에게 말하는 시인의 음성이며, 셋째는 시인이 만들어 낸 한 극중 인물로 하여금 시를 말하게 할 때의 시인의 음성이다. 이 경우에 시인은 자기 자신이 말하려는 것을 말하는 것이 아니고, 한 상상적 인물이 다른 한 상상적 인물에게 말을 한다는 한계 내에서 말하고 있는 것이다.[16] 대부분의 서정시는 이 세 가지 음성 중 하나로 씌어지거나 두 가지 이상을 결합해 씌어진 것이다. 그러나 김수영의 「전화이야기」는 이 세 가지 음성 어디에도 해당되지 않는 새로운 음성으로 씌어진 시이다. 앞에서도 얘기한 것처럼, 이 시의 표면적 진술은 송화자의 그것만으로 되어 있다. 그러나 독자들은 전화의 수화자가 되는 청자의 음성까지도 충분히 짐작할 수 있게 된다. 화자의 목소리 자체가 수화자의 영향을 받아 발화된 것이기 때문에 청자의 목소리를 짐작해 가면서 이 시를 읽지 않는다면 시의 독해 자체가 불가능해질 것이다.

청자(수화자)의 목소리가 어떤 식으로 개입하고 있는지 자세히 살펴보자. 「전화이야기」의 1, 2, 3, 4, 5행은 수화자의 독백처럼 느껴지기도 하고 수화자의 발화가 추측되기도 한다. 그러나 수화자의 발화 내용이 무엇인지 정확히 판단하기는 어렵다. 그러나 9행 "신문회관 3층에서 하는 게 낫다구요. 아녜요"에 이르면, 이것이 수화자의 발화에 대한 응답임이 분명해진다. 송화자는 6, 7행에서 "반도호텔이나 조선호텔에서 공연을 하게 돼요"라고 말한 바 있다. 그런데 문맥에 드러나지 않는 수화자의 발화, 아마도 "신문회관 3층에서 공연을 하자"는 것이 주된 내용이었을 발화가 이어졌기에 송화자의 9행의 말이 나온 것이다. 그러니까 "아녜요./거기에는 냉방장치가 없어요."는 수화자의 발화에 대한 송화자의 응답이라고 할 수 있다. "코리안 드림이라구요. 놀리지 마세요." 역시 수화자의 발화가 없었다면 나오기

어려운 말이다. 이 시에서 수화자가 발화했으리라고 추정되는 곳을
표시해 보면 다음과 같다.

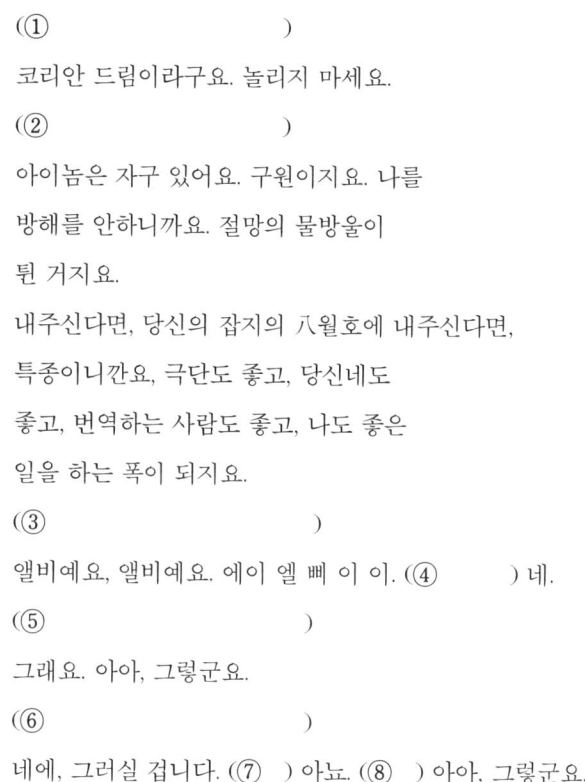

    (①   )

코리안 드림이라구요. 놀리지 마세요.

    (②   )

아이놈은 자구 있어요. 구원이지요. 나를

방해를 안하니까요. 절망의 물방울이

튄 거지요.

내주신다면, 당신의 잡지의 八월호에 내주신다면,

특종이니깐요, 극단도 좋고, 당신네도

좋고, 번역하는 사람도 좋고, 나도 좋은

일을 하는 폭이 되지요.

    (③   )

앨비예요, 앨비예요. 에이 엘 삐 이 이. (④   ) 네.

    (⑤   )

그래요. 아아, 그렇군요.

    (⑥   )

네에, 그러실 겁니다. (⑦   ) 아뇨. (⑧   ) 아아, 그렇군요.

    위에서 괄호 표시를 한 곳이 수화자가 발화를 했으리라고 추정되
는 곳이다. 이것은 송화자의 발화에 중요한 영향을 미치는 곳이기도
하다. 괄호에는 순서대로 아메리칸 드림이 아니라 코리안 드림이다,
아이들은 뭐하는가, 작가 이름이 뭐라고 했는가, 잡지에 싣기는 어렵
겠다, 우리에게도 사정이 있다, 미안하다, 우리 입장은 이렇다 등의
내용이 들어갈 수 있으리라고 생각된다. 물론 수화자의 발화는 독자

에 따라 다르게 추정될 수 있을 것이다. 그러나 발화 내용을 독자 나름대로 추측하게 만드는 것, 그러면서도 독자들이 비슷한 추측을 하게 만드는 것이야말로 이 시의 중요한 방법이라고 할 수 있다. 이렇게 수화자의 발화를 독자들이 삽입해서 읽게 되는 방식은 '전화'라는 의사소통 매체 때문에 가능해진 것이라고 할 수 있다. '전화'는 '상대방의 참여'를 요구하는 매체이기 때문이다.[17] 화자가 발화할 때 그 내용과 어조나 어법 등이 화자의 개성을 구현한다는 것은 너무나 당연한 일일 것이다. 그런데 「전화이야기」처럼 청자의 목소리까지 추정할 수 있을 때, 우리는 문면에 드러나지 않은 청자의 개성까지를 느낄 수 있다. 그리고 이 시의 독자는 무엇보다 송화자와 수화자의 사적인 대화를 엿듣게 되는 입장에 놓인다는 특징을 지니게 된다.

지금까지 필자는 이 시의 1, 2연에 대해서만 얘기를 해왔다. 3연은 1, 2연의 상황, 즉 전화 통화가 끝난 후의 화자의 발화이다. 그러니까 1, 2연은 통화 내용을 재현하고 있는 것으로 시가 발화의 상태라는 전통적인 시에 대한 생각을 바꾸어놓은 것이라고 할 수 있다. 3연에는 1, 2연에서는 나타나지 않았던 "번역하는 친구"가 등장하는데, 이 친구는 1, 2연의 화자의 발화를 지켜보던 사람이다. 1, 2연의 화자의 전화는 이 친구를 위한 전화였던 것이다. 이렇게 전화의 용건이 분명함에도 불구하고 이 시에는 '절망'과 관련된 얘기 ─ "절망예요," "절망에서 나왔어요," "절망의 여운이에요," "절망의 연료가 모자/란다구요," "절망의 물방울이/튄 거지요" ─ 와 가족과 관련된 얘기 ─ "여편네하고/싸우고 나왔지요," "여편네하고는 헤어져도 되지만, 아이들이/불쌍해서요," "아이놈은 자구 있어요" ─ 가 불쑥불쑥 끼어들어 있다. 이렇게 송화자와 수화자의 대화가 통일성을 갖지 못하고 자꾸만 분산되는 것은 언어의 '구술' 자체가 지닌 특성을 반영하는 것이라고 할 수 있다. 문자 문화에서는 동질성, 획일성, 연속성이 중심

이 되는 반면, 구술 문화는 다원성, 특이성, 비연속성을 특성으로 하기 때문이다.[18]

3연의 청자, 그러니까 화자의 "번역하는 친구"는 화자인 송화자와 수화자의 담화를 엿듣게 된 상황에 처해 있다. 화자가 친구에게 "생색을 내려고" 일부러 친구 앞에서 한 전화이기 때문에 친구가 엿듣게 되는 것은 화자의 의도에 의한 것으로 보아야 한다. 그러니까 이 시에는 1, 2연의 화자의 발화를 듣는 청자가 있고, 화자와 청자의 대화를 엿듣는 청자가 또 존재하는 액자 구조를 보여 주는 것이다. 화자의 목소리도 1, 2연에서 수화자와 직접 통화를 하는 목소리가 있는가 하면, 전화 통화를 한 자신의 목소리를 재현하는 시를 쓰는 화자의 목소리가 겹으로 존재한다.

「전화이야기」는 '전화'라는 소통 매체를 통한 발화라는 점 외에도 몇 가지 특징을 지닌다. 김수영의 시는 그가 독서한 책들을 소재로 한 것이 많은데, 이 시에도 그가 독서한 글과 그 글의 내용이 그대로 시의 소재가 되고 있다. 이 시에서 화자가 제시하고 있는 작가는 '앨비'다. 김수영은 그의 산문 「반시론」에서 "앨비와 보즈네센키의 싸움"[19]이라고 하여 '앨비'를 거론한 바 있는데, 이 시 속에서도 앨비에 대한 관심을 드러내고 있는 것이다. 「전화이야기」의 화자가 "앨비예요 앨비예요. 에이 엘 삐 이 이. 네"라고 표현한 에드워드 앨비Edward Albee는 1928년에 미국에서 태어난 희곡작가이다. 1960년에 발표한 『동물원 이야기』로 유명해졌으며, 1961년에 『모래상자』, 1962년에 『누가 버지니아 울프를 두려워하랴』를 발표했다. 1967년에는 『미묘한 균형』으로 퓰리처상을 수상했으며, 1975년에 『바다 풍경』으로 다시 퓰리처상을 수상했다. 「전화이야기」의 소재가 된 『아메리칸 드림 The American Dream』은 1960년에 앨비가 발표한 희곡 작품의 제목이다. 시 속에 "살롱 드라마지요. 반도호텔이나 조선호텔에서/공연을 하게 돼요"라는 구절이 나오는 것으로 보아 「전화이야기」의 『아메리칸 드림』을 지칭하는 것임을 알 수 있다. 이 희곡 작품은 응접실이라는 단일한 무대에 마마, 대디, 그랜마, 미시즈 베이커, 더 영 맨 등의 다섯 인물이 등장하는 단막극인데, 「전화이야기」의 화자가 잡지사 직원에게 이 작품을 "살롱 드라마"라고 소개하는 것은 김수영이 이 희곡의 내용을 알고 있었음을 보여 주는 것이라고 하겠다.[20] 앨비가 이 작품을 발표한 것이 1960년이고, 김수영이 「전화이야기」를 발표한 것이 1966년이다. 당시의 문단 상황에 비추어볼 때, 이는 김수영이 세계 문단의 조류에 얼마나 민감한 인물이었는지를 확인케 하는 대목이라고 생각된다.

이렇게 「전화이야기」는 김수영이 읽은 책을 시의 소재로 활용했다는 점도 특징적이지만, 특히 '전화'라는 의사소통 매체를 시에 도입하여 서정시의 양식에 새로운 변화를 가져왔다는 점에서 중요하게 다루지 않으면 안 될 작품이다. 앞서 얘기한 것처럼 김수영은 소설 속에 전화 텍스트가 나타나기 무려 18년 전에 '전화'의 담화 양상을 도입하여 시 「전화이야기」를 썼던 것이다. 김수영이 「전화이야기」에서 보여 준 기법은 많은 후배 시인들의 시에서 수용, 변형된다. 다음 장에서는 그것이 어떤 양상으로 드러나는지를 살펴보기로 하겠다.

3. 「전화이야기」의 수용 양상

(1) '전화' 담화를 통한 수용

김수영이 남긴 시 중 '전화'라는 의사소통 매체를 통한 담화 양상을 보여 준 시는 「전화이야기」 단 한 편뿐이다. 그러나 김수영 이후의 많은 시인들이 「전화이야기」에서 김수영이 보여 준 기법을 자신들의 시에 수용하고 있음을 확인할 수 있다. 물론 그것은 단순히 '전화'라는 소통 매체의 도입에 그치지 않는다.

여보세요 雨期야요 전화할 수
없었어요 어제도 없었어요 그저께도
없었어요 심연이야요 망설임이야요
가방을 들고 제3한강교를 기어갔어요
여보세요 내 말 들려요? 雨期야요 내 원고는
온통 가짜야요 내가 잘 알아요 흐느낌이 없어요
피를 흘리지 않아요 웃으면서 썼어요
발로 썼어요 개발 소발 웃음을 참으면서
지겹게 썼어요 찢어 버렸어요 내가 쓴 논문도 가짜야요
여보세요 거울이 웃어요 거울이
나를 보고 있을 때 비로소 산이
보여요 어제부터야요 산으로 올라가는
개미가 절망이 탄식이 욕설이 어제부터야요
부쓰의 아이러니야요 부쓰 부스 그래요 장화? 케네쓰
버크 놀이의 절망 모티프의 절망 구토 탐닉
거지같은 시야요 여보세요 그래서 기뻐요
전화할 수 없었어요 고마와요 오 윌리 닐리
여보세요 끊지 말아요 끊지……

— 이승훈, 「전화」[21]

이 시는 김수영이 「전화이야기」에서 보여 준 기법을 상당 부분 이

어받고 있다. 제목부터가 「전화」로 되어 있는 이 시는 의도적으로 김수영의 「전화이야기」를 차용하고 있다는 느낌까지 준다. 「전화이야기」에 자주 등장하던 '절망'이 이 시 속에서도 중요한 시어로 자리하고 있다는 점, 「전화이야기」는 송화자가 앨비의 「아메리칸 드림」이라는 번역 원고에 대해 이야기하는데, 이 시에서도 자신이 쓴 "원고," "논문"에 대해 송화자와 얘기하고 있다는 점 등이 그런 느낌을 갖게 한다. 또 이승훈의 「전화」에서 "부쓰"와 "케네스 버크"라는 외국 문인의 이름이 거론되는 점도 「전화이야기」에서 "앨비"를 거론한 것과 비슷하다.

이승훈이 이 시에서 보여 준 김수영과는 다른 독창적인 면이라면 "부쓰"를 "장화"에 연결시키는 펀pun의 기법이 사용되었다는 것, 또 "거울이 웃어요 거울이/나를 보고 있을 때 비로소 산이/보여요"에서 초현실적인 모습을 보여 주는 것 정도가 될 것이다. 이 시가 강력한 선배 시인 김수영이 성공적으로 마련한 기법을 능가하는 시라고 보기는 어렵다. 그러나 이 시는 "내 원고" "내가 쓴 논문"에 대한 회의를 통해 자의식을 탐구하는 모습을 보여 주고 있어 김수영의 시와는 변별된다. 이승훈의 「전화」에서 수화자와 발신자의 교호 작용이 「전화이야기」에서 만큼 중요하지 않고 화자의 발화 자체가 더 중요해 보이는 것은 이러한 자의식 탐구와 관련이 있을 것이다. "여보세요 내 말 들려요"와 "여보세요 끊지 말아요 끊지……"는 수화자와의 소통이 원활하지 않은 상황을 효과적으로 드러내 보이고 있다. 이승훈 시의 이러한 특성은 1975년 6월에 쓴 시 「겨울 저녁」[22]에서도 이미 드러났던 것이다. 그러나 「겨울 저녁」 역시 「전화」의 범주를 크게 벗어나지 않으므로 여기서는 자세히 분석하지 않는다.

  어이 이봐 이거 공중전환데, 이리루 잠깐 일굴 내밀 시간 없어?

∨ 어디냐구? 강서구청 뒤야. 땅에 포원이 진 서울 사람들이야 믿기 힘들겠지만 여긴 시골 학교 운동장 같은 빈터가 있어. ∨ 아냐, 그런 이야기가 아니구, ∨ 요즘 내가 신경이 좀 이상하다구? 이런! 아니 글쎄(이건 유행가 제목이군) 그 이야기가 아니구 잡풀 그래 잡초 말이야. 여긴 그게 많단 말이야.

이런 빌어먹을. 여긴 내가 매일 좀 앉았다가 가는 장소거든. 답답해 미치겠어. 잡풀에게도 이름이 있을 게 아냐? 아니 이것 봐, 이름을 알아야 불러내어 말이라도 좀 해 볼 것 아냐? ∨ 뭐라구? 지랄한다구! 그래 지랄이야 하든 말든 좋아. 넌 농림학교 출신이지? ∨ 식물 도감이 틀려! 식물 도감이 엉터리라구. ∨ 뭐라구? 잡풀은 잡풀이라구? 이런 빌어먹을. 아니 이 세상에 이름이 없는 게 어디 있어! 글쎄, 나 원, 아니 그럼 대중도 사람 이름이냐? 군중도, 시민도, 행인도? 이거 나 참!

　　　　　　　　　　　　　　　　— 오규원, 「공중전화」[23](∨ 표시 인용자)

오규원은 '전화'라는 소통 매체를 그대로 활용하고 있지만 그 전화를 '공중전화'로 바꾸어 놓는다. '공중전화'는 '전화'보다 운동장 빈터에 자라고 있는 잡풀들의 이름이 궁금해진 화자의 급한 심정을 전달하기에 보다 효과적인 매체이다. 여기서도 이 시를 읽는 독자들은 화자의 목소리 외에 화자와 같은 시간상에서 교호 작용을 하고 있는 청자의 목소리를 느끼게 된다. 이 시의 독자는 이 두 사람만의 사적인 대화를 엿듣는 듯한 상황에 놓이게 되는 것이다. ∨ 표시를 한 부분은 수화자가 무언가 발화를 했으리라고 추정되는 곳이다. 그리고 독자들은 이 부분을 통해 시의 표면에 드러나지 않는 수화자의 개성까지도 짐작하게 된다.

오규원의「공중전화」는 '전화'라는 매체를 통한 담화라는 점 외의
다른 측면에서도 김수영의 영향을 느끼게 한다. 이름없는 잡풀을 "대
중," "군중," "시민" 등에 비유함으로써 김수영이 그의 시「풀」을 통
해 이룩한 것으로 여겨져온 민중의 이미지를 차용하고 있는 것이
다.[24] 그러니까 오규원의「공중전화」에는 김수영의「전화이야기」의
기법과「풀」의 민중 이미지가 결합되어 있다고 보아도 좋을 것이다.
물론 김수영의「풀」에 나타난 '풀'을 과연 민중으로 해석해도 좋은
가 하는 문제는 이 글의 범위를 넘어서는 것으로서 따로 논의되어야
한다. 위에서 인용한 이승훈·오규원의 시가 김수영의 영향을 비교
적 분명히 드러내고 있다면, 다음에 인용할 시들에서는 김수영의 영
향이 감추어져 있다.

> 보러 가자. 정확한 시간은 몰라. 내가 어떻게 지들이 언제 그러고
> 있는지 알겠어? 바다와 달, 지들끼리 알아서 할 문제야. 우린 그냥
> 지들이 그러는 동안에 갈라진 바다 사이로 하섬 가면 되는 거야. 생
> 각해봐. 장화를 빌려 신고 갈라진 바닷속을 걷는 거야. 불도 없는
> 섬을 향해 달빛이 교교히 비치는 바다를 건너가는 거야. 그리고, 또
> 다음날 보름달이 바다를 다 마셔버리면 우리는 또 그 섬을 나오면
> 되는 거야. 원불교 섬인데 지금 아무도 없어. 갈래? 시인이 그런 데
> 안 가면 되니?
>
> — 김혜순,「부안군 변산면 마포리 하섬」부분[25]

「부안군 변산면 마포리 하섬」은 1, 2, 3, 4의 네 부분으로 되어 있는
데, 위에서 인용한 것은 1이다. '1'의 끝, "시인이 그런 데 안 가면 되
니?"의 뒤에는 "이영자의 전화"라는 미주 표시가 붙어 있다. 그러니
까 인용하지 않은 2, 3, 4는 화자의 발화이고, 인용한 부분은 '이영

자'의 발화를 화자가 재현한 것이다. 화자의 친구 이영자가 '시인'인 화자에게 전화를 걸어서 하섬이라는 곳에 같이 가기를 권유한 것을 화자가 다시 옮겨 적은 것이 인용한 부분인 것이다.

이 시가 '전화'라는 매체를 통한 담화임이 분명하고 송화자와 수화자가 분명히 제시되어 있지만, 여기서 수화자의 역할은 앞의 두 시에 비해 현격히 제한되어 있다. 이영자는 '시인'에게 전화를 걸어 하섬이란 곳에 같이 가기를 권유하고 있지만, 굳이 '시인'의 반응을 살피지는 않는 듯이 보인다. 그냥 하섬의 신비로움에 대해 청자에게 전달하는 것 자체로 만족하는 듯이 보이는 것이다. 김혜순의 이 시는 전화라는 소통 매체를 활용하고 있으면서도 시의 표면적 화자가 청자의 역할을 하게 만들었다는 점에서 새로운 기법이라고 생각된다. 김승희는 김혜순과는 또 다른 차원에서 '전화'를 새롭게 활용하고 있다.[26]

> 여보세요, 385의 2053입니다. 지금 전화를 받을 수 없어 대단히 죄송합니다, 전화거신 분의 성함과 연락처를 말씀하시면 제가 곧 연락드리겠어요, 그럼 삐- 하는 소리가 난 후 말씀을 시작해 주세요…….
>
> 여보세요, 김 선생님, 저 문학사상 김명순인데요, 〈시녀〉 후기 원고 어떻게 되셨나 해서요, 마감날이 사흘이나 지났는데……외출하셨나보군요, 빨리 연락주세요!……
>
> 김승희, 「떠도는 환유 2」 부분[27]

이 시는 송화자와 수화자가 뚜렷이 존재한다. 그리고 이 두 사람의 발화가 모두 시의 표면에 등장한다. 그러나 그 발화는 동일 시간대에 이루어진 것이 아니고 시간을 달리해서 이루어지고 있다. 이것은 전화 중에서도 '자동 응답기'라는 새로운 매체가 등장함으로써 비로소 가능해진 새로운 시의 방법이라고 할 수 있다. 그러니까 이 시에는 "여보세요, 385의 2053입니다"라고 하면서 자신의 목소리를 자동응답기에 녹음해 놓은 목소리와 "여보세요, 김 선생님, 저 문학사상 김명순인데요"라고 하면서 이 목소리와 교호 작용을 하는 또 다른 목소리가 존재하는 것이다. 여기서 두 사람의 교호 작용은 동시간대에 일어나는 것이 아니고 시간차를 두고 일어난다. 이 경우는 각각의 발화가 서로에게 미치는 영향은 현저히 줄어들 수밖에 없다. 이런 기법은 "의미와 단절된 목소리의 유형들만이 떠도는 이 시대의 삶을 암시"[28]한다.

'자동응답기'의 등장 이후에도 삐삐, 핸드폰 등이 등장해서 생활양식의 변화는 물론, 시의 담화 형식에도 큰 변화를 가져왔다. 그러나 이 글의 목적이 '통신 수단'의 발달 양상을 끝까지 추적하는 데 있지 않으므로 삐삐나 핸드폰을 활용한 시들은 이 글에 포함하지 않았다. 여기까지의 설명만으로도 김수영의 영향을 얘기하기에는 충분하다고 판단되기 때문이다.

(2) '전화' 담화의 변용을 통한 수용

김수영은 시에 전화라는 소통 매체의 특징을 도입함으로써 시에 변화를 가져온다. 그 변화의 대표적인 것은 화자와 청자가 동일한 시간대에 발화하면서 서로의 발화에 영향을 미친다는 점, 또 시의 독자는 화자와 청자의 사적인 대화를 엿듣는 듯한 상황에 놓인다는 점 등일 것이다. '전화'라는 매체를 통하지 않고도 이러한 특징을 그래도 활용하는 방법을 찾아낸 시인들이 있는데, 그중 대표적인 사람이 황지우이다.

절망의 시한폭탄은 아니구요. 디 임파서블 드림예요. 가방이죠.
열어보라구요. 그러죠, 뭐. 사건은 없어요. 아 이게 뭐냐구요. 지식
인을 위한 변명이죠. 아편은 아니구요. 온건하지요. 다른 저의는 없
어요. 필독서예요. 은유가 전혀 없구요. 알리바이에 대한 일종의 옹
호에 불과해요. 아, 이건 또 뭐냐구요. 한국 경제의 전개 과정이죠.
이젠 굶는 사람은 없잖아요. 외채는 할 수 없어요. 1인당 70만 원이
라메요. 몇 사람이라도 집중적으로 배부르게 해야죠. 그게 성장의
총량을 명시적으로 늘리는 방법이죠. …… 이건 뭐냐구요. 어려워
요. 오리지날이죠. …

— 황지우, 「아, 이게 뭐냐구요」[29]

이 시는 "〈전화 이야기〉 풍으로"라는 부제를 달고 있다. 부제가 보
여 주는 것처럼 이 시는 김수영의 「전화이야기」의 영향을 시인 스스
로가 드러내고 있다. 가장 먼저 눈에 띄는 것은 '……예요,' '……죠'
라는 해요체의 종결 어미이다. 그리고 주어를 생략한 짧은 문장들도
다분히 김수영을 의식한 것으로 보인다. 「전화이야기」의 "아메리칸
드림"은 이 시에서 "디 임파서블 드림"으로 패러디된다. 무엇보다 이
시의 표면에 드러난 것은 화자의 일방적 독백이지만 이것이 시 속의
함축적 청자와의 교호 작용에 의한 것으로 되어 있다는 점에서 「전
화이야기」의 방식을 그대로 이어받고 있다고 할 수 있다.

황지우는 자신의 시 속에 김수영 시의 제목을 직접 노출시키는가
하면, 김수영 시를 직접 패러디함으로써 해체적 독서의 다양성을 다
소 감소시키고는 있다. 그러나 황지우는 여기에 새로운 시도를 추가
한다. 김수영의 시가 보여 준 '전화'를 통한 담화의 모습을 불심 검
문을 당하는 담화 상황으로 바꾸어 놓음으로써 이 시의 현실 참여적
공간을 열어 놓은 것이다. 지식인으로 주성되는 이 시의 화자는 불심

검문을 당해 자신의 가방을 열어 보이면서 검문하는 사람과 담화하고 있다. 검문하는 사람의 말은 시의 표면에는 드러나 있지 않지만 화자의 말을 통해 충분히 유추가 가능하다는 것이 이 시의 중요한 특징이다. 검문자는 화자를 향해 '이게 뭐냐,' '가방을 열어 보라,' '이 책은 뭐냐' 는 등의 말을 한 것으로 추정된다. 길에서 가방을 들고 지나가는 평범한 사람이 검문 당한다는 사실, 책을 모두 불온서적이냐 아니냐의 시선으로 재단하는 검문자의 태도 자체가 시대 고발적 성격을 띠고 있는 것이지만, 여기에 더불어 책의 내용에 대해 설명하는 화자의 발화는 저항시로 기능하고 있다. "외채는 할 수 없어요. 1인당 70만 원이라메요. 몇 사람이라도 집중적으로 배부르게 해야죠"라는 풍자와 역설을 통해 빈익빈 부익부의 현실을 고발하고 있기 때문이다.

따라서 이 시는 김수영에 대한 해체적 독서를 통해「전화이야기」의 기법을 차용하는 한편, 여기에 현실의 모순을 고발하는 내용을 추가하여「전화이야기」와는 또 다른 성과를 거두고 있다고 할 수 있을 것이다. 시 속에 화자와 청자가 있고 두 사람이 교호 작용을 하고 있다고는 짐작되지만, 청자의 직접적 발화 내용은 들을 수 없는 형식의 시는 다른 시인들에게서도 발견된다.

①
보 신 먹 니 배 력 족 ? 기 죠
　탕 어 까 하 넘 은 올 힘 복 그
을 보 ? 는 치 실 림 들 날 래
　셨 섹 이 는 로 픽 게 개 도 니
읍 스 비 세 곤 어 됐 패 요 다
　가 대 상 란 찌 어 듯 설 강 식

지 하 에 한 구 요 이 을 요 무

고 서 일 하 어 란 강 당 의 하

정 양 이 더 떻 속 요 하 식 고

기 아 니 든 담 당 는 이 치 면

부 닙 보 개 까 하 性 모 밀 어

니 신 들 지 는 영 두 한 떻 도

까 탕 은 있 개 화 강 조 게 토

도 살 는 들 관 요 직 해 룡 만

먹 판 이 은 의 하 에 야 탕 저

난 나 줄 포 는 서 하 도 는 읍

거 라 지 스 性 벗 죠 먹 억 니

에 앓 터 이 어 ? 고 눌 다 석

서 을 가 거 나 뱀 있 려 이 진

겝 의 대 려 탕 지 있 구 데 서

— 이승하, 「밀러 씨와의 외출」[30]

②

왜 내 마음은 단칼에 잘라지지 않는 걸까요? 깨끗이라고 말하면
서 깨끗이 헹구어낼 수 없는 걸까요? 1980년엔 결혼을 했어요. 불이
났어요. 늑막염에 또 걸렸어요. 그 다음해부터 라일락 꽃잎이 냄새
가 안 나요. 종이꽃들이 폈다가 져요. 물 속에선 물꽃들이 폈다가
지고, 불 속에선 불꽃들이 피었어요. 죽은 나무도 정원에 서 있어요.
죽은 지 7년이 지났는데 아직도 서 있어요.

— 김혜순, 「너와 함께 쓴 시」 부분[31]

위의 인용 시는 모두 화사와 시의 표면에 나타나지 않은 숨은 청

자와의 교호 작용에 의한 발화로 되어 있다. 그러나 이들 시에서는 화자와 청자의 교호 작용이 중요하다기보다 화자의 발화 자체가 중요한 것이 된다. ①은 제목이 "밀러 씨와의 외출"인 것으로 보아 화자의 질문, "보신탕을 먹어보셨읍니까?," "양기 부족은 실로 곤란한 일이 아닙니까?," "이 거대하고 치밀한 조직에서 벗어나려면 어떻게 해야 하죠?"는 '밀러 씨'를 향한 것이라고 보아야 한다. 그러나 '밀러 씨'의 발화 내용이 어떤 것인지는 분명치 않다. 그리고 화자의 말 또한 청자 밀러 씨와의 교호 작용 속에서 발화된 것이라기보다, 넋두리에 가까운 모습을 보이고 있다. 그만큼 청자의 역할은 제한되어 있는 것이다. 「밀러 씨와의 외출」을 읽는 독자는 화자와 밀러 씨와의 사적인 대화를 엿듣는 것과 같은 위치에 처하게 되는데, ②의 경우 「너와 함께 쓴 시」에서도 독자는 같은 역할을 하게 된다. 이 시에서는 청자의 역할이 앞의 시에서보다도 더 제한되어 있다. 이 시의 제목이 「너와 함께 쓴 시」인 것으로 보아, 화자의 말을 들어주는 대상이 존재하는 것으로 판단할 수 있다. 그러나 그 청자가 발화를 했는지, 또 했다면 어떤 발화를 했는지는 전혀 알 수 없다. 화자의 발화 내용으로 미루어보아 화자는 청자에게 군이 그런 역할을 부여하고 있지도 않다. 청자인 '너'는 화자의 말을 유발시키면서 그 말에 대한 반응을 보이는 존재라기보다 화자 옆에 있어 주는 것으로 그 의의를 다하고 있는 것처럼 보인다. 이렇게 청자의 역할이 줄어들고 화자의 발화 내용조차 불분명해지는 것은 현대인의 개인과 개인 간의 단절 상태를 반영하는 것이라고 볼 수 있을 것이다.

4. 결론

김수영의 「전화이야기」는 '전화' 통화하는 것을 시로 재현해 놓음으로써 서정시의 영역을 새롭게 확장한 시라고 생각된다. 「전화이야기」가 '구술 언어'의 특징을 그대로 보여 주는 것은 물론이고, '전화'라는 의사 전달 매체를 시에 도입함으로써 화자와 청자의 역할에도 변화를 가져왔기 때문이다. 「전화이야기」는 표면적으로는 송화자의 음성으로만 이루어져 있지만 시의 독자들은 수화자의 음성까지 짐작하며 읽게 된다. '전화'라는 매체는 송화자의 발화가 수화자에 의해 영향을 받고 수화자 역시 송화자의 발화에 영향을 받는다는 특징을 지니는데, 「전화이야기」의 언술이 이러한 모습을 뚜렷이 보여 주고 있는 것이다. 이때 시의 독자는 송화자와 수화자의 사적인 전화 통화를 엿듣고 있는 듯한 처지에 놓이게 되는 것 또한 이 시의 중요한 특징이다.

170여 편에 이르는 김수영의 시 중 '전화'를 활용한 시는 더 이상 발견되지 않는다. 그러나 김수영 이후의 많은 시인들이 「전화이야기」에서 김수영이 보여 준 기법을 자신들의 시 속에 수용하고 있다. 이승훈의 「전화」, 오규원의 「공중전화」, 김혜순의 「부안군 변산면 마포리 하섬」, 김승희의 「떠도는 환유 2」 등은 '전화'를 활용하여 화자의 발화 외에도 청자의 발화까지 짐작할 수 있게 하는 기법을 사용하고 있다. 황지우의 「아, 이게 뭐냐구요?」, 이승하의 「밀러 씨와의 외출」, 김혜순의 「너와 함께 쓴 시」 등은 '전화'라는 매체를 통하고 있지는 않다. 그러나 시 속의 화자와 청자가 서로 교호交互 작용을 하고 있으며 시의 표면에는 화자의 발화만 드러난다는 점에서 김수영의 「전화이야기」를 수용하고 있다고 생각된다.

김수영 당시 걸고 받는 기능만을 했던 전화는 비약적인 발전을 거듭해 여러 가지 기능을 가지게 되었고, 의사 전달 매체도 삐삐, 핸드폰, 인터넷 등으로 훨씬 더 다양해졌다. 이러한 매체들의 등장은 당연히 시에도 변화를 가져왔다. 그러나 이 글에서는 그것까지를 모두 포함시키지는 않았다. 의사 전달 매체의 변화를 끝까지 추적하는 것이 이 글의 목적은 아니기 때문이며, 또 김수영 시「전화이야기」가 우리 시에 얼마나 많은 영향을 미쳤는지를 밝히는 것은 이 글에서 다룬 것만으로도 충분하다고 생각되기 때문이다.

김수영 시어가 미친 영향

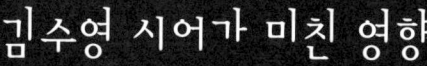

6

1. 들어가는 말

이 장은 김수영의 시가 후배 시인들에게 미친 영향의 일부를 규명하기 위해 쓰여진다. "김수영 신화," "김수영 현상," "김수영 열풍" 등의 말에서 짐작할 수 있는 것처럼 김수영이 후배 시인들에게 미친 영향은 단일하지 않다. 그의 시론이 이 땅의 시인들에게 막대한 영향을 미쳤음은 물론이고, 그가 시에서 새롭게 시도한 기법도 후배 시인들에 의해 끊임없이 계승·발전되어 왔다. 김수영이 후배 시인들에게 미친 영향 중 이 장에서 중점적으로 살펴보려고 하는 것은 김수영의 시어가 후배 시인들에게 미친 영향이다.[1]

김수영은 "현대시사에서 시문체의 개방형식을 표방한 기수"[2]로 여겨질 만큼 그의 시가 보여 주는 시어 사용에 있어서의 독특함은 후배 시인들에게 가장 폭넓은 영향을 미치고 있는 요소 중 하나라고 생각된다. 그의 시는 전통적인 시어를 거부하고 일상 언어를 그대로 재현하는 모습을 보여 주는 한편, 비시적인 일상 언어를 시 속에서 사용함은 물론이고 속어와 비어까지도 시어로 채택한다. 또 그는 시에서 선언적인 어조도 서슴지 않고 사용하고 있다. "시에만 사용되는 특별한 언어가 따로 있는 것은 아니다"[3]는 것이 지금은 너무나 평범한 얘기가 되어버렸지만, 김수영 이전의 우리 시는 일상어와 시어 사이에 경계를 두려고 했던 낭만주의 시의 전통으로부터 전적으로 자유롭지는 않은 상태였다고 보아도 좋을 것이다.

김수영 시에서 구사한 시어들이 얼마나 특징적인 것이었는지에 대해서는 이미 백낙청, 김화영, 김우창, 김주연, 김영무 등의 연구자들이 자세히 지적한 바 있으므로 이에 대한 자세한 분석은 선행 연구자들의 연구에 기대기로 한다.[4] 이 장에서는 김수영 시의 영향이 후배들에게 어떤 식으로 드러나고 있는지를 밝히는 작업에 주력할 것이다.

2. 일상어와 선언적 어조

김수영이 시에서 선보인 시어들의 특징 중 가장 중요한 것은 일상어를 시 속에 과감히 도입한 점일 것이다. 일상어를 시 속에 사용한 것이 김수영뿐이었다거나 그것이 김수영에 의해서 처음 시도된 것이라고 말할 수는 없다. 그러나 적어도 김수영만큼 자각적으로 '일상어'를 쓰려고 시도한 사람은 없었을 것이다. 다음의 인용문은 이러한 사실을 잘 보여 준다.

내가 써온 시어는 지극히 평범한 일상어뿐이다. 혹은 서적어와 속어의 중간쯤 되는 말들이라고 보아도 될 것이다. 古語도 연구해 본 일이 없고 時調에 대한 취미도 없다. 어느 서구시인이 시어는 15

歲까지 배운 말이 시어가 될 것이라고 한 말을 기억하고 있는데, 나의 시어는 어머니한테서 배운 말과 신문에서 배운 時事語의 범위 안에 제한되고 있다.[5]

　김수영은 자신이 시 속에 써온 언어들을 "지극히 평범한 일상어," "서적어와 속어의 중간쯤 되는 말," "어머니한테서 배운 말," "신문에서 배운 시사어" 등으로 표현하고 있다. 이런 말들의 공통된 특징이라면 현실적 삶의 모습을 가장 잘 반영하고 있다는 점이라고 하겠다. 김수영의 '일상어' 사용이 특히 주목되는 것은 그것이 비유와 상징에 의지하지 않고 직정적인 언어로 나타날 때이다. 이 경우, 일상어는 주로 빠른 리듬과 반복을 통해 나타나게 되며 시들은 선언적인 어조를 띠게 되는 것이다. 6, 70년대 소위 민중 시인들이 주목한 부분이 바로 이것이다.

> 敵은 키가 크지 않다.
> 적은 저를 드러내어
> 보여주는 법이 없다.
> 적은 항상 낮게
> 나지막하게
> 엎드려 기거나 숨어서
> 나에게로 다가든다.
> 숨막히는 感動이다!
> 시간의 발자국소리를 듣고
> 시간의 그림자를 일으켜세우는
> 적의 技巧
> 기교를 숙이는 기교!

그리하여 적은 웃음을 만들어낸다.

고요하고도 넉넉한

이 백정 개 돼지의 웃음을!

— 이성부, 「敵」⁶

　김수영 시의 일상어 사용과 선언적인 어조는 60년대는 물론 7, 80
년대의 참여시에 막대한 영향을 미친다. 김수영 시어의 영향을 가장
직접적으로 이어받은 사람으로는 이성부가 그 첫 자리에 놓여야 할
것이다. 위에서 인용한 이성부의 「적」은 김수영의 「하…… 그림자가
없다」와 몹시 닮아 있다. 5연 51행의 장시인 「하…… 그림자가 없다」
의 축소판이라도 해도 좋을 정도로 이성부의 「적」은 김수영의 시어
와 정신을 그대로 이어받고 있는 것이다. 김수영의 시와 비교해 보기
로 하자.

우리들의 敵은 늠름하지 않다

우리들의 敵은 카크 다글라스나 리챠드 위드마크 모양으로 사나

움지도 않다

그들은 조금도 사나운 惡漢이 아니다

그들은 善良하기까지도 하다

그들은 民主主義者를 假裝하고

자기들이 良民이라고도 하고

자기들이 選良이라고도 하고

자기들이 會社員이라고도 하고

電車를 타고 自動車를 타고

料理집엘 들어가고

술을 마시고 웃고 雜談하고

同情하고 眞摯한 얼굴을 하고
바쁘다고 서두르면서 일도 하고
原稿도 쓰고 치부도 하고
시골에도 있고 海邊가에도 있고
서울에도 있고 散步도 하고
映畵館에도 가고
愛嬌도 있다
그들은 말하자면 우리들의 곁에 있다

(2연 생략)

우리들의 싸움은 하늘과 땅 사이에 가득차있다
　民主主義의 싸움이니까 싸우는 방법도 民主主義式으로 싸워야
한다
　하늘에 그림자가 없듯이 民主主義의 싸움에도 그림자가 없다
　하…… 그림자가 없다

― 「하…… **그림자가 없다**」 부분

　「하…… 그림자가 없다」가 보여 주는 특징은 무엇보다 거침없이
쏟아지는 직설적 언어들이 구사되고 있다는 점이다. "민주주의의 싸
움이니까 싸우는 방법도 민주주의식으로 싸워야 한다"는 선언적 주
장을 김수영은 은유나 상징을 사용하여 암시적으로 드러내지 않고
직접적으로 말하고 있다. 그리고 또 너무나 평범한 일상어들을 사용
하고 있다는 점도 주목해야 할 것이다. 한자로 쓰인 "적," "악한,"
"민주주의," "전차," "자동차" 등도 모두 당시 일상생활에서 흔히 사
용되는 말들이었을 것이다. 상징적이고 암시적인 방식을 가능한 한

배제하고 '선언적 어조'로 자신의 주장을 거침없이 쏟아 붓는 시 방법은 참여시를 쓰는 많은 사람들에게 귀감이 되었던 것으로 보인다. 저항과 참여의 시는 "상징적이고 암시적인 수법으로보다는 민중의 직정언어로"[7] 쓰여질 때 한결 더 호소력을 발휘할 것이기 때문이다.

이성부의 「적」은 시의 첫 행에서부터 김수영 시의 첫 행을 거의 그대로 차용하고 있다. "우리들의 적은 늠름하지 않다"가 "적은 키가 크지 않다"로 변용되어 있는 것이다. 이성부 시의 "적은 저를 드러내어/보여주는 법이 없다./적은 항상 낮게/나지막하게/엎드려 기거나 숨어서/나에게로 다가든다."는 것은 김수영 시 「하…… 그림자가 없다」의 1연을 요약한 것이라고 할 수 있다. 두 시 모두에서 '그림자'라는 시어가 사용되고 있다는 점도 주목되어야 할 것이다. 이렇게 이성부는 자신의 시 「적」이 김수영의 시를 모체시로 하고 있다는 것을 그대로 드러내고 있다. 이성부 시에 드러나는 바의 시어 사용이나 화자가 '적'을 바라보는 시선은 김수영의 그것과 비슷하다고 할 수 있겠는데, 이것은 이성부가 선배 시인 김수영의 억압으로부터 조금도 벗어나고 있지 못함을 보여 주는 것이라고 할 수 있겠다.

개별 시인이 자신의 선배 시인을 수용하는 방식에 대해서 정밀한 설명을 한 바 있는 블룸의 견해를 따른다면,[8] 이성부의 「적」은 강한 선배 시인으로서의 김수영의 세력에 대한 '자기비하'에 해당할 것이다. 후배 시인의 '자기비하'는 선배 시인과 단절하기 위해서 후배 시인의 마음속에 작용하는 행동 양식이다.[9] 어떤 이유에서든지 간에 선배 시인보다 뒤늦게 출현하게 되는 후배 시인은 자신이 신성한 존재가 아니라는 생각에 의해서 시인이기를 포기하는 것 같지만, 이러한 포기 행위는 소멸과 생성 모두에 관계되며 후배 시인이 시인으로서 성숙하게 되는 계기 ― 마음 비우기, 원상태로 되돌아가기, 고립시키기 ― 를 마련한다.[10] 강한 시인에게 있어서 '자기비하'는 신배 시인과의 관계에서 발생하는 〈마음 비우기〉나 〈소멸시키기〉라는 수정 행위를 뜻한다. 이와 같은 〈마음 비우기〉는 단절을 구속으로부터 해방시키는 것이고 또 선배 시인의 영감이나 신격화를 소박한 것조차 허락하지 않는 시를 가능하게 만드는 것이다. 선배 시인의 세력을 자기 자신 속에 〈원상태로 회복하는 것〉(원상태로 되돌아가기)은 선배 시인의 입장으로부터 스스로를 〈고립시키는 데 기여하며〉(시간적으로 맨 나중에 출현하는 시인인) 지각자에게 동조하거나 자신에게 반대하여 금기시하는 것을 구체적으로 나타내게 된다.[11] 이성부는 「적」을 통해 김수영의 세력을 자기 자신 속에 '원상태로 회복'했다고 할 수 있다. 그러나 이러한 '원상태로 되돌아가기'는 결국 김수영의 입장으로부터 이성부 자신을 고립시키는 데 기여하여, 그가 「전라도 연작」 같은 시를 통해 70년대의 대표적인 민중 시인으로 자리 잡게 하는 계기를 마련케 한다.

　김수영 시의 끼친 영향을 애기할 때 빼놓을 수 없는 사람 중 하나가 바로 김남주이다. 김남주는 여러 가지 면에서 김수영의 정신을 잘 계승하고 있는 시인인데, 시어의 사용 면에서도 김수영의 방식을 수용하고 있는 시들이 많이 눈에 띈다. 그의 시는 김수영 시에서 '궤도 이탈'[12]을 하여 김수영의 영향력에서 멀어지려는 조짐을 보여 준다.

　　①
　　공원이나 학교나 교회
　　도시의 네거리 같은 데서
　　흔해빠진 것이 동상이다
　　역사를 배우기 시작하고 나 이날이때까지
　　왕이라든가 순교자라든가 선비라든가
　　또 무슨무슨 장군이라든가 하는 것들의

수염 앞에서

칼 앞에서

책 앞에서

가던 길 멈추고 눈을 내리깐 적 없고

고개 들어 우러러본 적 없다

그들이 잘나고 못나고 해서가 아니다

내가 오만해서도 아니다

시인은 그 따위 권위 앞에서

머리를 수그린다거나 허리를 굽혀서는 안되는 것이다

— 김남주, 「시인은 모름지기」 부분[13]

②

그놈의 동상이

大韓民國의 방방곡곡에 안 붙은 곳이 없는

그놈의 점잖은 얼굴의 사진을

洞會란 洞會에서 市廳이란 市廳에서

會社란 會社에서

XX團體에서 OO協會에서

하물며는 술집에서 음식점에서 洋靴店에서

무역상에서 개솔린 스탠드에서

책방에서 학교에서 全國의 國民學校란 國民學校에서 幼稚園에서

선량한 백성들이 하늘같이 모시고

아침저녁으로 우러러보던 그 사진은

사실은 억압과 폭정의 방패이었느니

썩은놈의 사진이었느니

아아 殺人者의 사진이었느니

- 김수영, 「우선 그놈의 사진을 떼어서 밑씻개로 하자」 부분

인용시 ①은 김남주의 시 「시인은 모름지기」의 일부이고, ②는 9연 79행으로 되어 있는 김수영 시 「우선 그놈의 사진을 떼어서 밑씻개로 하자」의 일부이다. 우선 형태적인 면에서 이 두 시는 비슷한 모습을 보여 주고 있다. 그리고 '동상'을 "공원이나 학교나 교회/도시의 네거리 같은 데서/흔해빠진 것"(김남주)이라고 하거나, "洞會란 洞會에서 市廳이란 市廳에서/會社란 會社에서/XX團體에서 OO協會에서," "아침저녁으로 우러러보던"(김수영) 것이라고 말한다는 점에서도 김남주의 시에서 김수영 시의 영향이 확인되는 것이다. 김수영의 시는 제목부터가 「우선 그놈의 사진을 떼어서 밑씻개로 하자」라는 다분히 직설적이고 과격한 구호로 되어 있는데, 이렇게 직설적인 언어를 남발하여 시인의 정서를 그대로 분출하고 있는 이 시가 시성을 담보하고 있는 것은 이 시 전체를 통해 드러나고 있는 열거법에 의지하는 바가 크다.[14] 김남주의 시 역시 김수영 시에서와 같은 열거법에 의지하고 있다.

그러나 선배 시인 김수영의 시에서 "동상," "사진"의 대상이 "그놈," 즉 '이승만'으로 한정되어 있다면 후배 시인 김남주의 시에서의 "동상"의 대상은 왕, 순교자, 선비, 장군 등 일반적으로 권위의 대상으로 여겨지는 것들 모두로 확대되어 있다. 김남주 시가 김수영 시의 정신에서 한 걸음 더 나아가려는 의욕을 보여 주고 있다면 바로 다음과 같은 점 때문일 것이다. 김수영 시에서의 화자가 그놈(이승만)의 "동상," "사진"을 "하늘같이 무시고/아침저녁으로 우러러" 보았다면 김남주 시의 화자는 "가던 길 멈추고 눈을 내리깐 적 없고/고개 들어 우러러본 적 없다"는 것이 바로 그것이다. 특히 김남주는 "시인은 그따위 권위 앞에서/머리를 수그린다거나 허리를 굽혀서는 안된다는

6. 김수영 시어가 미친 영향 _ **141**

것"이라고 하여 '시인'으로서의 자긍심까지 표출하고 있다. 김남주의 이러한 의식은 선배 시인 김수영의 시세계를 이해하고 그것을 뛰어넘으려는 시도를 통해 형성된 것으로 추정된다. 즉, 김남주는 이러한 방식으로 김수영의 세계로부터 '궤도 이탈'을 하려고 했다고 보아도 좋을 것이다. 그러나 적어도 시어의 사용 면에 있어서 김남주는 강력한 선배 시인 김수영의 성공적인 '의미 창출'을 능가하지 못하거나, 보다 풍부한 의미 창출을 향한 위축, 즉 억압에의 자각이 결여되어 있는 탓에 성공한 강한 시인으로서의 면모를 보여 주지 못하고 있다고 판단된다.

　　김수영의 시어 사용법에서 궤도를 이탈하여, '악마화' 과정을 통해 강한 시인으로 태어난 사람이 바로 김지하이다. 그의 시「오적」은 "김지하 특유의 저항정신에 뿌리를 둔 정치적 상상력을 기반으로 하면서 민중정신을 내용으로 하고 이것을 민족적 형식으로 형상화해낸, 전통문학의 현대적 계승을 성취한 70년대 민중적 민족문학의 한 전범에 해당"하는 것으로 높이 평가되고 있다.[15] 실제로 김지하는「오적」에 이어「비어」「소리내력」「육혈포숭배」「고관」「오행」「분씨물어」 등의 시를 발표함으로써 7, 80년대 민족 문학 운동의 기폭제 역할을 해왔다.

> 詩를 쓰되 좀스럽게 쓰지말고 똑 이렇게 쓰랏다.
> 내 어쩌다 붓끝이 험한 죄로 칠전에 끌려가
> 볼기를 맞은지도 하도 오래라 삭신이 근질근질
> 방정맞은 조동아리 손목댕이 오물오물 수물수물
> 뭐든 자꾸 쓰고 싶어 견딜 수가 없으니, 에라 모르겠다
> 볼기가 확확 불이나게 맞을 때는 맞더라도
> 내 별별 이상한 도둑이야길 하나 쓰겠다.

위에서 인용한 시 「오적」은 김수영 시에 대한 '악마화'[16]에서 탄생한 것이라고 할 수 있다. 김지하는 그의 시론을 통해 김수영의 풍자를 통렬히 비판하고, 우리의 전통 양식에서 민중 문학의 나아갈 바를 제시함으로써 7, 80년대 민족 문학 운동의 선봉에 서게 되었기 때문이다.[17] 「오적」에서의 언어 사용은 고유어와 방언은 물론 은어, 비어를 수다히 사용하는 한편 개인 조어까지 사용함으로써 전통적인 시어 사용을 거부하고 일상 언어를 사용한다는 점에서 김수영과 일치한다. 그러나 김지하는 여기서 한 걸음 더 나아가 시에 판소리 사설투를 도입한다.[18] 고전적인 시의 형식과 언어가 가지는 귀족성을 극복하고 시를 생활의 장으로 끌어들인다는 면에서 김수영과 김지하는 일치한다. 그러나 김수영의 실험이 문학 내부에서 행해진 것임에 비해, 김지하의 경우는 타 장르를 통합하고 새로운 양식을 창조하는 것까지 확대된다.[19]

선배 시인의 '장엄화'에 대한 반응으로 나타나는 '반장엄화'를 위한 과정이 바로 '악마화'이다. 새로 나타나는 강한 시인은 선배 시인의 '장엄화'에 반대함으로써 자신 속의 악마화를 경험하게 되고 선배 시인이 상대적으로 나약한 면을 보이는 반장엄화도 경험하게 된다. 후배 시인은 자기 시의 모체가 되는 선배 시인의 시에 적합한 세력은 아니지만 바로 그 선배 시인의 영역만 벗어나면 적합한 세력이 된다고 믿는 것에 자기 자신을 개방시킨다. 후배 시인은 자기 시에서 선배 시인의 시적 특성을 보편화하기 위해서 자신의 시와 자기 시의 모체가 된 선배 시인의 시와의 관계를 정립함으로써 자기 시의 모든 것을 개방한다.[20] 강력한 후배 시인 김지하는 강한 선배 시인 김수영의 영향에 대한 불안으로 김수영을 '반장엄화'하게 된다. 그 반장엄화 과정을 통해 김수영의 취약 부분, 즉 민중적인 정서가 결여되어 있다는 사실을 발견하게 된 것이다. 더 나아가 김지하는 우리의 전통 양식에서 민족 문학의 전통을 되살리고자 하는 노력을 하게 되는데, 「오적」은 그러한 노력의 부산물이라고 할 수 있다. 그리고 이러한 김지하의 시들이 7, 80년대 민중 문학에 얼마나 중요한 영향을 미쳤는지는 앞에서 말한 것과 같다.

3. 요설과 '과학어' 의 도입

김수영이 보여 준 시어의 특성의 한 갈래 — 일상어, 선언적 어조 등 — 가 참여 시인들에게 영향을 미쳤다면, 또 다른 갈래는 모더니스트들에게 이어졌다고 할 수 있다. 김수영은 "금기시되어 온 비어와 속어는 물론 산문적 언어와 요설들을 과감히 도입"[21]한다. 그렇게 함으로써 "인간 체험에 내재해 있는 그 어떤 것도 시에서는 불법화되지 않는다"는 점, 그리고 "시에서는 어떤 요소이건, 예를 들어 화학공식이라고 하더라도 기능적으로 쓰일 수 있다"[22]는 점을 가장 잘 보여 주고 있다고 할 수 있을 것이다. 시 속에 비어와 속어를 끌어들였다거나 산문적 언어와 요설 등을 사용했다는 것이 김수영에게서 시작되었다고는 할 수 없다. 그러나 후배 시인들의 시 중에는 김수영과의 관련성을 확증케 하는 시들이 많다.

보성물산주식회사 종로 지점 근무, 34세의 장만섭 씨는 산요 레시비를 벗는다. 최근 그는 머리가 벗겨진다. 배가 나오고, 그리고 최근 그는 피혁 의류 수출부 차장이 되었다. 간밤에도 그는 외국 바이

어들을 만났고, "그년"들을 대주고 그도 "그년들 중의 한년"의 그
것을 주물럭거리고 집으로 와서 또 아내의 그것을 더욱 힘차게, 더
욱 전투적이고 더욱 야만적으로, 주물러 주었다. 이것은 그의 수법
이다. 이 수법을 보성물산주식회사 차장 장만섭 씨의 아내 김민자
씨(31세, 주부, 강남구 반포동 주공아파트 11325동 5502호)가 낌새
챌 리 없지만, 혹은 챘으면서도 모른 체해 주는 김민자 씨의 한 수
위인 수법에 그의 그것이, 그가 즐겨 쓰는 말로, "갸꾸로 물린 것"
인지도 모르지만, 그가 그의 아내의 배 위에서, "그년"과 놀아난
"표"를 지우려 하면 할수록, 보성물산주식회사 차장 장만섭 씨는 영
동의 룸쌀롱 "겨울바다"(제목이 참 고상하지. 시적이야. 그지?)의 미
스 최가 챈가 하는 "그년"을 더욱 더 실감으로 만지고 있는 것이다.

— 황지우, 「徐伐 셔발, 셔블, 서울 SEOUL」 3연[23]

　'외도와 아내와의 성관계'를 소재로 하고 있는 김수영의 시 「性」
을 패러디한 이 시는 시어에서도 김수영의 영향을 짐작케 한다. "그
년," "갸꾸로 물린 것" 등의 비속어가 쓰이고 있으며 일상생활에서
쓰이는 언어들을 그대로 사용하고 있기 때문이다. 황지우는 이렇게
비속어를 시 속에 끌어들였다는 점에서 뿐 아니라 일상적 언어 양식
을 시어로 채택하고 있다는 점, 그리고 요설을 시의 방법으로 사용하
고 있다는 점에서 김수영의 적자로 꼽힌다. 그러나 황지우는 일상 언
어의 범위를 김수영의 그것보다 훨씬 더 확대함으로써 시어의 영역
을 한층 더 넓히고 있다. 황지우는 신문의 TV 프로그램 안내문(「숙자
는 남편이 야속해」), 식물도감의 항목(「최남단의 자작나무 앞에서」)은 물론
이고 다른 사람이 쓴 편지(「아내의 편지」), 포스터 선전문(「오늘 오후 5시
30분 일제히 쥐(붉은글씨)를 잡읍시다」), 넋두리(「1983년/말뚝이/발설」), 벽보
(「벽 3」) 등을 모두 시로 바꾸어 놓는다.

①

6이 KBS 제二방송

7이 동 제一방송

그 사이에 시시한 周波가 있고

8의 조금전에 동아방송이 있고

8점 5가 KY인가보다

그리고 10점 5는 몸소리치이는 그것

— 김수영, 「라디오界」 1연

②

8617번 차원옥은 동생을 찾씀니다.

동생은 차원실 륙십칠세(67) 별면은 세채

고향은 평북 영변군 팔원면 석성동

해방 전에 고향을 떠낫씀

형은 차원목 칠십삼세(73)

소림면에 출가하였씀

현재는 서울에 거주함

형에 저화열락처는 714-1258

어머님 : 김학실(76) 언니 : 이금란(54) 동생 : 필녀(44) 정자(졸찌 42)

1 · 4후퇴시 개성서 만나기로 함(옥순이는 군인차로 서울로 보냄)

고향: 황해도 수안군 수안면 하유리

※ 찾는 이 : 옥단, 옥분, 옥순(먹식이)

603-2981

— 황지우, 「벽 3」 3연[24]

③
식물, 자작나무
학명 *Betula platyphlla* var. Japonica,
한 대성의 갈잎 큰키나무, 자작나무
자작나무, 키 20M - 30M
잎은 어긋나게 나고 삼각형 또는 마름모꼴의 앞 모양, 톱니가 있
 는, 자작나무

― 황지우, 「최남단의 자작나무 앞에서」 부분[25]

　인용시 ①은 김수영의 시 「라디오界」의 앞부분인데, 라디오 방송
국의 주파수를 나열하고 있는 것이 주목된다. 이것은 시어의 측면에
서는 물론, 내용의 측면에서 보더라도 전통적인 시에서는 사용되지
않던 것이다. 황지우는 김수영의 이런 시 창작 방법을 보다 확대한
다. 인용시 ②는 이산가족 찾기 행사를 벌이고 있는 방송국 벽에 붙
어 있는 벽보들을 그대로 인용해서 한 편의 훌륭한 시를 만들어 내고
있다. ③에서는 식물도감에 실려 있는 '자작나무'에 대한 항목을 활
용하고 있다. 황지우의 이러한 시도는 블룸이 말한 '깨진 조각'[26]에
해당한다. 이 '깨진 조각'은 후배 시인이 자신의 시세계를 성취하고
그것을 선배 시인의 시세계와 대조하게 되는 것을 의미한다.[27] 후배
시인인 황지우는 자기의 '모체시'에 해당하는 선배 시인 김수영의
시에서 시어 사용법의 특징 같은 것을 받아들이기는 하지만, 김수영
이 행한 것보다 시어의 영역을 훨씬 더 넓힘으로써 김수영의 영향을
극복하고 있는 것이다. '깨진 조각'으로서의 시적 성취는 최승자, 김
혜순 등의 시에서도 발견된다.

　엘튼 죤은 자신의 예술성이 한물갔음을 입증했고

6. 김수영 시어가 미친 영향 _ **147**

돈 맥글린은 아예 뽕짝으로 나섰다.

송x식은 더욱 원숙해졌지만

자칫하면 서xx처럼 될지도 몰랐고

그건 이제 썩는 일밖에 남지 않은 무르익은 참외라는 뜻일 지도
몰랐다

그러므로, 썩지 않으려면

다르게 기도하는 법을 배워야 했다.

다르게 사랑하는 법

감추는 법 건너뛰는 법 부정하는 법.

그러면서 모든 사물의 배후를

손가락으로 후벼 팔 것

절대로 달관하지 말 것

절대로 도통하지 말 것

언제나 아이처럼 울 것

아이처럼 배고파 울 것

그리고 가능한 한 아이처럼 웃을 것

한 아이와 재미있게 노는 다른 한 아이처럼 웃을 것.

　　　　　　　　　　　　　－ 최승자, 「올 여름의 인생 공부」, 2, 3연[28]

이 시는 "엘튼 존," "돈 맥글린" 등 외국 가수들과 "송X식," "서
XX" 등 한국 가수의 이름이 등장하고 있다. 이들 가수에 대한 정보가
없다고 해서 이 시의 의미 해독이 불가능한 것은 아니지만, 그러한
정보는 이 시의 의미를 한층 더 풍부하게 만들어 준다. 이때 이들 가
수에 대한 정보는 시사적 맥락에서 더 의미를 발휘에게 되는데, "송X
식," "서XX"으로 가려진 가수의 이름을 독자들이 해독해 내게 만드

는 것도 바로 이 시사적 맥락이다. 또 이 시에는 "한물갔음," "뽕짝"
등 속어가 사용되고 있는데, 이 일상적 속어들을 '시어'로 편입시킴
으로써 시적 언어와 일상적 비속어의 경계를 없애고 있다.

　김혜순의 시 중에서도 김수영의 시어의 영향을 짐작케 하는 것이
발견된다.

　①
　비니루, 파리통,
　그리고 또 무엇이던가?
　아무튼 구질구레한 生活必需品
　오 注射器
　2c.c.짜리 國産슈빙지
　그리고 또 무엇이던가?
　오이, 고춧가루, 후춧가루는 너무나 창피하니까
　고만두고라도
　그중에 좀 점잖은 品目으로 또 있었는데
　아이구 무어던가?
　오 도배紙 천장紙, 茶色 白色 靑色의 모란꽃이
　茶色의 主色 위에 탐스럽게 피어있는 천장지
　아니 그건 천장지가 아냐(壁紙지!)
　천장지는 푸른 바탕에
　아니 흰 바탕에
　엇섥린 벽돌처럼 삘닝 장문처럼
　바로 그런 무늬겠다
　아냐 틀렸다
　벽지가 아니라

아냐 틀렸다

그건 천장지가 아니라

벽지이겠다

더 사오라는 건 벽지이겠다

그러니까 모란이다 모란이다 모란 모란……

그리고 또 하나 있는 것같다

주요한 本論이 네개는 있었다

비니루, 파리통, 도배지……?

주요한 本論이 四項目은 있는 것같다

四項目 四項目 四項目……(면도날!)

― 김수영, 「마아케팅」

②

연두빛 지갑

검은 가죽 지갑

다음, 손에 걸고 다니게 끈이 달린 은빛 지갑

지갑과 함께 돈, 만년필, 주민등록증

(꿈 속에서 죽은 사람을 만날 때마다 두어 가지씩)

대학 3학년 1학기 등록금

진홍빛 머풀러

결혼시계

그 다음 금도금 오리엔트 아날로그

(평균 1년에 한 개쯤)

그의 이름이 새겨진 약속의 반지

그리고 처녀

반지와 함께 그의 가슴에 새겼던 내 이름

희망 속의 희망

삶 속의 삶

그리고 내 아이

(이 세상 모든 아이들이 내 아이로 보여 서울 거리를 헤매며 수많
은 남의 아이를 껴안고 나서야 비로소 찾음)

내가 보낸 간절한 사연들과 숨죽인 눈물

하얀 털상갑

밥그릇 속에 흘렸다가

무심코 설거지해 버린 내 영혼

잘라 버린 머리칼과

내가 감고 태어났던 붉은 탯줄

모두들 어디로 갔을까?

난

아마

죽어서도

죽음을 잃어 버려

구천을 헤매일꺼야

— 김혜순, 「잃어버린 것들」[29]

①은 김수영의 시 「마아케팅」인데, 아마도 화자가 부인에게서 시
장에 가서 사다 달라고 부탁을 받은 것일 물건들의 항목을 억지로 생
각해 내려 하는 것이 그대로 시가 되고 있다. 이런 것을 시의 소재로
다루는 발상부터가 놀라운 것이지만, "비니루," "꽈리통"은 물론이고
"오이," "고춧가루," "후춧가루" 등 일상생활의 품목들을 나열하고
있는 것도 주목된다. 김혜순의 「잃어버린 것들」은 제목 그대로 자신
이 살아오면서 잃어버린 것들을 나열하고 있다. 거기에는 "지갑"은

물론이고 "진홍빛 머풀러," "결혼시계" 같은 일상적인 물건들은 물론이고 "내 이름"이라든가 "희망," "영혼" 같은 추상적인 관념들도 포함된다. 김혜순이 '깨진 조각'으로서의 시적 성취를 이루어 낸 것이 바로 이 부분이다. "잃어버린 것들"의 항목 속에서 독자들은 화자의 삶과 아픔을 엿보게 된다. "반지와 함께 그의 가슴에 새겼던 내 이름," "희망 속의 희망," "무심코 설거지해 버린 내 영혼" 같은 것이 바로 그런 대목이다. 화자는 시의 끝부분에 이르면 "죽어서도/죽음을 잃어 버려/구천을 헤매일" 것이라고 진술한다. 그러니까 김혜순의 "잃어버린 것들"은 '결코 잃어버려서는 안 될 것'이라는 역설적 의미를 담고 있는 것이다.

　김수영은 시에서 은유나 상징이 거의 없는 단어, 욕설이나 비속어를 사용하는 등 시어와 일상어, 고상한 언어와 비속한 언어의 구별을 없앤다. 이것은 시적인 언어가 따로 있다고 생각하는 상식을 완전히 뒤엎는 것이다. 위에서 몇몇 후배 시인들에게서 나타나는 김수영 시의 영향을 살펴보았지만, 사실 오늘날의 시인들의 시어 사용은 모두 김수영의 자장 안에 있다고 해도 과언이 아닐 것이다.

4. 맺는 말

김수영 문학에 영향을 입은 시인들에 대해 논한다는 것은 조심스러운 작업에 속한다. 김수영이 활동하던 시기가 불과 40여 년 전이고, 그의 영향을 받았다고 여겨지는 시인들이 지금까지도 왕성한 시작 활동을 하고 있는 경우가 많기 때문이다. 사정이 이러함에도 불구하고 김수영의 영향을 규명하려는 연구들이 계속 시도되고 있다는 것은 그만큼 김수영 문학이 지금의 문학에 미친 영향이 지대하다는 의미일 것이다. 김수영 문학이 어떻게 수용되고 있는가를 탐구한다는 것은 궁극적으로는 김수영 문학의 특성이 무엇인가를 밝히는 것이 되지 않을 수 없을 것이다.

이 장에서는 김수영 문학이 후배 시인들에게 미친 영향의 일부로서 시어가 어떻게 수용되고 있는지를 살펴보았다. '시어'라는 말을 시용히였지만, '시어'가 단지 언어 사용만의 문제일 수는 없다. 그것은 시의 소재는 물론 주제와도 밀접한 관련을 가지는 것이고, 또 시 정신과도 관련을 맺지 않을 수 없다. 그러나 논의를 편리하게 하기 위해 이 장에서는 '언어'적인 측면을 위주로 고찰하였다.

김수영의 시어 사용에서 제일 특징적인 것은 일상어를 시 속에 과감히 도입한 것이다. 일상어란 현실적 삶의 모습을 가장 잘 반영하고 있는 언어라고 할 수 있을 것이다. 김수영은 일상어를 비유와 상징에 의지하지 않은 직접적인 언어로 사용하는데, 이때 김수영 시들은 선언적인 어조를 띠게 되는 경우가 많다. 6, 70년대 민중 시인들이 수용한 점이 바로 이러한 것들이다. 이성부의 「적」은 김수영이 「하……그림자가 없다」에서 사용한 것과 비슷한 언어 사용을 보여 주는 한편, 시의 정신면에서도 김수영의 영향을 확증케 하는 작품이다. 이성부의 이 작품은 '자기비하'를 통해 강력한 선배 시인으로서의 김수영의 세력을 자기 자신 속에 '원상태로 회복하는 것'이라고 할 수 있다. 김남주의 「시인은 모름지기」는 김수영 시 「우선 그놈의 사진을 떼어서 밑씻개로 하자」의 영향으로부터 '궤도 이탈'을 하려는 조짐을 보여 준다. 김수영의 시어 사용법에서 궤도를 이탈하여 '악마화 과정'을 통해 강한 시인으로 나아간 사람이 김지하이다. 그의 「오적」이 바로 그러한 점을 잘 보여 주는 작품이다.

김수영 시의 시어가 지닌 또 다른 특징은 '요설'이 시에서 기능적으로 작용하고 있다는 점이다. 또 김수영은 소위 '과학어' 까지도 시어로 바꾸어 놓는다. 황지우는 비속어를 시 속에 끌어들였다는 점에서 뿐 아니라 요설을 시의 방법으로 사용하고 있다는 점에서 김수영의 적자로 꼽힌다. 김수영이 「라디오界」를 통해 라디오 방송국의 주파수를 시어로 사용하는 모습을 보여 주었다면, 황지우는 TV 프로그램 안내문(「숙자는 남편이 야속해」), 식물도감의 항목(「최남단의 자작나무 앞에서」, 다른 사람이 쓴 편지(「아내의 편지」), 포스터 선전문(「오늘 오후 5시 30분 일제히 쥐(붉은글씨)를 잡읍시다」), 벽보(「벽 3」) 등으로 시어의 영역을 확대한다. 헤럴드 블룸 식으로 얘기하자면 '깨진 조각' 에 해당할 이러한 시적 성취는 최승자, 김혜순 등의 시에서도 확인된다.

일상어의 사용이라든가 요설의 도입 등이 김수영에게서 처음으로 시작되었다고는 할 수 없을 것이다. 그러나 김수영처럼 자각적으로 그런 요소들을 시에 도입하려고 했던 시인은 흔치 않았다고 할 수 있다. 특히 필자가 이 글에서 거론한 '후배 시인' 들에게서 김수영의 적극적인 수용이 확인되고 있다는 점에서 김수영의 중요성은 더욱 커진다.

제3부

박인환과 김종삼을 위한 장

박인환과 김수영,
그 영향의 수수 관계

7

1. 박인환 대 김수영, 김수영 대 박인환

김수영과 박인환은 각각 1945년과 1946년, 해방 후의 혼란기에 문단에 등장한다. 이후 두 사람은 1956년 3월, 박인환이 사망하기까지 문학적으로 깊은 친분 관계를 유지한다. 두 사람은 1945년 박인환이 차린 서점 〈마리서사〉를 통해 교유했으며, 1949년에 낸 사화집 『새로운 도시와 시민들의 합창』에 함께 관여한다. 또 〈후반기〉 동인에도 같이 참여한다. 이 사화집과 〈후반기〉 동인이 1950년대의 모더니즘 운동에 얼마나 중요한 영향을 끼쳤는지는 이미 잘 알려져 있다. 이러한 행적과 더불어 김수영의 산문을 통해서도 박인환과 김수영의 문학적 교유 관계를 확인할 수 있다. 「박인환」, 「마리서사」, 「연극하다가 시로 전향」, 「참여시의 정리」 등이 대표적인 글이다.

박인환과 김수영의 시적 출발은 분명 비슷한 선상에서 시작되었다고 할 수 있다. 그러나 이 두 사람을 한 곳에 놓고 문학 세계를 비교하는 자리는 마련되지 못했던 것 같다. 〈마리서사〉를 중심으로 이루어진 두 사람의 인간관계를 조명한 글들[1]을 제외하면 말이다. 김수영

문학, 박인환 문학에 있어 서로가 끼친 영향이 지대함에도 불구하고 이들의 작품을 한 자리에서 논하는 일이 드물었던 것은 두 사람의 주된 활동 시기가 달랐던 것에 일차적인 원인이 있을 것이다. 박인환이 등단 이후 1956년까지 모더니즘 운동을 주도해 나간 것과 대조적으로 김수영은 당시만 해도 이렇다 할 두각을 나타내지 못했다.[2] 특히 포로수용소에 갇혀 있었던 시기까지 있음으로 해서 김수영은 박인환과 비교의 대상이 되지 못했다. 김수영의 경우, 그의 문학을 '신화'로 만들어 낸 작품들은 1960년대 이후에 쓰였다고 해도 과언이 아니다. 특히 그는 1970년대를 거치면서 "참여시의 기수"로 자리매김 되어 왔고, 이것은 1950년대의 모더니즘을 청산한 자리에서 탄생한 것으로 여겨져 왔다. 「목마와 숙녀」, 「세월이 가면」 등의 페시미즘의 색채가 강한 박인환의 시와 「푸른 하늘을」, 「풀」 등의 소위 "민중시"는 한 자리에 놓을 수 없는 것이었던 셈이다.

　1960년대 이후 김수영의 문학적 행로는 1950년대의 그것과는 사뭇 다르다는 것이 정설이지만, 1950년대에 있어 김수영과 박인환은 분명 한 쌍의 아름다운 '짝패'[3]이었던 것은 틀림이 없다. 결론을 미리 말하는 셈이 되지만, 김수영의 문학은 박인환이 없이는 불가능했다고 생각된다. 김수영이 박인환에 대해 경멸적인 어조를 드러내는 글들이 박인환의 사후 10년이 지난 시점에서 여러 편 쓰였다는 사실은 음미해 볼 가치가 있는 것이다. 죽은 박인환에 대한 김수영의 끊임없는 공격은 거꾸로 김수영의 박인환 콤플렉스를 보여 주는 것이겠기 때문이다.

　이 논문에서는 김수영과 박인환의 이러한 관계에 초점을 맞추어 두 사람의 등단 무렵의 정황을 살펴볼 것이다. 박인환과 김수영은 각각 「거리」라는 시를 쓴 바 있는데 이것이 박인환의 경우는 데뷔작이며, 김수영은 실질적인 데뷔작이 따로 있음에도 불구하고 이 작품을

'처녀작'으로 여기고 있다는 점도 주목해 볼 만한 것이라고 생각된다. 이것은 다음의 이유 때문에 중요성을 띤다. 김수영은 박인환을 만난 후에 등단을 했고, 이 등단 작품이 박인환에게 인정받지 못했던 이유로 등단작을 자신의 작품의 목록에서 지웠다고 말하고 있기 때문이다. 그리고 두 사람의 시작품 속에 거의 유사한 구문 ― 표절이나 모방이라고밖에 볼 수 없는 구절 ― 이 있다는 것도 주목되어야 할 것 같다. 이 글에서는 이상에서 제기한 것들을 하나씩 설명해 나감으로써 박인환과 김수영이 어떤 영향 관계를 주고받았는지 추론해 보려고 한다. 여기서 한 가지 부연해 두어야 할 것은 이 글이 궁극적으로 의도하는 바가 박인환과 김수영의 영향의 선후 관계를 밝히는 것이나, 영향을 준 사람과 영향을 받은 사람의 일대일 대응 관계를 밝히려는 데 있지 않다는 것이다. 오히려 이 글의 최종적인 목표는 동시대를 살았고 같이 '모더니즘' 문학을 출발점으로 삼았던 두 시인의 정신 지리를 살펴보는 것이다.

2. 해방기, 등단 전후의 정황

박인환과 김수영이 등단할 무렵의 정황은 김수영 자신의 글을 통해 확인하는 것이 가장 빠른 듯하다. 김수영에 대한 아무런 글도 남기지 않은 박인환과 달리 김수영은 박인환에 대한 개인적인 감정을 여러 곳에서 피력하고 있기 때문이다. 김수영이 박인환을 회고하며 쓴 글 「박인환」은 "나는 인환을 가장 경멸한 사람의 한 사람이었다"로 시작되고 있다. 이 말은 역설도 아니고 비유도 아니어서, 김수영의 박인환에 내한 솔직한 심성이 드러나 있다고 볼 수 있을 것이다.

나는 인환을 가장 경멸한 사람의 한 사람이었다. 그처럼 재주가 없고 그처럼 시인으로서의 소양이 없고 그처럼 경박하고 그처럼 값싼 유행의 숭배자가 없었기 때문이다. 그가 죽었을 때도 나는 장례식에를 일부러 가지 않았다. …(중략)… 그래서 이 글을 쓰기 전에 나는 인환의 『선시집(選詩集)』의 후기를 다시 한번 읽어보고, 「밤의 미매장(未埋葬)」이란 시를 읽어보고, 그래도 미흡해서 「센티멘털 저니」라는 시를 또 한번 읽어보았다.

　　인환! 너는 왜 이런, 신문기사만큼도 못한 것을 시라고 쓰고 갔다지? 이 유치한, 말발도 서지 않는 후기. 어떤 사람들은 너의 「목마와 숙녀」를 너의 가장 근사한 작품이라고 생각하는 모양인데, 내 눈에는 〈목마〉도 〈숙녀〉도 낡은 말이다. 네가 이것을 쓰기 20년 전에 벌써 무수히 써먹은 낡은 말들이다. 〈원정(園丁)〉이 다 뭐냐? 〈베코니아〉가 다 뭣이며 〈아포롱〉이 다 뭐냐?[4]

　김수영이 이 글을 쓴 것은 박인환이 사망한 지 10년도 지난 시점이었다. 이 시점에서 김수영은 박인환의 인간됨을 "그처럼 시인으로서의 소양이 없고 그처럼 경박하고 그처럼 값싼 유행의 숭배자가 없었"다고 폄훼하는 한편, 시에 대해서도 "신문기사만큼도 못한 것"이라고 깎아내리고 있는 것이다. 특히 위의 인용문에서 김수영이 박인환의 시에 대해 문제 삼는 것은 박인환이 시어로 사용했던 단어들 — 원정, 베코니아, 아포롱 등 — 이 박인환이 시에서 사용하기 전에도 무수히 사용되었다는 것이다. "원정"이 「센치멘털 저니」에 나오는 시어이며 "베코니아"가 「거리」 끝 연에 나오는 단어라는 것, "아포롱"이 「죽은 아포롱」에 나오는 단어인 것으로 보아 김수영이 박인환의 시를 꼼꼼히 읽었던 것은 분명한 듯하다. 박인환의 인간됨에 대한 지적은 차치하고, 김수영이 박인환의 시에 나오는 단어들이 새로운 것이 아니라는 점을 표나게 지적하고 있다는 점은 지적해 둘 만하다. '새로운 시'에 대한 갈망은 김수영의 시론에서 특히 강조하고 있는 것이기 때문이다.

죽고 없는 자에 대한 김수영의 끊임없는 공격은 거꾸로 김수영 자신의 콤플렉스를 보여 주는 것으로 해석될 수도 있을 것이다. 김수영의 박인환 콤플렉스는 크게 세 가지로 나누어 볼 수 있겠는데, 하나는 위의 인용문에서도 확인한 바 있는 '새로운' 시어에 대한 것이다. 새로운 시어에 대한 김수영의 콤플렉스는 「박인환」에 앞서 쓴 「마리서사」라는 글에서도 확인이 된다.

> 나는 그를 통해서 미기시 세츠코[三岸節子], 안자이 후유에[安西 冬衛], 기타조노 가츠에[北園克衛], 곤조 아즈매[近藤東] 등의 이상한 시에 접하게 되었고, 그보다도 더 이상한, 그가 보여주는 그의 자작 시를 의무적으로 읽지 않으면 아니 되게 되었다. 그는 일본말이 무척 서툴렀고 조선말도 제대로 아는 편이 못 되었지만, 그 대신 그의 시에는 내가 모르는 멋진 식물, 동물, 기계, 정치, 경제, 수학, 철학, 천문학, 종교의 요란스러운 현대용어들이 마구 나열되어 있었다. 요즘의 소위 〈난해시〉라는 것을 그는 벌써 그 당시에 해방 후 처음으로 본격적으로 시작하고 있었다.[5]

위의 글에서 김수영은 박인환의 시에 "내가 모르는 멋진 식물, 동물, 기계, 정치, 경제, 수학, 철학, 천문학, 종교의 요란스러운 현대용어들"이 많았다는 것을 얘기하고 있다. 이 글 역시 박인환에 대해서는 호의적이지 않은 시각을 보여 주지만 김수영이 박인환 시에서 "현대용어"들을 눈여겨보고 있었다는 점만은 확실하다. 이와 더불어 주목을 끄는 것은 "난해시"를 박인환이 그 당시에 "처음으로 본격적으로 시작하고 있었다"고 지적하고 있는 점이다. 김수영의 시론에서 "현대시," "난해시"는 매우 중요한 비중을 차지한다.[6] 그가 시론 곳곳에서 '난해시'의 중요성을 강조하고 있고, 특히 "진정한 난해시가 필요하다"고 주장하고 있는 것을 생각해 볼 때,[7] 이 "진정한 난해시"는 박인환 유와는 다른 난해시라는 뜻으로도 해석될 수 있을 듯하다. 김수영은 박인환이 "해방 후 처음으로 본격적으로" 난해시라는 것을 시작했음을 누구보다도 잘 알고 있었기 때문이다.

이로써 필자는 김수영의 두 번째 콤플렉스인 '난해시'에 대해서 지적한 셈인데, 다른 하나의 콤플렉스는 '저항시'와 관련된 것이다. 김수영은 박인환의 시 「자본가에게」가 "저항시 비슷하게" 읽히는 것에 관해 강렬한 어조로 거부하고 있다. 「참여시의 정리 — 1960년대의 시인을 중심으로」라고 제목한 이 글은 '1950년대 모더니즘의 폐해,' 특히 〈후반기〉 동인들의 모더니즘에 대해 비판하는 것으로 시작되고 있는데, 박인환 시가 집중적인 공격의 포화를 받고 있다.

> 1950년대는 시단의 조류로 보면 〈후반기〉 모더니즘의 일파들이 창궐을 극하던 때다. 1955년에 박인환의 『선시집』이 나왔고, 이듬해 그가 죽고 난 뒤에도 김규동 등이 그의 뒤를 이어 4.19 전까지 잔광을 유지해 왔다. 그러나 후반기 모더니즘파 중에서는 「칼을 갈라」(유치환의 시: 인용자)만한 정도의 뼈 있는 시도 나오지 못했다. 「자본가에게」라는 인환의 시가 있지만, 그리고 이것은 「칼을 갈라」보다 훨씬 전에 쓴 것 같은데, 그 당시 이것이 어디에 발표되었던가 조차도 지금은 기억할 수 없을 만큼 반향도 희미했고, 작품 자체도 인환-류의 낙서 같은 것이다.

> 그러므로 자본가여

새삼스럽게 문명을 말하지 말라
정신과 함께 태양의 도시를 떠난 오늘
허물어진 인간의 광장에는
비둘기 떼의 시체가 흩어져 있었다.

　　이런 상식을 결한 비이성적인 그의 시가 청마의 침착한 이성과
논리 앞에 어떻게 맥을 출 수 있었겠는가. 그것은 청마의 시인으로
서의 중량의 우의에서 오는 것만도 아니고, 시단의 전반적인 고루
와 후진성에 연유하는 것만도 아니었다. 책임은 오로지 인환의 시
그 자체에 있었다고 보아야 할 것이다. 당시의 시단은 인환의 시의
이성을 부인한 스타일을 엄청나게 〈새로운〉 것으로 받아들였고,
「자본가에게」란 시만 하더라도 〈자본가〉라는 선동적인 어휘 이외
에는 아무런 골자도 없는 시를 저항시 비슷하게 받아들였다. 이것
은 인환의 시뿐만 아니라 당시의 모든 모더니즘을 자처하는 시들이
다 그랬다. 1950년대 모더니즘의 폐해는 이런 의미에서 아직도 그
뒤치다꺼리가 깨끗이 되어 있지 않다. 〈후반기〉 동인으로 오늘날
그들의 세계를 발전시켜 나가고 있는 시인이 한 사람도 없는 것을
보면 알 수 있다.[8]

　이 글에서 김수영은 박인환의 시를 "인환-류의 낙서 같은 것," "상
식을 결한 비이성적인 시," "이성을 부인한 스타일"이라고 평가하고
있다. 특히 인용한 「자본가에게」는 "자본가라는 선동적인 어휘 이외
에는 아무런 골자도 없는 시"라고 폄하하고 있다. 이 글의 공격 대상
은 박인환의 시이지만, 김수영이 박인환의 시를 "엄청나게 새로운
것"으로, 또 "저항시 비슷하게" 받아들인 "당시의 시단"에 대해서도
인급하고 있다는 사실은 주목할 필요가 있다. 물론 김수영은 "책임은

오로지 인환의 시 그 자체에 있었다고 보아야 할 것"이라고 하여 당시 "시단의 전반적인 고루와 후진성에 연유"하는 것이 아님을 밝히고 있지만, 시단에서 박인환의 시를 '새로운 것,' '저항시 비슷한 것'으로 받아들이지 않았다면 굳이 김수영이 이런 글을 쓸 필요가 없었을 것이다.

　필자는 김수영이 특히 박인환의 새로운 시, 난해시, 저항시에 대해 부정적인 언급을 했음을 밝힌 셈인데, 이 세 가지 개념은 김수영의 시론에서도 중요한 자리를 차지하는 것들이다. 김수영의 새로운 시, 난해시, 저항시가 박인환에 의해 촉발된 것이었다고 단정할 수는 없다. 다만 한 가지 확실한 것은 그가 박인환의 시에서 눈여겨본 것이 그런 것들이었고, 자신의 시론을 확립해 나가면서도 끝까지 박인환을 의식했다는 것이다.

　「마리서사」에 쓴 "나는 인환의 만년처럼 비뚤은 길에 빠져 있는 게 아닌가 하는 반성이 들고"[9]라는 말을 보아도 알 수 있지만 김수영은 박인환을 인간으로나 시인으로나 끝내 인정할 수 없었던 것으로 보인다. 그러기에 "복쌍(박일영: 인용자)을 알고 나서부터는 인환에 대한 그나마 얼마 남지 않은 흥미가 전부 깨어지고 말았다"고 했을 것이다.[10] 김수영은 시에서 뿐만 아니라 인간관계에 있어서도 박인환과 보이지 않는 경쟁을 벌였음을 알 수 있는데, 김수영에 의하면 박인환은 〈마리서사〉를 경영하면서 거기에 드나들던 초현실주의 화가 '박일영'의 영향을 받았다고 한다.[11] 〈마리서사〉를 드나들던 다른 사람들과는 다른 예술가적인 순수함과 자존심, 해박한 지식, 나아가 세속적인 휩쓸리기를 거부하는 그의 정신은 박인환에게 많은 영향을 주었다.[12] 그런데 박일영은 김수영도 상당히 좋아했고 또 그에게 경도되어 있었음을 알 수 있다. 이는 김수영이 그의 첫 시집 『달나라의 장난』의 속표지에 "이 시집을 박준경(이는 박일영의 본명임) 형에게 드린

다"라고 쓴 것에서도 알 수 있다.[13]

　김수영이 왜 이렇게까지 박인환을 의식해야 했을까 하는 의문에 대한 해답의 일부는 해방 후 등단 무렵의 두 사람의 문학적 입지에서부터 찾아야 할 것 같다. 등단과 그 이후의 김수영의 활동에 미친 박인환의 영향이 지대하다고 판단되기 때문이다. 이 점을 설명하기 위해서는 김수영의 등단작에서부터 1950년대에 이르기까지의 발표작과 그것의 발표 과정을 살펴보는 것이 좋다.

　김수영의 등단은 1945년, 『문학예술』지에 「묘정의 노래」를 통해 이루어진다. 1945년은 아직 박인환이 등단하기 이전이었다. 그러나 이 등단작은 박인환으로부터 "〈낡았다〉는 수모"[14]를 받았다고 김수영은 기록하고 있다. 김수영이 이 작품을 "마음의 작품목록에서 지워버리고"[15] 말았다고 하는 것은 박인환에게서 받은 그러한 수모와 무관치 않을 것이다. 같은 글에서 김수영은 스스로 "바보같은 콤플렉스"에 시달렸다는 점을 밝히고 있거니와 등단 초기에 김수영에 미친 박인환의 영향은 결코 작은 것이 아니었음을 알 수 있다. 실제 김수영의 문단 활동은 박인환에 의해 이루어졌다고 해도 과언이 아니었을 정도이다. 김수영을 〈신시론〉에 끌어들인 것이 박인환이었기 때문이다.

　　그러던 차에 하루는 박인환이 내가 일하고 있던 남대문의 사무실에 찾아왔어요. 1947년이었지요. 박인환의 나이가 스물 두 살이었는데, …(중략)… 그날 저녁에 만나 여러 이야기를 하고 그의 시 「장미의 온도」라는 시를 보여주고 한번 같이 하자고 의기투합해서 동인이 되었지요. 둘 가지고는 안 되고 누가 더 없냐고 그랬더니, 김수영을 만나보자 해서 충무로 쪽에 있던 집을 그날로 곧바로 찾아가 만났어요. 김수영의 집은 무슨 음식점 비슷한 것이었는데, 김

수영은 너희들이 하자고 하니 나도 같이 하겠다고 무조건 동조했어
요.[16]

김경린의 위의 진술은 김수영이 어떻게 〈신시론〉 동인에 참여하게
되었는지를 잘 보여 준다. 박인환은 1945년부터 〈마리서사〉를 운영
하고 있었고 이미 〈마리서사〉에는 많은 문인들이 드나드는 상황이었
다. 김경린을 동인으로 끌어들인 것은 그의 명성과 관련이 있었을 것
이다. 김경린은 윗글의 인용하지 않은 부분에서 1943년부터 1947년
까지는 시를 쓰지 않았다고 밝히고 있지만 당시에 이미 널리 알려진
시인이었다. 그런데 박인환이 동인으로서 김경린 다음으로 '김수영'
을 지목한 것은 박인환 나름대로는 김수영의 시적인 성취를 높이 평
가했기 때문일 가능성이 있다.

박인환의 도움에도 불구하고 김수영의 문단 활동이 활발했던 것
같지는 않다. 1949년 4월 1일 『자유신문』에 「아침의 유혹」을, 같은 해
『새로운 도시와 시민들의 합창』에 두 편의 시를 발표한 것을 제외하
면 문단 활동이 전혀 없었다. 김수영의 표현대로 한다면 등단작으로
"최초의 발표의 기회"[17]를 가진 후로는 발표의 기회를 잡을 수 없었
던 것이다. 이때 발표의 기회를 다시 제공한 것이 박인환이다. 그가
『새로운 도시와 시민들의 합창』을 주도했다는 것은 널리 알려져 있
으므로 자세히 거론하지 않기로 한다. 김수영의 작품 연보를 보면
1949년 4월 1일자 『자유신문』에 시 「아침의 유혹」을 발표한 것으로
되어 있는데, 이것 역시 박인환의 배려에 의한 것이었을 가능성이 크
다. 박인환은 1948년부터 자유신문사의 기자로 일했기 때문이다.

"정치적으로, 사회적으로, 혹은 문화적으로, 또는 교육적인 면에
있어서나, 여러모의 지적인 면에 있어서나 체험의 폭이 넓었던 김수
영에 비하여, 박인환은 정규 학력도 빈약할뿐더러 체험의 폭도 좁아

김수영의 비웃음을 살만하였던 것이 사실"[18]이었다고 하더라도, 적어도 1950년에 이르기까지는 김수영의 문학 활동은 박인환의 그늘을 벗어나지 못했다고 보아야 할 것이다. 특히 1950년의 한국 전쟁은 김수영과 박인환의 그러한 관계를 더욱더 고착시키는 결과를 가져오게 했던 것 같다. 김수영은 1950년 8월에 의용군으로 징집이 되었으며 거제도 포로수용소에 수용되었다가 1952년 12월에야 석방된다. 석방 후에는 후유증을 앓아야 했음은 물론이고 생활도 불안했다고 한다. 반면 박인환은 1946년 12월 『국제신문』에 「거리」를 발표하면서 등단한 이후 1947년에는 〈신시론〉 동인을 결성하는 데 주도적 역할을 했다. 김경린을 찾아가 동인을 하자고 제안한 것도 그였고 김수영을 동인으로 끌어들인 것도 그였다. 1948년에 〈신시론〉을 만든 이후 『새로운 도시와 시민들의 합창』을 준비했고, 〈후반기〉도 결성했다. 직장도 자유신문사, 경향신문사 등에서 기자 생활을 했다. 박인환의 '화려한' 행적은 이후로도 계속 되었다. 박인환은 해운공사의 직원이 되어 보름간 미국을 여행하기도 했다. 특히 1955년에는 『선시집』을 출간(10월 15일)했고 자유문학상 수상자 후보가 되기도 했다. 1956년 3월 20일 오후 아홉시, 30세의 나이로 사망하기 전까지 박인환은 문학 운동가로서나 시인으로서 1950년대 모더니즘의 중추적 역할을 했다. 김수영 자신의 입으로 다음과 같이 증언하고 있는 것처럼 박인환이 활동하던 당시는 가히 "박인환 시대"였다고 할 수 있을 것이다.

인환이가 죽은 뒤에 그를 무슨 천재의 요절처럼 생각하고 떠들어 대던 사람 중에는 반드시 인환이와 비슷한 경박한 친구들만 끼어있었던 것이 아니다. 유정 같은, 시의 소양이 있는 사람도 인환을 위한 추도시를 쓴 일이 있었다. 세상의 이런 인환관과 나의 생각과의 너무나도 동떨어진 격차를 조정해 보려고 나는, 시란 도대체 무엇

인가 하고 새삼스럽게 생각해 보고는 한 일까지 있었다.[19]

　박인환의 죽음을 "천재의 요절"처럼 생각하고 떠들어대는 "세상의
인환관"에 휩쓸리지 않고 자신만의 세계를 지켰던 것은 역시 김수영
의 대가적인 면모를 보여 주는 것이라고 할 수 있을 것이다. 결국 김
수영은 1960년대를 거치면서 문학사의 한 획을 긋는 중요한 시인으
로 자리 매김하게 된다. 그러나 김수영의 그러한 업적은 박인환과의
교유 속에서 그 싹이 배태되었음을 부인할 수는 없다. 김수영이 시작
활동을 하면서 늘 '죽은' 박인환을 의식했다는 것은 그것을 증명하
고도 남음이 있다.

3. 박인환의 등단작 「거리」와 김수영의 실질적인 처녀작 「거리」

　한 시인에게 있어 처녀작이나 초기작은 그 사람의 시세계를 이해하
는 데 있어 시사적인 특징을 가지게 마련이다. 박인환이나 김수영의
경우도 예외는 아닐 것이다. 특히 이 두 사람은 비슷한 시기에 등단
을 했고 등단 무렵 서로의 시를 읽고, 읽어 주었다고 판단되므로 이
들의 등단작을 살펴보는 것은 무의미하지 않은 작업이 될 것이다. 박
인환은 1946년 12월, 『국제신보』에 「거리」라는 작품을 발표하면서 등
단한다. 박인환이 경영하던 〈마리서사〉 고객의 한 사람이었던 송지
영이 추천하였다고 한다. 그런데 김수영은 산문을 통해 '자신의 실질
적인 처녀작'이 「거리」였다고 밝히고 있다. 먼저 박인환의 「거리」를
인용해 보자.

나의 시간에 스코올과 같은 슬픔이 있다
붉은 지붕 밑으로 향수가 광선을 따라가고
한없이 아름다운 계절이 운하의 물결에 씻겨갔다

아무 말도 하지 말고
지나간 날의 동화를 운율에 맞춰
거리에 花液을 뿌리자
따뜻한 풀잎은 젊은 너의 탄력같이
밤을 지구 밖으로 끌고 간다

지금 그곳에는 코코아의 시장이 있고
과실처럼 기억만을 아는 너의 음향이 들린다
少年들은 뒷골목을 지나 교회에 몸을 감춘다
아세틸린 냄새는 내가 가는 곳마다
음영같이 따른다.

거리는 매일 맥박을 닮아갔다
베링해안 같은 나의 마을이
떨어지는 꽃을 그리워한다
황혼처럼 장식한 여인들은 언덕을 지나
바다로 가는 거리를 순백한 식장으로 만든다

戰庭의 수목 같은 나의 가슴은
베고니아를 끼어안고 기류 속을 나온다
망원경으로 보던 千萬의 미소를 회색 외투에
싸아

얼은 크리스마스의 밤길로 걸어보내자

— 박인환, 「거리」[20]

"스코올," "코코아," "베링해안," "베고니아," "크리스마스" 등의 단어가 이국적인 정서를 느끼게 하는 시이다. 앞 장에서 살펴본 것처럼 김수영은 "베고니아"란 단어가 박인환 이전에도 무수히 쓰였던 시어라고 박인환 시를 폄하한 바가 있다.

김수영은 1945년, 『예술부락』에 「묘정의 노래」를 발표하면서 등단한다. 그러나 이 작품은 발표 당시에는 물론 작품 활동 후기에 이르기까지도 김수영에게 "텐더 포인트"[21]로 작용했음을 알 수 있다. 1965년에 쓴 글에서 그는 "인쇄되어 나온 최초의 작품"인 「묘정의 노래」를 "마음의 작품목록에서 지워버리"고 있다고 말한다. 그런데, 김수영이 「묘정의 노래」에 대해 "내가 생각해도 얼굴이 뜨듯해질 만큼 유창한 능변"이라고 말하는 데 가장 큰 일조를 한 사람이 바로 '박인환'이다.

소위 처녀작이라는 것을 발표하게 된 것이 해방 후 2년쯤 되어서일까? 아무튼 조연현(趙演鉉)이가 주관한 《예술부락(藝術部落)》이라는 동인지에 나온 「묘정(廟廷)의 노래」라는 것이, 인쇄되어 나온 나의 최초의 작품이다. 그때 나는 연극을 집어치우고 혼자 시를 쓰기 시작하고 있었지만 발표할 기회가 전혀 없었고, 《예술부락》에 작품을 내게 된 것도 그 동인지가 해방 후에 최초로 나온 문학동인지였다는 것, 따라서 내가 붙잡을 수 있었던 최초의 발표의 기회였었다는 것 이외에 별다른 의미가 없었던 것 같다. …(중략)… 그 후 나는 이 작품을 나의 마음의 작품목록에서 지워버리고, 물론 보관해 둔 스크랩도 없기 때문에 망신을 위한 참고로도 내보일 수가 없지만, 좋게 생각하면 〈의미가 없는〉 시를 썼다는 증거는 될 것 같다.

그 후 이 작품이 게재된 《예술부락》의 창간호는 박인환(朴寅煥)이가 낸 〈마리서사〉라는 해방 후 최초의 멋쟁이 서점의 진열장 안에서 푸대접을 받았고, 거기에 드나드는 모더니스트 시인들의 묵살의 대상이 되고, 역시 거기에 드나들게 된 내 자신의 자학의 재료가 되었다. 「묘정의 노래」와 같은 무렵에 쓴 내 딴으로의 모던한 작품들이 「묘정의 노래」보다 잘되었다고 생각하는 것은 아니지만, 「묘정의 노래」가 《예술부락》에 실리지만 않았더라도 「묘정의 노래」가 아닌 다른 작품이 《예술부락》에 실렸거나, 「묘정의 노래」가 《예술부락》이 아닌 다른 잡지에 실렸더라도 나는 그 당시에 인환으로부터 좀더 〈낡았다〉는 수모는 덜 받았을 것이라고 생각되고, 나중에 생각하면 바보 같은 콤플렉스 때문에 시달림도 좀 덜 받을 수 있었으리라고 생각된다.[22]

앞서 본 것처럼 김수영은 박인환에 앞서 문단에 등단한다. 그런데 그 등단작이 박인환에 의해 낡았다는 수모를 받게 되고, 그는 결국 그것을 "마음의 작품목록에서 지워"버리고 만다. "무슨 불길한 곡성 같은 것이 배음으로 흐르고"[23] 있는 「묘정의 노래」 대신 김수영은 다른 작품을 자신의 "실질적인 처녀작"으로 여기고 있는데, 그 실질적인 처녀작의 제목이 「거리」이다. 김수영의 「거리」는 원래 시의 모습을 시인 자신이 기억하지 못하지만 상당한 애착을 지녔던 것으로 판단된다. 김수영이 산문을 통해서 두 번이나 소개하고 있기 때문이다.

①
마차마(馬車馬)야 뻥긋거리고 웃어라

간지럽고 둥글고 안타까운 이 전체의 속에서

마치 힘처럼 소리치려는 깃발—

별별 여자가 지나다닌다

화려한 여자가 나는 좋구나

내일 아침에는 부부가 되자

집은 산 너머가 좋지 않으냐

오는 밤마다 두 사람 같이

귀족처럼 이 거리 걸을 것이다

오오 거리는 모든 나의 설움이다

　지금 겨우 기억하고 있는 것은 끝머리의 요 몇 줄 정도다. 「달나라의 장난」이라는, 처녀시집이라면 처녀시집이라고 할 수 있는, 8년 전인가에 나온 시집에 이 작품과 「꽃」이라는 《민생보》에 실렸던 작품을 넣고 싶었는데 기어코 게재지를 얻지 못해 넣지를 못했다. 「거리」는 나의 유일한 연애시이며 나의 마지막 낭만시이며 동시에 나의 실질적인 처녀작이다. 나는 남대문시장 앞을 걷다가 이 이미지를 얻었는데, 병욱은 이 시를 읽고 이런 작품을 열 편만 쓰면 시인으로서의 확고한 기반을 가질 수 있다고 격려해 주었다.[24]

　②

　나는 연애시다운 연애시를 한 편도 써본 일이 없다. 해방 후에 「거리」라는 구애의 시를 한 편 써보았지만 그것도 어떤 특정한 애인에 대한 시는 아니다. …(중략)… 그러나 이 〈묵은 작품일수록 애착이 간다〉는 말은 잘못된 말이지만, 「거리」라는 작품은 연애시가 없는 나로서는 가끔 생각이 나는 작품이다. 지금은 겨우 끝머리만이 기억에 남아 있다.

별별 여자가 지나다닌다

화려한 여자가 나는 좋구나

내일 아침에는 부부가 되자

집은 산 너머가 좋지 않으냐

오는 밤마다 두 사람 같이 귀족처럼

이 거리 걸을 것이다

오오 서리는 모든 나의 설움이다[25]

　①은 1965년에 쓴「연극하다가 시로 전향」이라는 글에서 인용한 것이고, ②는 1968년에 쓴「나의 연애시」란 글에서 인용한 것이다. ①, ② 모두에서 시의 전문을 밝히고 있지 않고 기억나는 부분, 특히 끝 부분만 쓰고 있는데, 이 시가 지상에 발표된 것이 아니고 김수영의 머릿속에 간직되어 있었던 것임을 알 수 있다. 김수영은 ①, ②의 인용문에서 이 시「거리」가 '연애시' 라는 점을 밝히고 있다. 인용문의 내용으로 미루어보면 김수영은 이 시에 대해 대단한 애정을 가졌던 것임을 알 수 있다. "이런 작품을 열 편만 쓰면 시인으로서의 확고한 기반을 가질 수 있다"는 김병욱의 말을 그대로 인용하는가 하면 "그러고 보면 나의 시적 위치는 상당히 전통적이고 완고하기까지도 하다.「거리」는 이러한 나의 장점과 단점이 정직하게 반영되어 있는 작품이고, 현대시는 못 되지만「묘정의 노래」에 비해서 그 나름의 수준에는 도달한 작품이다"[26]고 스스로 만족감을 드러내고 있기 때문이다. 김수영은 그의 시집『달나라의 장난』후기에서도「거리」를 싣지 못하는 사정을 기록하고 있을 정도로 그의「거리」에 대한 집착은 대단했다.[27] 김수영은 위에서 인용한「거리」외에도「거리 1」,「거리 2」의 작품도 남기고 있는데, 이 두 작품도 인용해 두는 것이 좋겠다.

오래간만에 거리에 나와보니/나의 눈을 흡수하는 모든 물건/그 중에도/빈 사무실에 놓인 무심한/집물 이것저것//누가 찾아오지나 않을까 망설이면서/앉아 있는 마음/여기는 도회의 중심지/고개를 두리번거릴 필요도 없이/태연하다/—일은 나를 부르는 듯이/내가 일 위에 앉아 있는 듯이/그러나 필경 내가 일을 끌고 가는 것이다/일을 끌고 가는 것은 나다//헌 옷과 낡은 구두가 그리 모양수통하지 않다 느끼면서/나는 옛날에 죽은 친구를/잠시 생각한다

— 「거리 1」 부분

돈을 버는 거리의 부인이여/잠시 눈살을 펴고/눈에서는 독기를 빼고/자유로운 자세를 취하여 보아라//여기는 서울 안에서도 가장 번잡한 거리의 한 모퉁이/나는 오늘 세상에 처음 나온 사람모양으로 쾌활하다/피곤을 잊어버리게 하는 밝은 태양 밑에는/모든 사람에게 불가능한 일이 없는 듯하다/나폴레옹만한 호기(豪氣)는 없어도/나는 거리의 운명을 보고/달큼한 마음에 싸여서/어디로 가야 할지 모르는 마음—

— 「거리 2」 부분

「거리 1」은 1955년 3월 10일에, 「거리 2」는 9월 3일에 각각 탈고한 것으로 되어 있다. 「거리」가 비록 김수영의 기억에 의존해 끝부분만을 기록하고 있기는 하지만, 그것이 과연 김수영이 그토록 애정을 가질 만큼 좋은 시인지에 대해서는 회의적인 판단을 내릴 수밖에 없다. 그럼에도 불구하고 김수영이 「거리」에 계속 집착을 하고 있는 것은 무슨 이유일까? 이것 역시 박인환과의 긴장 관계 속에서 김수영을 이해해 볼 수 있지 않을까 생각된다. 「묘정의 노래」를 자신의 작품의

목록에서 지운 것이 단지 그 작품의 가치가 낮다고 평가했기 때문만은 아닐 것이다. 물론 「묘정의 노래」는 "모더니스트로서 그의 정체성이나 취향과 동떨어진 성격의 습작품이라 할 수 있다"[28] 그러나 「묘정의 노래」 대신 「거리」를 "실질적인 처녀작"으로 내세우게 된 것은 우선은 「묘정의 노래」 때문에 박인환에게서 받은 수모와 무관치 않을 것이다.

이와 더불어 한 가지 추정이 가능하다면 박인환의 등단작에 앞서 자신이 이미 이와 비슷한 작품을 썼다는 것을 보여 주기 위한 것이었을지도 모르겠다. 두 작품에 나타나는 이미지에 일부 유사한 점이 있기 때문이다. 김수영은 「거리」를 지상에 발표한 바가 없고, 산문을 통해 기억해 낸 부분도 시의 끝부분에 불과하기 때문에 두 시의 본격적인 비교는 어렵다. 그러나 박인환 시의 일부, 특히 4연은 김수영의 「거리」와 비슷한 이미지가 발견된다. 두 시 모두에서 '거리'는 '여성들'이 걸어다니는 거리이다. 박인환의 「거리」에는 "황혼처럼 장식한 여인"들이, 김수영의 「거리」에는 "화려한 여자"가 지나다닌다. 또 두 시 모두에서 '결혼'의 이미지를 연상할 수 있다는 점도 특징적이다. 김수영은 "내일 아침에는 부부가 되자"고 하고 있으며, 박인환은 여인들이 "바다로 가는 거리를 순백한 식장으로 만든다"고 하고 있다. 이러한 요소가 김수영의 「거리」에 대한 집착에 얼마만큼 중요하게 작용했는지는 알 수 없다. 그러나 비슷한 시기에 등단하여 '짝패'로 활동하던 두 사람에게 있어 비슷한 시점에 쓴 같은 제목의 작품이 발견된다는 사실은 우연의 일치 이상의 의미가 있는 것으로 생각된다.

4. 표절, 모방, 혹은 영향

'맞수'로 활동하던 두 시인의 시에서 비슷한 시기에 쓴 같은 제목의 작품이 발견되는 것이 우연 이상의 의미가 있는 것이라면, 두 사람의 시에서 거의 유사한 문장이 발견되는 것은 어떤 의미를 갖는 것일까? 여기에 혹시 표절이나 모방의 흔적은 없는 것일까? 이 절에서 설명하려는 것이 바로 이러한 문제이다. 박인환, 김수영 두 사람은 등단 초기에 서로 문학적으로 많은 영향을 주고받았음에도 불구하고 각자의 색깔을 유지하고 있다고 판단된다. 그러나 예외적으로 김수영의 시와 박인환의 시에서 유사한 문장이 발견되는 시가 있어 주목을 끈다. 김수영이 1947년에 탈고해 1949년에 발표한 「아메리카 타임지」[29]와 박인환이 1951년에 쓴 시 「문제되는 것」에 거의 유사한 문장이 있는 것이다. 먼저 김수영의 시를 살펴보자.

흘러가는 물결처럼
지나인(支那人)의 의복
나는 또 하나의 해협을 찾았던 것이 어리석었다

기회와 유적(油滴) 그리고 능금
올바로 정신을 가다듬으면서
나는 수없이 길을 걸어왔다
그리하여 응결한 물이 떨어진다
바위를 문다

와사(瓦斯)의 정치가여

너는 활자처럼 고읍다

내가 옛날 아메리카에서 돌아오던 길

뱃전에 머리 대고 울던 것은 여인을 위해서가 아니다

오늘 또 활자를 본다

한없이 긴 활자의 연속을 보고

와사의 정치가들을 응시한다

— 「아메리카 타임지」(강조: 인용자)

이 시에 대해서는 "각별히 신선한 이미지가 있는 것도 아니고 무의미하면서도 호수운 언어 리듬이 있는 것도 아닌," "어려운 시라기보다는 지극히 졸렬하고 속임수 투성이의 시"[30]라는 부정적인 견해가 우세한 듯하다. 수준 미달의 시이며 일종의 시적 사기여서 논란의 대상으로 삼는 것 자체가 우습다는 견해도 있다.[31] 그러나 이 시가 "견자적 응시의 태도"를 보여 주고 있다고 적극적인 의미를 부여한 사람도 있다.[32] 「아메리카 타임지」가 발표된 곳은 박인환이 주축이 되어 발행한 〈신시론〉 동인의 사화집 『새로운 도시와 시민들의 합창』이다. 이 책에 김수영은 "명백한 노래"라는 제목 아래 「아메리카 타임지」, 「공자의 생활난」 두 편을 발표한다. 박인환이 "장미의 온도"라는 제목으로 「열차」, 「지하실」, 「인천항」, 「남풍」, 「인도네시아 인민에게 주는 시」의 다섯 편을 발표한 것에 비하면 아주 적은 편수라고 할 수 있다. 어떤 이유에서인지는 알 수 없지만 김수영의 「아메리카 타임지」에 나오는 구절과 거의 흡사한 구절이 박인환의 시에서도 발견된다.

平凡한 風景 속으로

손을 뻗치면

거기서 길게 설레이는

問題되는 것을 發見하였다.

죽는 즐거움 보다도

나는 살아나가는 괴로움에

그 問題 되는 것이

틀림없이 實在되어 있고 또한 그것은

나와 내 그림자 속에

넘쳐 흐르고 있는 것을 알았다.

이 暗黑의 世上에 許多한 그것 들이

散在되어 있고

나는 또한 어드움을 찾아 걸어 갔다.

아침이면

누구도 알지 못하는 나만의 秘密이

내 疲困한 발걸음을 催促하였고

世界의 樂園이었던

大學의 正門은

지금 銃칼로 武裝되었다.

木手꾼 政治家여

너의 얼굴은 黃昏처럼 고웁다

옛날 그 이름을 모르는 土地에 태어나

屈辱과 倦怠로운 影像에 속아가며

네가 바란 것은 무엇이었드냐

問題되는 것
平凡한 죽음 옆에서
한 없이 우리를 괴롭히는 것

나는 내 젊음의 絶望과
이 悽慘이 이어주는 生命과 함께
問題되는 것 만이
群集 되어 있는 것을 알았다.

— 「문제되는 것」(강조: 인용자)

이 시가 김수영의 「아메리카 타임지」와는 전혀 다른 메시지를 전
달하고 있음에도 이 자리에서 문제삼는 것은 이 시의 4연 때문이다.
"목수꾼 정치가여/너의 얼굴은 황혼처럼 곱다"는 김수영의 시에서
의 "와사의 정치가여/너는 활자처럼 곱다"와 너무나 흡사하다. "와
사의 정치가"나 "목수꾼 정치가"나 그 비유에 있어 원관념과 보조
관념의 거리가 너무 멀기 때문에 그 의미를 정확하게 이해하기는 어
렵다. '와사'를 '가스등'이라고 해석하더라도 마찬가지다. 이 비유에
이어서 다음 행에서 김수영은 정치가를 "너는 활자처럼 곱다"라고
하여 '활자'에 비유하고 있다. 그런데 박인환의 시에서는 "너의 얼굴
은 황혼처럼 곱다"로 되어 있다. 이 두 비유 역시 앞의 비유처럼 그
의미를 추정하기 어렵다. 이 두 행에 이어지는 다음 행에서 "옛날"이
라는 단어가 두 시에 모두 나온다는 것도 주목할 필요가 있다. 이러
한 점들을 우연의 일치라고 하기에는 문장의 구문이 너무나 유사하
다. 두 시 모두가 "—의 정치가여/너는 —처럼 곱다"는 구조로 되
어 있는 것이다.

이 이해 불가능한 비유를 제외하면 이 두 시는 각각 두 시인의 초
기 시세계를 특정적으로 보여 준다고 할 수 있다. 「아메리카 타임지」
는 김수영의 초기 시에 자주 나타나는 '보다'의 문제를 거론하고 있
다는 점, '책'을 소재로 하고 있다는 점이 특징적이다. 박인환의 「문
제되는 것」은 그의 시의 주조적인 분위기를 이루고 있는 '죽음'의
문제를 다루고 있다. 이렇게 전혀 다른 주제 속에 "―의 정치가여/너
는 ―처럼 고웁다"는 구문이 등장하고 있는 것이다.

　박인환이 「문제되는 것」을 쓴 것이 1951년이고 김수영이 「아메리
카 타임지」를 쓴 것이 1947년이므로 일단 김수영이 이러한 표현을
먼저 쓴 것은 틀림없다고 해야 할 것이다. 특히 김수영은 이 시를 『새
로운 도시와 시민들의 합창』에 발표했으므로 박인환은 당연히 김수
영의 이 시를 알고 있었을 것이다. 물론 이것이 박인환이 김수영의
시를 표절, 혹은 모방했음을 증명하는 단서는 되지 못한다. 이 무렵
김수영과 박인환의 문학적 교류 양상을 생각할 때 시의 발표 순서만
으로 표절, 모방을 운운하는 것도 무리가 있을 것이다. 김수영 자신
의 진술에서 보듯 그 무렵의 김수영은 "그가 보여주는 그의 자작시
를 의무적으로 읽지 않으면 아니 되게 되었"[33]기 때문에 박인환의 습
작시를 통해 이러한 구절을 알게 되었을 가능성도 충분히 있다고 생
각된다. 다만 김수영이 산문을 통해 「아메리카 타임지」를 쓰게 된 배
경을 밝히고 있는 글만은 짚고 넘어 갈 필요가 있겠다.

　　「새로운 도시와 시민들의 합창」에 수록된 「아메리칸 타임지」와
　　「공자의 생활난」은 이 사화집에 수록하기 위해서 급작스레 조제남
　　조(粗製濫造)한 히야까시 같은 작품이고, 그 이전에 나는 「아메리
　　칸 타임지」라는 제목의 작품을 일본말로 쓴 글이 있었다. 그 당시에
　　우리 집은 충무로 4가에서 〈유명옥〉이라는 빈대떡집을 하고 있었

는데, 치질 수술을 하고 중환자처럼 자리보전을 하고 가게 뒷방에
누워 있는 나는 벽지 위에다 「아메리칸 타임지」라는 일본말 시를
써놓고 쳐다보고 있었다. 그때 자주 우리 집엘 찾아온 병욱이가 어
느날 찾아와서 이 시를 보고 놀라운 작품이라고 칭찬하면서 무라노
시로[村野西郎]에게 보내서 일본 시잡지에 발표하자는 말까지 해주
었다. 병욱이가 경상도 기질의 과찬벽이 있다는 것은 모르는 바 아
니었지만, 나는 그의 말을 듣고 눈물이 날 지경으로 감격했던 것 같
다. 그후 인환이가 『새로운 도시와 시민들의 합창』을 계획했을 때
병욱도 처음에는 한몫 낄 작정을 하고 있었는데, 경린이와의 헤게
모니 다툼으로 병욱은 빠지게 되었다. 그러지 않아도 인환의 모더
니즘을 벌써부터 불신하고 있던 나는 병욱이까지 빠지게 되었다는
말을 듣고, 나도 그만둘까 하다가 겨우 두 편을 내주었다. 병욱은
이때 내가 일본말로 쓴 「아메리칸 타임지」를 우리말로 고쳐서 내주
라고 했던 것 같다. 그래서 그에 대한 반발로 히야까시적인 내용의
작품을 히야까시조로 내준 것 같다. 혹은 병욱이가 그런 말을 한 게
아니라, 내가 미리 병욱의 추측을 앞질러서 그의 허점을 찌르려고
황당무계한 내용에 「아메리칸 타임지」라는 같은 제목을 붙여서 내
게 되었는지도 모르겠다. 좌우간 나는 이 사화집에 실린 두 편의 작
품도 그 후 곧 나의 마음의 작품목록으로부터 깨끗이 지워버렸다.[34]

이 글에서 김수영이 주장하고 있는 것을 요약하자면 다음과 같이
될 것이다. 「아메리카 타임지」를 한글로 쓰기 이전에 일어로 먼저 썼
다. 그것을 본 증인이 바로 김병욱이다. 김병욱은 이 시를 일본 시 잡
지에 발표하자고 부추기기도 했고, 또 박인환이 『새로운 도시와 시민
들의 합창』을 낸다고 할 때 우리말로 고쳐서 내주라고 하기도 했다.
자신은 "벌써부터" 박인환의 모더니즘을 불신하고 있었기에 내지 않

을까하다가「아메리카 타임지」와「공자의 생활난」두 편을 냈다. 그리고 자신은 이 두 편을 마음의 작품 목록에서 지워 버렸다. 김수영이 왜 이렇게「아메리카 타임지」를 쓸 무렵의 정황을 자세하게 밝히고 있는가 하는 것은 심리적, 정신적인 문제에 해당하므로 이 자리에서 길게 논할 만한 성질의 것은 못된다. 그러나 이 시가 김수영의 무의식 속에 중요한 것으로 자리 잡고 있었던 것만은 확실하다. 그리고 그것이 얼마간은 박인환과 연관되어 있으리라는 추측도 가능한 것이다.

5. 남는 문제들

김수영, 박인환 각각의 시세계에 대한 연구는 이미 충분히 이루어져 왔거나 이루어지고 있다고 생각된다. 김수영의 경우야 새삼 말할 필요도 없고, 박인환을 보더라도 그의 〈후반기〉 동인을 중심으로 한 모더니스트로서의 면모를 부각시킨 연구들의 뒤를 이어 그의 시세계에 천착한 논문들이 쓰이고 있다. 그러나 박인환과 김수영의 시세계를 본격적으로 비교해 본 글은 없었던 듯하다. 김수영과 박인환이 해방 후의 혼란 정국에 나란히 등단했다는 사실, 〈후반기〉 동인 활동을 같이 했다는 점 등이 확인됨에도 불구하고, 또 김수영이 그의 산문을 통해 박인환에 대해 여러 차례 언급하고 있음에도 불구하고 이 두 사람의 시세계는 같은 자리에 놓이지 못했다. 그것은 김수영이 "김수영 신화," "김수영 현상"이라는 말을 만들어 낼 정도로 연구자들의 주목을 받은 것과는 달리 박인환은 그 시적 성취의 수준이 낮은 것으로 평가되어 왔기 때문일 것이다.

이 글에서는 김수영과 박인환의 등단 무렵부터 김수영이 타계하기 전까지의 정황을 살펴봄으로써 김수영이 등단에서부터 박인환의 '그늘'을 벗어날 수 없었고 그 '그늘'을 시작 활동 내내 의식했음을 확인하였다. 김수영 자신의 표현처럼 박인환이 살아 있었을 당시, 또 사후 얼마간은 "박인환의 시대"였다고 할 수 있다. 그러나 박인환 사후, 김수영은 비로소 "김수영의 시대"를 열었다. 사실, 김수영의 문학인으로서의 본격적인 활동은 이 글의 대상이 된 시기 이후에 이루어졌다고 할 수 있다. 1960년대 이후 현재에 이르기까지는 "김수영의 시대"였다고 해도 과언이 아닐 것이다. 그런데 박인환의 사후 10년이 지나서도 김수영이 박인환에 대한 '경멸'의 뜻을 조금도 감추지 않았던 것은 그때까지도 김수영에게 박인환의 그림자가 드리워져 있었음을 역설적으로 증명하는 것이기도 하다.

　두 사람의 시적 출발은 분명 비슷한 선상에 있었다고 할 수 있다. 하지만 시작 활동이 전개됨에 따라 그 시적 성취는 전혀 다른 모습으로 드러난다. 물론 그 성취의 우위를 점하고 있는 것은 김수영의 시이다. 김수영은 초기의 자기 시의 한계를 극복해 나간 경우라고 해야 할 것이다. 이러한 극복에 적극적인 동인이 된 것이 박인환의 시, 더 넓게는 박인환의 문학관이었던 셈이다. 김수영이 박인환을 비난하는 뜻으로 쓴 글을 통해서도 새로운 시, 난해시, 저항시 등이 김수영에 앞서 박인환에 의해 시도되었으며 김수영이 그것을 의식했다는 것을 알 수 있는데, 김수영 자신의 용어를 빌리자면 김수영에게 있어 박인환은 "텐더 포인트"였던 셈이다.

　김수영은 박인환의 태도는 물론 시와 시론에 대해서두 폄하하는 태도를 계속 취하는데, 박인환이 과연 김수영에게 그렇게 경멸을 당해도 좋을 만큼 형편없는 시인이었는가에 대해서는 다시 검토해 보아야 할 문제라고 생각한다. 박인환의 시를 검토해 볼 때, 그의 초기 시에 나타나는 현실 인식의 문제, 특히 아시아 식민지인의 연대를 강조하는 시들은 주목에 값하는 것이라고 생각된다. 또 그가 미국을 여행한 후 쓴 〈아메리카 시초〉의 시편들도 민족의식의 발현이라는 측면에서 새롭게 읽을 수 있을 것이다. 그의 시에 도저히 나타나는 죽음과 여성의 문제도 쉽게 간과되어서는 안 될 것이라고 여겨진다. 그리고 "우리 시사에서 전란 중의 피폐함과 전후의 상실감이 박인환 시에서처럼 잘 반영된 시"[35]도 흔치 않았다는 점에서도 박인환 시는 중요하다. 박인환의 시세계에 대한 보다 적극적인 검토가 필요한 이유가 바로 이것이다.

박인환 시의 정신분석적 접근
── '죽음'과 '여성'의 문제

8

1. 문제 제기

박인환은 1926년에서 1956년까지의 짧은 삶을 살면서, 10년간의 작품 활동 기간 동안 80여 편의 시작품을 남겼다. 이렇게 짧은 작품량과 작품 활동 기간에도 불구하고 해방 이후의 문학사를 논의함에 있어 박인환은 중요한 자리를 차지한다. 1950년대 시문학, 특히 모더니즘을 중심으로 한 연구에서 박인환이 차지하는 비중에 비해 그의 시세계에 대해 깊이 있는 천착은 상대적으로 영성하다고 해야 할 것이다. 그 영성한 연구 가운데서도 박인환 연구자들이 모두 주목해 온것 중의 하나가 '죽음'의 문제라고 생각된다. 박인환의 시집 『목마와 숙녀』에 수록된 62편의 시를 분석한 통계를 보면 죽음과 관련된 시어가 65회(종말, 최후 등 별도로 분류한 시어 19회를 합하면 84회)가 나타난다고 한다.[1] '죽음' 외에도 박인환은 시에서 '전쟁, 환상, 여자, 미래, 인간, 영원, 최후' 등의 시어를 많이 쓰는데,[2] 이 시어들 역시 '죽음'과 밀접한 관계가 있다. 이렇게 본다면 박인환 연구에서 '죽음'의 문제는 간과할 수 없는 중요한 것이라 하지 않을 수 없다.

그간 박인환 시에서의 '죽음' 문제에 대해 천착한 연구는 거의 모두가 시대적인 상황과의 고려에 바쳐져 왔다고 해도 과언이 아닐 것이다. 즉, 박인환이 주로 작품 활동을 했던 1950년대의 시대 상황이 박인환 시에 '죽음'의 그림자를 드리웠다고 보는 것이다. 1950년대의 상황이라면 첫번째로, 동족 상잔의 전쟁 후라는 점이 문제될 수 있을 것이다. 문혜원의 경우, 박인환 시에 나타나는 황폐함, 상실감과 고독, 공포 등은 모두 전쟁의 경험에서 비롯된 것이라고 본다. 그는 또 박인환의 시가 전쟁으로 폐허가 된 주체와 세계와의 단절을 중요한 소재로 하고 있으며, 그에 따른 주체의 절망감이 짙게 깔려 있다고 파악한다.[3] 1950년대의 상황 중, 두 번째로 거론될 수 있는 것은 당시 우리 문단에 풍미했던 실존주의의 영향이다. 물론 '전쟁'도 인간 실존의 한 양상이 될 수 있다. 그러나 이 경우는 실존적 조건으로서의 '인간의 죽음'에 더 관심을 기울이는 경우이다. 정신재는 박인환의 죽음 이미지가 "50년대의 상황과 깊은 연관"을 맺고 있으며, 죽음은 "개인이 시대의 혼란 앞에서 너무도 미약한 실존임을 발견하고 시를 통해 구원받기 위한 통과 의례"였다고 파악하였다.[4] 김은영은 박인환의 시, 특히 전후 시 곳곳에서 나타나는 삶과 죽음의 문제, 신에 대한 인식은 그가 전쟁 상황에서 체득하게 된 실존 의식의 발로라 할 수 있다고 하였고,[5] 김영주는 '죽음'을 실존주의 문학의 주요 주제로 보고 박인환 시의 죽음에 접근하고 있다.[6]

　어느 쪽이든 이상의 방법은 모두 박인환의 개인적인 특성, 경험에 대한 고려 없이 시대적인 상황과의 관련 속에서 '죽음'을 해명하려고 한 것이라고 보아야 할 것이다. 물론 박인환의 문학이 "분단시대라는 역사적 비극의 상황을 대전제로 한 시련과 갈등의 문학이라는 정신사적 특성"[7]을 지니고 있다는 점을 부정할 수는 없다. 그러나 박인환의 죽음을 '전쟁'과 관련시켜 설명하는 것은 몇 가지 점에서 중요한 오류를 내포하고 있다고 생각된다.

첫째, 그의 시 중에서 '죽음'과 관련된 시, 특히 '죽음'이라는 시어가 등장하는 시들이 전쟁이 발발하기 전에도 쓰여졌다는 사실이 그것이다. 1948년 세계일보에 발표한 「나의 생애에 흐르는 시간들」은 "숲속에서 들리는 목소리/그의 얼굴은 죽은 시인이었다"라는 구절을 포함하고 있다. 1949년에 『개벽』에 발표한 시 「열차」는 "검은 기억은 전원에 흘러가고/속력은 서슴없이 죽음의 경사를 지난다"는 구절이 나온다. 박인환의 데뷔작 「거리」는 '죽음'이라는 단어를 표면에 내세우고 있지 않지만 "떨어지는 꽃," "스코올과 같은 슬픔" 등의 시어가 '죽음'을 암시하고 있다. 따라서 박인환 시에 나타나는 '죽음'의 이미지를 '전쟁'이라는 시대 상황과 관련시켜 판단하기에는 무리가 있다고 생각된다.

둘째, 전쟁이나 실존주의의 영향으로 본다면 박인환 시에서 '죽음'이 두려운 것이 되지 않고 오히려 지향해야 할 것, 추구하는 것으로 그려지는 이유를 설명하기 어렵다. 본문에서 자세히 설명이 되겠지만 박인환 시는 삶을 부정적인 것으로, 죽음을 긍정적인 것으로 그리고 있다.

셋째, 사실은 이것이 가장 중요한 이유인데, 박인환 시에서 '죽음'을 시화한 시들 중 많은 것이 '여성'과 관련되어 있다는 점이다. 박인환 시에는 수많은 여성 이미지들이 등장한다. 그것은 "신부," "여신," "소녀," "여성," "창부," "처녀," "천사," "숙녀" 등의 이름으로 나타나며 '죽음'과 관련된 시의 대부분에서 이들이 나오고 있다. 박인환 시의 '죽음'이 '전쟁'과 관련된다면 왜 이러한 여성 이미지들이 나오는지에 대한 대답이 궁색해질 수밖에 없다.

필자가 박인환의 시에 대한 정신분석적 접근이 필요하다고 판단한 것은 이 때문이다. 정신분석학 개념을 원용한 연구는 무엇보다 '죽음'을 생물학적인 의미에서 접근하지 않고 심리적인 문제로 다룰 수 있게 해준다. 그리고 "지나치게 추상적이고 관념적"이어서 논리적 해명이 불가능한 시들에 대한 접근을 용이하게 해줄 것이다. 그러니까 이 글은 박인환 시에 나타나는 '죽음'의 문제를 심리적으로 접근하는 방향에서 진행될 것이다.

2. 죽음 욕동의 발현

박인환 시에서의 '죽음'을 실존적인 문제, 더 자세히는 6.25 전쟁 체험과 관련해서 설명하는 것을 거부하는 입장에서 이 글은 출발한다. 그리고 '죽음'을 심리적, 정신분석적인 측면에서 접근할 것을 제안한다. 인간에게는 응집력과 통일성으로 나아가는 경향인 '삶의 욕망'이 있는 한편, 이와는 반대 방향으로 움직이며 사물을 파괴하는 '죽음 욕망'의 근본적인 대립이 있다고 한 사람은 프로이트다. 이 두 가지 욕망은 순수한 상태로는 발견되지 않으며, 언제나 서로 다른 비율로 섞여 있거나 융합되어 있다. 프로이트에게 있어 '죽음 욕망'은 생물학과 밀접하게 결합되어 있었으며, 그것은 모든 생명체가 무기물 상태로 되돌아가려는 근본적인 경향을 표현하는 것이었다. 라캉은 '욕망'이라는 말을 '욕동'으로 바꾸면서 '죽음 욕동Death Drive'을 생물학의 문제가 아니라 문화에 접합시킨다.[8] '죽음 욕망'이라고 부르든, '죽음 욕동'이라고 부르든, 이 두 용어는 인간에게는 "유기적 생명체를 무생물 상태로 인도"[9]하는 본능, 즉 "살아 있는 것을 죽음으로 이끌려는 본능"[10]이 있음을 확인해 준다.

박인환 시의 경우, '삶의 욕망'을 노래한 시나 '삶의 욕망'과 '죽음

의 욕망' 사이의 갈등을 얘기한 시는 찾기 어려운 반면 '죽음의 욕망'
을 노래한 시가 압도적이라는 점이 중요한 특질을 이루고 있다. 그러
나 박인환 시에서의 '죽음'이 특별히 주목을 끄는 것은, 그것이 단순
히 시 속에 빈번히 나타나기 때문이 아니다. 박인환 시에서 죽음은 거
부하여야 할 것이 아니라 오히려 지향하는 것으로 나타나고 있다는
점이 주의를 환기한다. 박인환 시에 나타나는 '죽음'에 대한 대표적인
오해는 그가 죽음을 공포스러운 것으로 파악하고 있다는 것이다. 이것
은 아마도 그의 시가 '무덤,' '검은색' 등의 시어로 인해 어두운 분위
기를 연출하고 있기 때문일 것이다. 물론 박인환에게도 '죽음'은 두려
운 것이지만, 두려움 이면에 열망이 있다는 것을 놓쳐서는 안 된다.

①
平凡한 風景 속으로
손을 뻗치면
거기서 길게 설레이는
問題되는 것을 발견하였다.
죽는 즐거움 보다도
나는 살아나가는 괴로움에
그 問題 되는 것이
틀림없이 實在되어 있고 또한 그것은
나와 내 그림자 속에
넘쳐 흐르고 있는 것을 알았다.

─ 「問題되는 것」

②
살아 있는 것이 있다면

그것은 나와 우리들의 죽음보다도

더한 冷酷하고 切實한

回想과 體驗일 지도 모른다.

— 「살아 있는 것이 있다면」 부분

　①은 "虛無의 作家 金光州에게"라는 부제가 붙은 시 「문제되는 것」의 1연인데, 이 시에서 화자는 "죽는 즐거움보다도/나는 살아나가는 괴로움에"라고 하여 죽는 것을 즐거운 것으로, 살아나가는 것을 괴로운 것으로 뚜렷하게 구분하고 있다. 그리고 인용한 부분의 다음 연에서 "이 암흑의 세상"이라고 하여, 화자가 살아가는 이 세상을 "암흑"이라는 부정적인 곳으로 파악하고 있음을 보여 주고 있다. 특히 시의 끝 연에서는 "내 젊음의 絶望과/이 悽慘이 이어주는 生命"이라는 구절을 통해 '생명'을 이어가는 것에 대한 부정적 인식을 강화하고 있다. ②에서도 "살아 있는 것"의 고통을 비교적 선명한 어조를 통해 보여 주고 있다. 이 시의 화자에게 '오늘,' 즉 살아 있는 날은 "회의와 불안만이 다정스러운/회한"의 날로 인식된다. 1연에서 화자는 "살아 있는 것"이 "죽음보다도/더한 냉혹하고 절실한/회상과 체험"일지도 모른다고 말한다. 시 전체를 살펴보더라도 어떠한 상황이 화자에게 이러한 인식을 하게 만드는지는 나타나 있지 않지만, 화자에게 있어서는 살아 있다는 것이 죽는 것보다 훨씬 더 냉혹하고 처참한 것으로 느껴지는 것만은 틀림이 없다.

　입술에 피를 바르고/미스터某는 죽는다//어두운 標本室에서/그의 生存時의 記憶은/미스터某의 旅行을/기다리고 있었다.//原因도 없이/遺産은 더욱 없이/미스터某는 生과 作別하는 것이다.//日常이 그러한 것과 같이/주검은 親友와도 같이/多情스러웠다.//미스터某

의 生과 死는/新聞이나 雜誌의 對象이 못된다./오직 有識한 醫學徒
의/一片의 素材로서/解剖의 臺에 그餘韻을 남긴다.//無數한 燭光
아래/傷痕은 擴大되고/미스터某는 罪가 많았다./그의 淸純한 아내/
지금 幸福은 意識의 中間을 흐르고 있다.//결코/平凡한 그의 죽음
을 悲劇이라 부를 수 없었다./散散이 찢어진 不幸과/結合된 生과
死와/이러한 孤獨의 存立을 避하여/미스터 某는/永遠히 微笑하는
心象을/손쉽게 잡을 수가 있었다.

                                          — 「미스터 某의 生과 死」

　　앞의 인용시들이 화자의 '죽음 지향'을 보여 주면서도 직접적인
죽음을 형상화하지는 않고 있는데 비해 위에서 인용한 시「미스터
모의 생과 사」는 "미스터 모"라는 구체적인 인물을 제시하면서 그가
죽는 모습을 통해 죽음을 긍정적인 것으로 그리고 있다. 1, 2연의 상
황, 즉 입술에 피를 바르고 원인도, 유산도 없이 죽어 가는 "미스터
모"의 모습은 일반적인 시각에서 볼 때는 '비극적'인 것이라고 해야
할 것이다. "미스터 모"의 죽음은 "신문이나 잡지"에 날 만한 의미
있는 죽음도 아니며, 그의 "주검"에 그나마 의미를 부여해 줄 사람은
시신 해부를 해보려는 의학도밖에 없다. "미스터 모"의 죽음을 더 비
극적으로 만드는 것은 그에게 "청순한 아내"가 있다는 점이다. 그러
나 이 시의 화자는 "미스터 모"의 죽음을 "결코," "비극이라 부를 수
없었다"고 말한다. 화자의 이 말과 더불어 2연의 "주검은 親友와도
같이/多情스러웠다"는 표현이 반어反語로 해석될 수 없는 것은 시의
끝 행에 나타나는 진술 때문이다. 화자는 "미스터 모"가 죽음으로써
"영원히 미소"하는 심상을/손쉽게 잡"게 된 것으로 생각하고 있기
때문이다. 이렇게 "주검"이 "親友와도 같이/多情스러"운 것일 수 있
는 것, 죽음이 오히려 "영원히 미소"하는 것이 되며 살아가는 것은

'고통'으로 생각되는 것, 이것은 박인환 시에 반복적으로 드러나는 주요한 특질이라고 할 수 있다.

> 未來에의 期約도 없이 흩어진 親友는
> 共産主義者에게 拉致되었다.
> 그는 死者 만이 갖는 速度로
> 苦惱의 世界에서 脫走하였으리라.
>
> 正義의 戰爭은 나로 하여금 잠을 깨운다.
> 오래도록 나는 忘却의 彼岸에서 술을 마셨다.
> 하루 하루가 나에게 있어서는
> 悲慘한 祝祭이었다.
>
> 그러나 不斷한 自由의 이름으로서
> 우리의 뜰 앞에서 버려진 싸움을 洞察할 때
> 나는 내 出發이 늦은 것을 告한다.
>
> 나의 財産…… 이것은 부스럭지
> 나의 生命…… 이것은 부스럭지
> 아 破滅한다는 것이 얼마나 偉大한 일이냐.
>
> 마음은 옛과는 다르나. 그러나
> 내게 달린 家族을 위해 나는 참으로 비겁하다
> 그에게 나는 왜 머리를 숙이며 왜 떠드는 것일까.
> 나는 나의 末路를 바라본다.
> 그리하여 나는 혼자서 운다.

이 넓고 個體 많은 土地에서
나만이 遲刻이다.
언제 죽을지도 모르는 나는
生에 한 없는 愛着을 갖는다.

— 「잠을 이루지 못하는 밤」

이 시는 끝 두 행의 "언제 죽을지도 모르는 나는/생에 한 없는 애
착을 갖는다"라는 구절 때문에 "생에 대한 애착"[11]을 노래한 시로 오
해될 소지가 많은 시다. 그러나 이 시 역시 화자의 죽음 지향을 보여
주고 있다. 인용한 첫 연에서 화자는 공산주의자에게 납치되어 죽은
것으로 추정되는 "친우"를 "고뇌의 세계에서 탈주하였으리라"라고
하여 죽음을 "고뇌의 세계에서 탈주"하는 것으로 표현하고 있다. 그
리고 그것이 "사자 만이 갖는 속도"로 이루어졌다고 함으로써 죽음
만이 그러한 탈주를 가능케 한다는 것을 암시하고 있다. 이 시의 화
자는 친우의 죽음을 맞이하기 전에는 "망각의 피안에서 술을 마셨"
는데, 이러한 날들이 그에게는 "비참한 축제"였던 것으로 기억되고
있다. 화자가 "망각"하고 있었다고 말하고 있는 것은 '죽음'이며, "우
리의 뜰 앞에서 버러진 싸움"으로 표현된 '전쟁' 속에서 친구가 죽
는 것을 보고서 자신의 죽음을 다시 상기하게 되는 것이다. 그 다음
행에서 화자는 "나는 내 출발이 늦은 것을 고한다"라고 말하는데, 이
늦은 출발은 '죽음'에의 늦은 출발이다. 이어 화자는 "재산"과 "생
명"을 "부스러지"라고 하면서 "사멸한다는 것," 즉 '죽음'을 "얼마나
위대한 것이냐"라고 말하고 있다. 그러나 화자에게는 이 위대한 일을
성사시킬 수 없게 하는 요소가 있다. 그것이 바로 "내게 달린 가족"
이다. 가족을 생각하면서 망실이는 자신을 화자는 "비겁하다"고 생

각한다. 화자가 "생에 한 없는 애착을 갖"는 것은 가족 때문이라고 보아야 할 것이다. 그러나 이 애착은 자신이 이미 죽음에 '지각'했다는 사실, 그리고 자신이 언제 죽을지도 모른다는 사실을 인정한 상태에서의 애착이다. 화자는 현실적으로는 가족 때문에 죽음 앞에 비겁할 수밖에 없지만 죽는 것이 더 위대한 것임을 알고 있는 것이다. 이렇게 박인환 시의 화자들에게 있어 죽음은 "최고의 욕망의 실현"[12]이 되고 있다.

3. 상상적 어머니로서의 여성 이미지

앞 절에서 필자는 박인환 시에서 '삶'은 고통스러운 것으로 그려진 반면 '죽음'은 '위대한 것'으로 나타나고 있다는 사실을 확인하였다. 이것은 박인환 시가 '삶의 욕망'과 '죽음의 욕망' 사이에서 갈등하고 있음을 말해 주고 있는 것이라고 하겠다. 박인환 시에 나타나는 '죽음의 욕망'이 특히 주목되는 것은 '죽음'이 '여성'과 관련되어 있는 경우가 많다는 점 때문이다. 박인환 시에서 '죽음'과 관련되는 시는 대부분 '여성 이미지'를 동반하고 있다. 이 '여성 이미지'는 신부新婦, 소녀, 창부, 천사, 숙녀, 신, 어머니 등의 모습으로 변용되어 나타난다. 구체적인 예를 들어가면서 '죽음'과 '여성'의 관련성을 설명해 보기로 하겠다.

　1) 소녀
　슬픔에 죽어 가던 少女도/오늘 幻影처럼 살았다 (「일곱개의 階段」)

2) 숙녀

한잔의 술을 마시고/우리는 바아지니아 · 울프의 生涯와/木馬를
타고 떠난 淑女의 옷자락을 이야기 한다/…(중략)…/文學이 죽고
人生이 죽고/사랑의 진리마저 愛憎의 그림자를 버릴때 (「木馬와 淑女」)

3) 처녀

……處女의 손과 나의 장갑을/구름의 衣裳과 나의 더럽힌 입술
을……/이런 流行歌의 句節을/새벽녘 싸늘한 皮膚가 나의 肉體와
마주 칠 때까지/노래하였다./노래가 멈춘 다음/내 죽음의 幕이 오
를 때 (「終末」)

4) 신부

① 歐羅巴 新婦의 悲鳴/精神의 皇帝!/내 秘密을 누가 압니까?/體
驗만이 늘고/室內는 잔잔한 이러한/幻影의 寢台에서./回想의 起源/
汚辱의 都市/黃昏의 亡命客/검은 外套에 목을 굽히면/들려 오는 것
/아 永遠히 듣기 싫은 것/쉬어 빠진 鎭魂歌 (「最後의 繪畫」)

② 新婦의 베에르인가 가늘은 生命의 連續에/ 最後의 頌歌와/ 不
安한 발걸음에 맞추어/어데로인가/荒廢한 土地의 外部로 떠나 가
는데/울음으로써 죽음을 代置하는/수 없는 樂器들은/고요한 이 溪
谷에서 더욱 서럽다. (「回想의 긴 溪谷」)

③ 새로운 歷史를 찾기 위한/오랜 沈默과 冥想 그러나/죽은者와
날개없는 勝利/이런 것을 나는 믿고 싶지가 않다.//…(중략)… 新婦
는 늙고 아비없는 어린것들은/풀과같이/바람속에서 자란다. (「새로운
決意를 위하여」)

5) 아내

① 나와 나의 淸純한 아내/여름날 純白한 結婚式이 끝나고//…
(중략)…/平凡한 收穫의 가을/겨울은 百合처럼 향기를 풍기고 온다
/죽은 사람들은 싸늘한 흙 속에 묻히고/우리의 家族은 세사람. (「세사
람의 가족」¹³)

② 그의 淸純한 아내/지금 幸福은 意識의 中間을 흐르고 있다.//결
코/그의 평범한 죽음을 비극이라 부를 수 없었다. (「미스터 某의 生과 死」)

6) 여자

① 혼자 길을 가는 女子와 같이/情다운 것은 죽고/다리 아래 江은
흐른다. (「센치멘탈 · 짜아니」)

② 出發도 없이/終末도 없이/生命은 부질하게도/女子들 에게서
어드움처럼 떠나는 것이다. (「一九五三年의 女子에게」)

③ 煙氣와 女子들 틈에 끼어/나는 舞蹈會에 나갔다.//밤이 새도록
나는 狂亂의 춤을 추었다./어떤 屍體를 안고. (「舞蹈會」)

7) 여왕

옛날 그 위에 名畵가 그려졌다하여/즐거워하던 藝術家들은/모주
리 죽었다.//…(중략)…//나는 한점의 피도 없이/말라 버리고/女王
이 부르시는 노래와/나의 이름도 듣지 못한다. (「壁」)

박인환 시 중 '죽음'과 관련되는 단어가 직접 나오는 시들 중에서
여성 이미지가 등장하는 시들의 일부를 정리해 본 것이다. 위에서는
일단 '소녀, 숙녀, 처녀, 신부, 아내, 여자, 여왕'의 일곱 가지만 정리
했는데, '여신, 천사, 어머니'가 나오는 시들도 많다. 이러한 단어들
이 나오는 시는 다음에 자세히 설명할 것이므로 중복을 피하기 위해
쓰지 않았다. 그리고 한 편의 시에 여성 이미지가 하나만 나오는 것

이 아니고 여러 가지가 나오는 경우, 예를 들어 「센치멘탈 · 짜아니」는 소녀, 숙녀, 여자가 모두 함께 나오는 경우는 중복해서 분류하지 않고, 한 가지만 정리했다. 그리고 무엇보다 시의 문면에서 '죽음'이라는 단어를 찾을 수 없는 시는 일단 이 정리에서 제외했다. 죽음이 비유적, 혹은 상징적으로 드러난 경우까지를 포함한다면 예는 훨씬 풍부해질 것이다. 이런 방법에도 불구하고 위의 정리는 박인환 시에서 '죽음'과 관련되는 많은 시들이 여성 이미지를 포함하고 있음을 확인케 해준다.

여성 이미지가 시의 문면에 직접 등장하지 않는 경우라 하더라도 박인환 시의 '죽음'은 남녀간의 애정, 혹은 애욕의 문제가 밀접하게 관련되어 있다. 「살아있는 것이 있다면」은 '시체'라는 단어와 더불어 "流刑의 애인," "속죄의 회화 속의 나녀"가 나오고 「不信의 사람」에는 "共同墓地에 퍼덕이는/始發과 終末의 旗ㅅ발"의 죽음 이미지가 여성으로 추정되는 "내 不信의 사람"과 더불어 나온다. 「눈을 뜨고도」 역시 "우리들의 섬세한 추억," "이즈러진 사랑의 환영" 등의 구절이 죽음과 여성의 관련성을 추측케 한다. 「의혹의 기」와 「검은 강」에는 여성 이미지가 나오지 않지만 "애정의 뱀," "정욕처럼 피폐한 소설"이 역시 죽음의 문제에 여성과의 관련이 있음을 부인할 수 없게 한다.

그러면 박인환 시에 나타나는 이러한 여성 이미지들은 '죽음'에 어떤 역할을 하는 것인지 살펴볼 차례다. 앞에서 정리하지 않고 미루었던 '천사'와 '여신'을 중심으로 이들 여성 이미지가 '죽음'과 어떤 관련이 있는 것인지 설명해 보기로 하겠다.

당신과 來日부터는 만나지 맙시다.
나는 다음에 오는 時間부터는 人間의 家族이 아닙니다.

왜 그리 할것인지 모르나
지금처럼 幸福해서는
조금 전처럼 錯覺이 생겨서는
다음부터는 피가 마르고 눈은 감길 것입니다.

사랑하는 당신의 寢台 위에서
내가 바랄 것이란 나의 悲慘이 連續되었던
수 없는 陰影의 年月이
이 幸福의 瞬間처럼 속히 끝나 줄 것입니다.
……雷雨 속의 天使
그가 피를 吐하며 알려 주는 나의 位置는
廣漠한 荒地에 세워진 宮殿보다도 더욱 꿈 같고
나의 遍歷처럼 애처럽다는 것입니다.

사랑하는 당신의 부드러운 젖과 가슴을 내 품 안에 안고
나는 당신이 죽는 곳에서 내가 살며
내가 죽는 곳에서 당신의 出發이 시작된다고……
恍惚히 생각 합니다.
그리고 저기 무지개처럼 虛空에 그려진
感觸과 香氣만이 짙었던 靑春의 날을 바라봅니다.

당신은 나의 품 속에서 神秘와 아름다운 肉體를
숨김 없이 보이며 잠이 들었읍니다.
不滅의 生命과 나의 사랑을 代置하였읍니다.
呼吸이 끊긴 不幸한 天使……
당신은 氷花처럼 차거우면서도

아름답게 幸福의 어드움 속으로 떠나셨읍니다.

孤獨과 함께 남아있는 나와

희미한 感應의 時間과는 이젠 헤어집니다

葬送曲을 演奏하는 管樂器모양

最終 列車의 汽笛이 精神을 두드립니다.

屍體인 당신과

벌거벗은 나와의 事實을

不安한 地區에 남기고

모든 것은 물과 같이 사라집니다.

— 「밤의 未埋葬」 부분

　박인환의 죽음 의식을 보여 주는 중요한 시라고 판단되는 이 시에
는 '당신,' '천사,' '그'로 지칭되는 여성과 이 시의 화자인 '나'가
등장한다. 그런데 이 두 사람은 매우 특수한 상황에 처해 있다. 무엇
보다 "당신이 죽는 곳에서 내가 살며/내가 죽는 곳에서 당신의 출발
이 시작"된다는 점, 즉 두 사람이 함께 죽는 것이 아니고 "당신"이 죽
는 것을 내가 지켜보고 있다는 것이다. 그리고 "당신"(천사)의 '죽
음'의 장소가 "침대"라는 점, "나의 품 속에서 신비와 아름다운 육체
를/숨김 없이 보이며 잠이 들"었다는 점과 "시체인 당신과/벌거벗은
나와의 사실"로 미루어 두 사람의 '정사'를 짐작케 한다는 점이 그
것이다. 인용하지 않은 부분에 나오는 "甘味한 肉體와 灰色사랑과/官
能的인 時間은 참으로 짧았습니다" 역시 마찬가지다. 화자는 자신의
죽음 역시 "사랑하는 당신의 침대 위에서" 이루어질 것이라고 말한
다.[14]
　이 시 역시 앞 절에서 살펴본 시들처럼 '죽음'이 행복으로 그려지
고, 살아 있는 것이 오히려 불행한 것으로 표현되고 있다. 화자는 "나

의 비참이 연속되었던/수 없는 음영의 년월"이 "속히 끝나 줄 것"을 바라고 있다. 그리고 죽은 '천사'는 "빙화처럼 차거우면서도/아름답게 행복의 어드움 속으로 떠"났다고 말한다. 즉, 화자의 삶은 비참함이 이어지는 것으로, 천사의 죽음은 행복 속으로 떠나는 것으로 표현되고 있는 것이다.「밤의 미매장」에 드러난 바 "천사"(여자)는 피를 토하면서까지 '나'에게 나의 위치를 알려주는 존재(물론 그 위치는 '죽음,' 즉 죽는 것이다)이지만, 화자와 같이 죽을 수는 없는 존재이다. '여성'의 이렇게 특이한 위치가 다음의 시에서도 반복되어 나타난다.

> 오늘 나는 모든 욕망과/사물에 작별하였읍니다./그래서 더욱 친한 죽음과 가까워집니다./과거는 무수한 내일에/잠이 들었읍니다./불행한 神/어데서나 나와 함께 사는/불행한 神/당신은 나와 단둘이서/얼굴을 비벼 대고 비밀을 터놓고/오해나/인간의 체험이나/孤節된 의식에/후회ᄒ지 않을 것입니다./또 다시 우리는 결속되었읍니다./황제의 신하처럼 우리는 죽음을 약속합니다./지금 저 광장의 電柱처럼 우리는 存在됩니다./쉴 새 없이 내 귀에 울려오는 것은/불행한 神 당신이 부르시는/폭풍입니다./그러나 허망한 천지 사이를/내가 있고 엄연히 주검이 가로 놓이고/불행한 당신이 있으므로/나는 최후의 안정을 즐깁니다.
>
> ─ 「불행한 신」

이 시의 화자는 "불행한 신"과 "죽음"을 약속한 상태이다. 이 "불행한 신"은 화자와 "단둘이서/얼굴을 비벼 대고 비밀을 터놓"는 사이인 것으로 보아 '여성'으로 짐작된다. 화자의 귀에 "쉴 새 없이" 울려오는 소리, 즉 불행한 신이 부르는 소리는 죽음의 약속을 지키라는 소리일 것이다. 그렇다면 이 신은 죽어 있는 상태로 보는 것이 옳을 것이다. 화자는 "모든 욕망과/사물에 작별"을 했다고 함으로써 죽음에 대한 준비를 했다는 것을 밝히고 있다. 화자가 "친한 죽음"이라고 말하는 것은 '죽음'이 늘 그에게 가까이 있었다는 뜻일 것이다. "어데서나 나와 함께 사는 신"이라는 표현 역시 마찬가지이다. 그러나 화자에게는 쉽게 죽음을 택할 수 없게 하는 요소가 있다. "천지 사이"에 "나"와 "불행한 당신" 사이를 가로막고 있는 것이 존재하는데, 그것이 바로 "주검"이다. 이런 상황을 화자는 "최후의 안정을 즐"기는 것으로 표현하고 있다. 그러니까 이 시도 "불행한 신"으로 지칭된 '여성'이 먼저 죽고 자신도 죽을 것이라는 의지를 나타내고 있는 시라고 할 수 있겠다. 현재 '주검'이 가로 놓여 있는 상황에 안도하면서도 죽음을 예감하는 것이다.[15]

'천사,' '신' 뿐만 아니라 '여왕'도 화자를 죽음으로 끌어들이는 존재로 형상화되고 있다. 시 「벽」은 '나'와 '여왕'이 '벽'을 중심으로 죽음의 세계와 삶의 세계로 나뉘어져 있음을 보여 준다. 여왕은 벽 뒤에서 '나'를 부른다. 그러나 '나'는 벽이 "밤 낮으로/나를 가로 막기 때문에" 여왕의 소리를 제대로 듣지 못하고 있다. 이렇게 박인환의 시에 나타나는 여성 이미지들은 죽음과 관련이 있는 경우가 많다. 더 구체적으로는 이미 죽은 상태에서 화자를 죽음의 세계로 끌어들이는 존재라고 할 수 있다. 죽음 때문에 화자와 여성은 서로 다른 세상에 놓여 있는 셈이다.

이렇게 박인환 시에서의 죽음은 무엇보다 화자에게 쾌락을 주는 것이며, 여성과의 성애 문제와 관련되어 있다는 특징을 지닌다. 그리고 그 여성은 죽어서 화자를 죽음의 세계로 부르는 모습으로 형상화되어 있다. 그러니까 그 여성과 만나는 순간이 바로 시의 화자에게는 죽음의 순간이 된다. 죽음이 왜 여성과의 성적인 문제와 관련되어 나타나는가에 대한 해답은 다시 프로이트를 빌려 설명해야 할 것 같다. 죽음 욕동은 그 자체로는 침묵적이기 때문에 에로티시즘과 융합되지 않으면 우리가 자각할 수 없다고 한다.[16] 즉, 박인환은 죽음의 욕망에 크게 이끌리고 있었으며 그것이 여성과의 성애의 문제로 표출되었다고 보아야 한다는 것이다.

4. 상상적 어머니와의 융합과 죽음

박인환 시의 여성 이미지는 화자와 절대 함께 할 수 없는 여자로 형상화되어 있다. 그리고 그 여자와 만나는 순간이 화자에게는 죽음의 순간이 되는 것으로 되어 있다. 이렇게 절대 함께 할 수 없는 여성은 심리적인 면에서 볼 때, '상상적 어머니imaginary mother'라고 보아야 할 것이다.[17] 어머니는 상상계에서 여러 가지 이미지로 표출되는데,[18] 박인환 시에 나타는 여성 이미지들 ― 천사, 신, 신부, 소녀, 여자 등 ― 은 박인환의 무의식 속의 어머니 상이라고 생각된다. '상상적 어머니'는 긍정적인 정서와 부정적인 정서를 함께 지니고 나타나는데 천사, 여왕 등은 긍정적인 측면을, 창부는 부정적인 정서를 드러내고 있다.

이제 상상적 어머니의 문제를 다시 '죽음'과 관련해 설명해 보기로 하자. 죽음 욕동은 상실된 조화에 대한 향수, 즉 어머니의 젖가슴과의 전오이디푸스적 융합으로 돌아가려는 욕망이라고 한다. 인간은 누구에게나 오이디푸스 콤플렉스 극복의 "자기도취적 상처"가 있다. 정상적인 인간이라면 누구나 자기 자신을 영원히 아이로 놔두려는 비극적 시도에 실패한 체험이 남아 있게 마련이다. 박인환 시에 나타나는 '죽음'의 문제 역시 어머니 젖가슴으로의 회귀 소망과 관련이 있다. 다음의 시를 보자.

　　가만이 눈을 감고 생각하니/지난 하루 하루가 무서웠다./무엇이나 꺼리낌 없이 말 했고/아무에게도 協議해 본 일이 없던/不幸한 年代였다.//비가 줄 줄 내리는 새벽/바로 그때이다/죽어 간 靑春이/땅 속에서 솟아 나오는 것……/그러나 나는 뛰어 들어/서슴 없이 어깨를 거느리고/握手한 채 피 묻은 손목으로/우리는 暗憺한 일곱 개의 層階를 내려갔다.//「人間의 條件」의 앙드레·마르로우/「아름다운 地區」의 아라공/모두들 나와 허물 없던 友人/黃昏이면 疲困한 肉體로/우리의 槪念이 즐거이 이름불렀던/〈精神과 關聯의 호텔〉에서/마르로우는 이 빠진 情婦와/아라공은 절룸발이 思想과/나는 이들을 凝視하면서……/이러한 바람의 낮과 愛慾의 밤이/回想의 寫眞처럼/부질하게 내 눈 앞에 오고 간다.//또 다른 그날/街路樹 그늘에서 울던 아이는/옛날 江가에 내가 버린 嬰兒/쓰러지는 建物 아래/슬픔에 죽어 가던 少女도/오늘 幻影처럼 살았다/이름이 무엇인지/나라를 애태우는지/分別할 意識조차 내게는 없다//시달림과 憎惡의 陸地/敗北의 暴風을 뚫고/나의 永遠한 作別의 노래가/안개 속에 울리고/지낸 날의 무거운 回想을 더듬으며/壁에 귀를 기대면/머나먼/運命의都市 한복판/희미한 달을 바라/울며 울며 일곱 개의 層階를 오르는/그 아이의 方向은/어데인가.

— 「일곱개의 層階」

　　이 시의 화자는 "비가 줄 줄 내리는 새벽"에 "죽어 간 청춘이/땅 속에서 솟아 나오는 것"을 본다. "죽어 간 청춘"은 물론이고, "땅 속에서 솟아 나오는 것," 또 "피 묻은 손목"은 이 존재가 '죽음'과 깊은 관련이 있음을 나타낸다. 그러나 화자는 "서슴 없이" 그와 악수를 하며 그를 따라 "암담한 일곱 개의 층계"를 내려간다. 이 층계는 당연히 '지하'로 나 있는 것이겠는데, 화자는 이 지하 세계에서 본 장면을 몇 가지로 나누어 제시하고 있다. 앙드레 말로와 루이 아라공이 〈정신과 관련의 호텔〉에서 "이 빠진 정부"(앙드레 말로)와 있는 모습과 "절름발이 사상"(아라공)을 펼치고 있는 모습이 그것이다.

3연에서는 연이 바뀌면서 장면도 변화한다. 앙드레 말로와 아라공이 있던 호텔에서 "아이"와 "소녀"가 있는 가로수 그늘, 강가로 장소가 바뀌는 것이다. 왜 이러한 전환이 일어나는지를 파악하기는 어렵다. 그러나 "가로수 그늘에서 울던 아이"와 "슬픔에 죽어 가던 소녀"가 등장함으로써 4연의 "아이"로의 전환을 준비한다.

4연에 이르면 "울며 울며 일곱 개의 계단을 오르는/그 아이"가 나타난다. 4연의 이 아이는 2연에서 "일곱 개의 계단"을 내려갔던 "나"와 같은 인물이라고 보아야 할 것이다. 2연의 "나"가 4연에서 "아이"로 변화한 것은 몇 번에 걸쳐 이루어진 "회상"에 의해서 가능해진 것이다. 1연에서 화자는 "가만히 눈을 감고 생각"하는 장면을 제시한 바 있다. 3연, 5연에 계속 나오는 "회상"이 화자를 "아이"의 상태로까지 되돌려놓은 것이다.

이렇게 성인인 화자가 자신을 '아이'로 바꾸어 놓는 환상은, 라캉이 전제한 자신을 "상상적 남근imaginary phallus"[19]으로 바꾸어 놓으려는 비극적 시도의 일환으로 이해된다. 계단을 올라간다는 것은 심리적인 측면에서 성적이 의미를 내포한다고 한다.[20] 따라서 아이가 울면서 계단을 올라간다는 것은 상상적 어머니의 품속으로 올라가는 것과 같은 뜻으로 해석해 볼 수 있을 것이다.

疲勞한 人生은

支那의 壁처럼 우수수 무너진다.
나도 이에 類型되어
나의 終末의 目標를 指向하고 있었다.
그러나 숨가쁜 呼吸은 끊기지 않고
意識은 罪囚와도 같이 밝아질 뿐

밤마다 나는 장미를 꺾으러
禁斷의 溪谷으로 내려가서
動亂을 겪은 人間처럼 온 손가락을 피로 물들이어
암흑을 덮어주는 月光을 가리키었다.
나를 쫓는 꿈의 그림자
다음과 같이 그는 말하는 것이다.
……地獄에서 밀려 나간 運命의 敗北者
너는 또 다시 돌아올 수 없다……

……處女의 손과 나의 장갑을
구름의 衣裳과 나의 더럽힌 입술을……
이런 流行歌의 句節을
새벽녘 싸늘한 皮膚가 나의 肉體와 마주 칠 때까지
노래하였다.
노래가 멈춘 다음
내 죽음의 幕이 오를 때

오 生涯를 끝 마칠 나의 最後의 周邊에
洋酒 값을
구두 값을 冊 값을

네가 들어갈 棺 값을 淸算하여 달라고

(그들은 社會의 禮節과 言語를 確實히 體得하고 있다)

…(중략)…

地獄으로 돌아갈 수도 없는 者

이젠 얼굴도 이름도 스스로 記憶ㅎ지 못하는

永遠한 終末을

웃고 울며 헤매는 또 하나의 나.

— 「終末」 부분

　이 시 역시 죽음과 성적인 이미지가 혼재되어 있다. 화자는 "밤마다 나는 장미를 꺾으러/금단의 계곡으로 내려"간다고 말한다. 그렇게 하느라 화자의 손가락은 피로 물들고 만다. 화자가 이렇게 하는 이유는 그의 "종말의 목표"인 '죽음'을 실행하기 위해서이다. 그러나 화자의 뜻과 달리 "숨가쁜 호흡은 끊기지 않"는다. 오히려 의식이 밝아질 뿐이다. 이 시에서 화자가 장미를 꺾으러 금단의 계곡으로 내려가는 행위는 위에서 인용한 시 「일곱개의 층계」에서 '나'가 땅 밑으로 난 계단을 내려가는 것과 같은 의미로 이해될 수 있을 것이다. '계단'이 성적인 의미를 가지는 것처럼 '계곡' 역시 여성 성기의 이미지로 이해되기 때문이다. 더구나 그 "계곡"이 "금단"의 구역이라는 것은 '상상적 어머니'와의 관련성을 입증해 주는 것이라고 하겠다. '죽음 욕동'은 "어머니의 유방과 융합되는 관계로 되돌아가고 싶은 향수병적인 갈망"[21]이라고 한다. 박인환 시에 드러나는 '죽음'은 그러한 갈망을 시화한 것으로 이해된다.

5. 맺는 말

이 장은 박인환 시에 나타나는 죽음 의식을 그가 살았던 시대 상황, 즉 6.25 전쟁이 발발했다는 것과 실존주의 사상이 풍미했다는 것과 관련지어 해석하는 대신 정신분석학적 입장에서 살펴보았다. 즉, '죽음'을 생물학적인 의미로가 아니라 심리적인 의미로 다룬 것이다. 이 방법은 '죽음'이라는 시어가 등장하는 시들이 전쟁이 발발하기 전에도 쓰여졌다는 사실, 또 박인환 시에서 '죽음'이 두려운 것인 동시에 추구하는 것으로 나타난다는 사실, 그리고 박인환 시에서 '죽음'을 시화한 시들 중 많은 것이 '여성'과 관련되어 있다는 점 등을 고려할 때 매우 유용한 방법이라고 생각된다.

인간에게는 응집력과 통일성으로 나아가는 경향인 '삶의 욕망'이 있는 한편, 이와는 반대 방향으로 움직이며 사물을 파괴하는 '죽음 욕망'의 근본적인 대립이 있는데, 박인환 시의 경우, '죽음 욕망'이 현저하게 두드러진다. 「문제되는 것」, 「살아있는 것이 있다면」, 「미스터 모의 생과 사」 등의 시는 삶을 괴로운 것으로 생각하고 '죽음'을 '쾌락'으로 여기는 모습을 보여 준다. 이 시들은 죽음이 '최고의 욕망의 실현'임을 보여 주고 있는 것이다.

박인환 시의 '죽음'이 '여성'과 관련되어 있는 경우가 많다는 점은 그가 '죽음 욕동'에 경도되어 있다는 사실을 반증하는 또 다른 증거라고 할 수 있다. 박인환 시에서 '죽음'과 관련되는 시는 대부분 '여성 이미지' — 신부, 소녀, 창부, 천사, 숙녀, 신, 어머니 — 를 동반하고 있으며 성애의 모습을 보여 준다.

죽음으로 유도하며 성애의 이미지를 동반하는 이 여성 이미지들은 박인환의 마음속에 전제된 '상상적 어머니'라고 보아야 할 것이다.

「일곱개의 층계」는 상상적 어머니로의 회귀 욕망을 잘 보여 주는 시라고 생각된다. 특히 이 시에 나타나는 '아이'는 '상상적 남근'으로 이해된다. 죽음의 욕동은 상실된 조화에 대한 향수, 즉 어머니의 젖가슴과의 전오이디푸스적 융합으로 돌아가려는 욕망이라고 한다. 어머니의 유방과 융합되는 관계로 되돌아가려는 갈망이 죽음 욕동으로 드러나는 것이다. 박인환 시에 드러나는 죽음은 그러한 갈망을 시화한 것으로 판단된다.

1. 박인환 시의 두 가지 갈래

박인환을 정의하는 대표적인 키워드는 아무래도 '1950년대' 그리고 '모더니즘'이 될 것이다. 그가 해방 직후 〈신시론〉 동인을 구성하여 동인 사화집 『신시론』, 『새로운 도시와 시민들의 합창』을 냈으며 〈후반기〉 동인회를 결성하며 모더니즘 운동을 주도했다는 것은 1950년대의 우리 문학사에서 표나게 기록되어야 할 사실이다. 그러나 이 중요한 사실이 오히려 박인환의 시를 1950년대의 모더니즘 운동의 테두리에서만 바라보게 하는 한계를 가져왔던 것 같다. 박인환 시작 시기의 중요 부분을 차지하는 1950년대, 특히 한국 전쟁기의 시를 중심으로 박인환 시를 평가할 때, 그의 시는 "불가해 한 시,"[1] "시적 성취에서 볼 때는 미완의 수준에 머물고" 있는 시가 된다.[2] 또 "시에 사용된 이미지들이 생생힌 체험에 의해 뒷받침된 것이 아니라 그냥 막연한 공상에 근거를 두고 있어 통일된 질서를 이루지 못"[3]한 것이 된다.

　그러나 박인환의 시에서 소위 "리얼리즘 계열의 시"를 찾는 것은 어렵지 않다. 박인환의 연보를 따라 읽다 보면, 그가 1946년 등난 이

후 1950년 전까지 10여 편의 작품을 썼다는 것, 그리고 1955년 미국 여행을 다녀오면서 미국 기행과 관련된 12편의 시를 썼다는 것을 알 수 있다. 이 중 해방기에 썼던 작품들에 대해서는 몇몇 연구자들이 "현실주의적 상상력"[4]을 보여 주는 시라고 하여 주목한 바 있다. 박인환의 시를 "도시문명을 소재로 한 모더니즘 계열의 시, 해방 현실과 6.25 체험을 형상화한 리얼리즘 계열의 시"로 나눌 수 있다는 것이다.[5]

이 글에서 주목하고자 하는 부분이 바로 박인환이 해방기에 쓴 현실 인식을 보여 주는 작품들이다. 한국 전쟁 후의 그의 시는 「목마와 숙녀」, 「세월이 가면」 등이 널리 알려졌고, 이 두 작품이 그의 대표작이 되다시피 했지만, 오히려 〈아메리카 시초〉의 시들이 주목에 값한다. 그가 초기작에서 보여 주었던 현실 인식의 문제를 여기서도 확연히 보여 주고 있다고 판단되기 때문이다. 해방기 시와 한국 전쟁 후의 시, 이 두 부류를 함께 묶을 수 있는 코드는 '민족의식'이다. 지금까지 박인환 시에서 '현실 인식'을 얘기한 글들은 대부분 그 대상을 해방기의 시작품과 한국 전쟁 중에 쓰인 몇 편의 시로 한정했다. 그러나 해방기에 박인환이 보여 준 시정신, 특히 '민족의식'은 그의 후기 작품에서도 계속 이어진 것으로 생각된다.

2. 해방기 시와 민족주의의 색채

박인환은 1946년 12월, 『국제신보』에 「거리」라는 시를 발표하면서 문단에 등장한다. 등단 이후 박인환은 〈신시론〉 동인을 결성하고 1949년 5인 합동 시집 『새로운 도시와 시민들의 합창』을 발간하는 등 모더니즘 운동의 기치를 올린다. 이 시기에 발표한 시들 중에는 8.15 직후의 해방 정국에 대한 현실 인식을 기반으로 하고 있는 것이 많다. 한국 전쟁이 일어나기 전까지 그는 동시 「언덕」 한 편을 포함 모두 10편의 시를 발표하였는데(「거리」, 1946; 「남풍」, 1947; 「인천항」, 1947; 「나의 생애에 흐르는 시간들」, 1948; 「지하실」, 1948; 「인도네시아 인민에게 주는 시」, 1949; 「열차」, 1949; 「정신의 행방을 찾아」, 1949; 「장미의 온도」, 1949; 「언덕」, 1948), 이들 시 중 몇 편은 현실 인식이 뚜렷하게 드러나고 있는 것이다. 1947년 7월 『신천지』에 발표한 시 「남풍」과 1949년에 쓴 「인도네시아 인민에게 주는 시」를 차례로 살펴보자.

①
거북이처럼 괴로운 세월이
바다에서 올라온다

일찍이 의복을 빼앗긴 土民
태양 없는 날에
너의 사랑이 白人 고무園에서
素馨처럼 곱게 시들어졌다

민족의 운명이
꾸멜神의 영광과 함께 사는
안콜왓트의 나라
월남인민군

멀리 이 땅에서도 들려오는
너희들의 항쟁의 총소리

가슴 부서질 듯 남풍이 분다
계절이 바뀌면 태풍은 온다

아시아 모든 緯度
잠든 사람이여
귀를 기울여라

눈을 뜨면
남방의 향기가
가슴팍으로 숨어든다

— 「남풍」

②
동양의 오케스트라
가메란의 반주악이 들려온다
오 약소민족
우리와 같은 식민지의 인도네시아

삼백 년 동안 너의 자원은
구미 자본주의 국가에 빼앗기고
반면 비참한 희생을 받지 않으면
구라파의 반이나 되는 넓은 땅에서
살 수 없게 되었다
그러는 사이 가메란은 미칠 듯이 울었다

오란다의 58배나 되는 면적에
오란다인은 조금도 갖지 않는 슬픔을
密柿처럼 지니고
六千七十三萬人 중 한 사람도 빛나는 남십자성은
쳐다보지 못하며 살아왔다

(1연 생략)

사나이는 일할 곳이 없었다
그러므로 약한 여자들은 백인 아래 눈물 흘렸다
수많은 혼혈아는 살길을 잃어 애비를 찾았으나
벌써 기적을 울렸다

(1연 생략)

마땅히 요구할 수 있는 인민의 해방
세워야 할 너희들의 나라
인도네시아 공화국은 성립하였다 그런데
연립 임시 정부란 또다시 박해다
지배권을 회복하려는 모략을 부숴라
이제는 식민지의 고아가 되면 못쓴다
전인민은 일치단결하여 스콜처럼 부서져라
국가방위와 인민전선을 위해 피를 뿌려라
삼백 년 동안 받아온 눈물겨운 박해의 반응으로
너의 조상이 남겨놓은 저 야자나무의 노래를 부르며
오란다군의 기관총 진지에 뛰어들어라

제국주의의 야만인 제재는

너희뿐만 아니라 우리의 모욕

힘 있는 대로 영웅 되어 싸워라

자유와 자기보존을 위해서만이 아니고

야욕과 폭압과 비민주적인 식민정책을 지구에서

부숴내기 위해

반항하는 인도네시아 인민이여

최후의 한 사람까지 싸워라

참혹한 옛날이 지나면

피흘린 자바섬에는

붉은 칸나꽃이 피리니

죽음의 보람은 남해의 태양처럼

조선에 사는 우리에게도 빛이려니

해류가 부딪치는 모든 육지에선

거룩한 인도네시아 인민의 내일을 축복하리라

(1연 생략)

― 「인도네시아 인민에게 주는 시」 부분

　「인도네시아 인민에게 주는 시」는 제목 그대로 식민 상태에서 독립했지만 제국주의의 그늘에서 벗어나지 못한 인도네시아 인민들에게 반제국주의 의식을 고취시키는 내용으로 되어 있다. 인도네시아는 1945년 네덜란드로부터 독립, 연립 임시 정부를 세우지만 그것이 그대로 제국주의 청산을 의미하는 것은 아니었다. 「남풍」 역시 1945

년 프랑스로부터 독립을 선언한 "월남인민군"에게 항쟁을 촉구하는 시이다. 박인환은 "아시아 모든 위도/잠든 사람이여/귀를 기울여라"(「남풍」), "제국주의의 야만인 제재는/너희뿐만 아니라 우리의 모욕"(「인도네시아 인민에게 주는 시」)이라고 하여 인도네시아, 월남인들과 같은 아시아 식민지인으로서의 연대 의식을 보여 주고 있다.

박인환의 이들 시를 "「담 ― 1927」 이후의 임화 시의 계보에 속해 있는 정치시"[6]로 볼 것인지 "무언가 새로운 세계를 항상 그리워하며 보다 세계적인, 보다 국제적인, 보다 인류적인 것에 대한 뜨거운 실존적 향수에 젖어 한국적 현실을 외면하고 있었던 그룹"[7]의 일원이 쓴 시로 볼 것인지에 대해서는 연구자들마다 다소 의견이 다른 듯하다. 그러나 박인환이 국내의 현실을 직접 문제 삼고 있지는 않지만 이들 시에 나타나는 문제가 우리나라의 그것과 별반 다르지 않다는 점에서 이것이 우리나라의 문제와 관계없는 것이라고 할 수는 없을 것이다. 이 시에서 박인환이 한국적 현실을 직시하지 않고 있는 것이 사실이라고 하더라도, 이 시에 나타나는 아시아적 연대 의식은 해방기의 한국의 현실에 접근하기 위한 하나의 방법이라고 볼 수 있을 것이다. 박인환이 인도네시아, 월남의 상황을 직시하고 그들 국민의 연대와 항쟁을 촉구하는 것은 그들의 현실을 통해 해방된 조국의 현실을 엿보았던 것이기 때문일 것이다. 위의 두 시에 제시된 식민지인들이 수탈당하는 모습은 우리 민족이 경험한 것과 별반 다르지 않다. 특히 「인도네시아 인민에게 주는 시」에서 박인환은 "죽음의 보람은 남해의 태양처럼/조선에 사는 우리에게도 빛이려니"라고 하여 인도네시아인의 싸움이 "조선에 사는 우리"와도 결코 무관치 않음을 분명히 하고 있다.

박인환은 「인도네시아 인민에게 주는 시」에서 "전인민은 일치단결하여 스콜처럼 부서져라/국가방위와 인민전선을 위해 피를 뿌려라"

라는 선명한 정치적 구호를 보여 준다. 물론 박인환 시의 현실주의적 성과를 부정하는 평자들은 이러한 마르크스주의적 표정조차 당대 문단의 유행을 좇은 데 불과한 것이라는 주장을 편다. 하지만, 박인환의 작품 중에 이와 비슷한 현실 인식을 보여 주는 시가 여러 편에 달한다는 사실은 당시 그가 어느 정도 현실에 대한 객관적 통찰력을 갖고 있었다는 사실을 입증한다.[8]

「인천항」에 이르면 박인환이 위의 두 시에서 보여 주었던 역사의식이 한국적 현실과 결코 무관한 것이 아니었음을 확인할 수 있다.

> 사진잡지에서 본 香港야경을 기억하고 있다. 그리고 중일전쟁 때
> 상해부두를 슬퍼했다.
>
> 서울에서 삼십 킬로를 떨어진 땅에 모든 해안선과 공통된 인천항
> 이 있다.
>
> 가난한 조선의 인상을 여실히 말하던 인천항구에는 商館도 없고
> 영사관도 없다.
>
> 따뜻한 황해의 바람이 생활의 도움이 되고저 나푸킨 같은 灣內로
> 뛰어들었다.
>
> 해외에서 동포들이 고국을 찾아들 때 그들이 처음 상륙한 곳이
> 인천항구이다.
>
> 그러나 날이 갈수록 銀酒와 아편과 호콩이 밀선에 실려오고 태평
> 양을 건너 무역풍을 탄 칠면조가 인천항으로 나침을 돌린다.

서울에 모여든 모리배는 중국서 온 헐벗은 동포의 보따리 같이
화폐의 큰 뭉치를 등지고 부두를 방황했다.

웬 사람이 이같이 많이 걸어다니는 것이냐. 坑夫들인가 아니 담
배를 사려고 군복과 담요와 또는 캔디를 사려고 ― 그렇지만 식료
품만은 칠면조와 함께 배급을 한다.

밤이 가까울수록 성조기가 퍼덕이는 宿舍와 駐屯所의 네온사인
은 붉고 짠그의 불빛은 푸르며 마치 유니온 작크가 날리는 식민지
香港의 야경을 닮아간다 조선의 海港 인천의 부두가 중일전쟁 때
일본이 지배했던 상해의 밤을 소리 없이 닮아간다

― 「인천항」

위의 시 「인천항」에서 박인환은 분명하고 설명적인 어조, 서사적
인 이야기 구도로 서구 자본주의의 모순과 병폐가 적나라하게 드러
나는 국내 현실에 대한 부정성을 표출하고 있다.[9] 〈신시론〉 동인의
합동 시집 『새로운 도시와 시민들의 합창』(1949. 4) 발문에서 박인환
은 "자본주의 군대가 진주한 시가지는 지금은 증오와 안개긴 현실이
있을 뿐…… 더욱 지낸 날 노래하였든 식민지의 애가며 토속의 노래
는 이러한 지구에 가란껴간다."고 한 바 있거니와 이러한 현실 인식
이 시를 통해 그대로 드러나고 있는 것이다.

박인환이 해방기에 발표한 초기작들은 대체로 8 15 해방 전구이
현실 인식에 기초를 둔 것이었다. 현실 인식을 바탕으로 한 리얼리즘
계열의 시들은 시대의 산물이기도 하며 박인환 자신의 예리한 역사
감각의 소산이기도 할 것이다. 물론 박인환이 역사 인식의 눈을 국내

로 돌려 해방 정국의 혼란의 현장을 생생히 증언하는 시편들을 남기지 못했음이 아쉬움으로 남는다. 다시 말해 「인천항」과 같은 작품을 더 산출하지 못한 것이 박인환의 한계라면 한계이다. 그러나 리얼리즘 정신을 바탕으로 해방기의 역사 흐름의 일단을 예리하게 포착하고 있음은 주목받아 마땅하다. 분명 박인환의 시적 출발은 경박한 모더니스트로서가 아니라 진중한 리얼리스트로 이루어진 것이다.[10] 해방기에 그가 쓴 「인천항」, 「남풍」, 「인도네시아 인민에게 주는 시」 등의 시는 모두 제2차 세계대전의 종결에 따른 아시아 지역 피식민 국가의 자유 회복과 민주적 사회 확립의 열망에 대한 일종의 언급에 해당하는 작품으로, 여기서 현대 사회에 대해 가지는 시대적 관심을 드러내는 형식으로서 시에 대한 새로운 인식을 추구하고자 하는 단초를 엿볼 수 있게 해준다.[11]

박인환의 현실 인식을 드러낸 시에서 특징적인 점은 그가 '민족의식'을 보여 주고 있다는 것이다. 마루야마 마사오는 '아시아의 민족주의'에 대해 얘기하면서 유럽의 민족주의에 비해서 사회 운동의 성격이 강하다고 한 바 있다. 특히 아시아 민족주의는 "제국주의에 대한 반항, 빈곤에 대한 반항, 서양에 대한 반항"이라는 세 가지 반항이 섞여 있다고 하였다.[12] 박인환이 위의 시들에서 보여 주는 '제국주의에 대한 반항' 역시 민족주의의 일환으로서의 성격이 강하다고 하겠다. 민족 문학의 주체인 민족은 생존 환경에 따라서 개념이 변화했다. 전근대 사회에서 민족은 백성이었다. 애국 계몽기에는 저항국 국민이었고, 일제 강점기에는 피식민지인 또는 프롤레타리아였다. 그리고 해방 이후에는 반식민지인을, 1970-80년대에는 시민과 민중을 지녔고, 1990년부터는 세계 시민으로서의 대중이 되었다.[13] 박인환이 해방기 시에서 주로 피식민지인들, 프롤레타리아트를 그리고 있는 것도 그의 민족의식과 무관치 않다고 생각된다.

「식민항의 밤」역시 피식민지 민족의 연대 의식을 강조하고 있기는 마찬가지이다. 이 시에서는 아시아적 민족주의의 일환으로서 '빈곤에 대한 반항,' '서양에 대한 반항'도 찾아볼 수 있다.

향연의 밤
영사부인에게 아시아의 전설을 말했다.

자동차도 인력거도 정차되었으므로
신성한 땅 위를 나는 걸었다.

은행지배인이 동반한 꽃 파는 소녀
그는 일찌기 자기의 몸값보다
꽃 값이 비쌌다는 것을 안다.

陸戰隊의 연주회를 듣고 오던 주민은
적개심으로 식민지의 애가를 불렀다.

삼각주의 달빛
백주의 유혈을 밟으며 찬 해풍이 나의 얼굴을
적신다.

― 「식민항의 밤」

박인환이 동인으로 참여했던 〈신시론〉과 〈후반기〉 멤버들 중에서도 박인환은 "가장 진보적인 입장에서 현실의 상황 변화에 민감한 모더니즘 본연의 태도를 보이는 시를 통해 허무의식과 불연속적 세계관을 논리화하려는 시도를 보인 경우에 해당"[14]한다. 이렇게 박인환의 초기 시가 현실주의적 색채를 강하게 띰에도 불구하고 논자들의 주목을 덜 받았던 이유는 무엇일까? 필자는 그것이 박인환의 『선시집』에 이들 시가 대부분 실리지 않은 것에도 큰 이유가 있다고 생각한다. 박인환은 1949년 『새로운 도시와 시민들의 합창』을 낼 때 「남풍」, 「지하실」, 「인도네시아 인민에게 주는 시」, 「열차」, 「인천항」, 「장미의 온도」를 수록한다. 그러나 1955년에 낸 그의 유일한 시집인 박인환 『선시집』에는 한국 전쟁 이전에 썼던 시 중에서는 「나의 생애에 흐르는 시간들」과 「장미의 온도」만을 수록한다. 어떤 이유 때문인지는 분명치 않지만 「남풍」, 「인도네시아 인민에게 주는 시」, 「인천항」 등 현실 인식을 뚜렷이 보여 주는 시들이 시집에 빠지게 됨으로써 결과적으로는 박인환 시의 현실주의적 성격을 간과하게 만들었던 것이다.

그러나 박인환의 현실 인식, 민족의식이 이들 시를 끝으로 막을 내린 것은 아니다. 한국전쟁 중에 쓰인 몇몇 편의 시들에서도 그것이 드러나지만, 한국전쟁 후 미국을 여행하면서 쓴 시들인 〈아메리카 시초〉에서 그것은 보다 구체적인 모습으로 표출된다. 장을 달리해서 이들 시에 대해 알아보기로 하겠다.

박인환 시
〈아메리카 시초〉에 대하여

1. 문제 제기

이 글은 박인환의 시 81편 중 〈아메리카 시초〉라는 이름아래 씌어진 12편을 주요 대상으로 한다. 박인환은 1946년, 해방 직후의 혼란기에 「거리」라는 작품으로 등단하여 1956년에 생을 마감하기까지 81편의 시작품을 남겼다. 〈아메리카 시초〉는 1955년 3월에 미국을 여행한 후 쓴 일련의 시편들로 그의 모더니스트로서의 면모와 더불어 현실 인식, 특히 민족의식을 강하게 드러내는 것이어서 주목된다. 또한 그간 박인환 시의 중요한 결함으로 지적되어 온 몇 가지 요소들을 극복한 시들이라는 점도 주목할 만하다. 박인환의 시를 여러 시기로 구분함에 있어 〈아메리카 시초〉가 중요한 분기점이 되는 것도 이 시가 지닌 중요성을 말하는 것이라고 할 수 있다.[1]

이렇게 여러 가지로 주목할 만한 점이 많음에도 불구하고 그간 〈아메리카 시초〉에 대한 관심이 부족했던 이유는 이 시들이 단순히 "일종의 기행시,"[2] "이국 취향의 기행시"[3]로 취급되어 왔기 때문일 것이다. 본문에서의 논의를 통해서 드러나겠지만 〈아메리카 시초〉는 미국 여행을 소재로 하고 있는 것은 분명하나 미국의 풍물보다는 화자의 내면 의식이 더 강하게 드러나고 있어 단순한 기행시로 취급할 수 없는 면이 있다. 박인환이 쓴 시가 81편이고 그중 〈아메리카 시초〉에 실린 시가 12편이면 이들 작품이 그의 시세계에서 차지하는 비중이 결코 작다고 할 수 없다. 그럼에도 불구하고 이 시들에 대한 연구가 적은 보다 근본적인 이유는 박인환에 대한 연구가 그의 작품 세계에 대한 것보다 〈후반기〉 동인을 중심으로 한 모더니스트로서의 면모에 더 초점이 맞추어져 왔기 때문일 것이다. 박인환이 "〈신시론〉 동인을 구성하여 동인 사화집 〈신시론〉, 〈새로운 도시와 시민들의 합창〉을 내면서 모더니즘을 제창했고, 〈후반기〉 동인을 결성하여 전란 이후 현대시가 갈 길을 모색, 특히 이러한 일에 핵심 중추 역할"[4]을 했다는 점에는 이론의 여지가 없을 것이다. 그러나 이러한 평가가 박인환의 시를 모더니즘의 테두리 안에서만 해석하고 평가하는 편견을 낳았다는 점 또한 부정할 수 없다.

소극적이나마 〈아메리카 시초〉에 의미를 부여한 연구들을 살펴보면 연구자들의 견해가 크게 두 가지로 갈라지는 것을 발견할 수 있다. 먼저 이들 시를 긍정적으로 바라본 경우다.[5] 박윤우는 〈아메리카 시초〉를 "박인환 시에 나타난 문명비판이 감상주의와 어떻게 결합되며, 그가 추구한 '시의 원시림'과 '영원한 일요일'의 세계가 어떻게 관념화되어 가는지를 엿볼 수 있는 대표적인 예"[6]로 들고, "〈아메리카 시초〉라는 제목으로 엮여진 일련의 시들은 모두 이국 체험에 대한 호기심과 함께 엄연한 생활현실로서 다가온 문명의 실상에 대한 미묘한 갈등이 담겨 있다는 점에서 문제적이다"[7]는 지적을 하고 있다. 그러나 박윤우는 이 정도의 언급에 그칠 뿐 구체적인 작품 분석을 보여 주고 있지 않다. 양애경은 "그 기본적 정신이 자본주의에 대한 비판적 시각과 주체적인 인식인 박인환의 〈아메리카 시초〉는 30

년대 이미지스트인 김기림과 김광균의 이국적 풍물시와는 분명히 구별될 수 있다고 생각된다"⁸고 하여 〈아메리카 시초〉의 의의를 한층 더 강조하고 있다. 그러나 양애경의 연구 역시 〈아메리카 시초〉의 작품들에 대한 구체적인 분석이 미흡하여 아쉬움을 남기고 있다.

이 두 연구자들과 달리 김은영과 박민수는 〈아메리카 시초〉에 대해 부정적으로 접근하고 있다. 김은영은 박인환이 미국 기행을 통해 허무적 세계를 더욱 심화하게 되었으며, 이렇게 한층 심화된 허무주의적, 감상적, 낭만적 색채가 박인환의 시「목마와 숙녀」,「세월이 가면」,「죽은 아포롱」,「옛날의 사람들에게」,「가을의 유혹」 등에 나타나게 된다고 본다.⁹ 그는 특히 〈아메리카 시초〉 중의「여행」,「태평양에서」,「십오일간」 등의 시를 두고 "당대의 역사현실에 대한 통찰의 지를 찾는다는 것은 무리"¹⁰라고 하여 필자의 논지와는 다른 주장을 하고 있다. 박민수도 "결국 〈아메리카 시초〉를 통해 박인환이 드러내고 있는 것은 여행자의 고독과 이국적 정조, 문명 사회에 대한 비판의식 등인데, 이러한 모든 것들이 당시의 국내 상황에서 벗어난 단순한 여행자의 관점에서, 또는 문명 비판자의 시각에서 이루어지고 있다."¹¹고 하여 김은영과 마찬가지로 박인환이 당대의 역사적 현실을 정확하게 바라보고 있지 못하다는 점을 비판하고 있다.

〈아메리카 시초〉에 문명사회에 대한 비판이 드러난다는 점에는 동의하지만 "〈아메리카 시초〉 전편에서 드러나는 박인환의 정신 내용은, 여행자의 고독과 이국적 정서, 그리고 문명 대국으로서의 미국이 드러내고 있는 문명 현상에 대한 부정 의식 등으로 요약될 뿐이다"¹²는 지적에는 동의할 수 없다. 〈아메리카 시초〉의 주조를 이루는 것은 눈앞의 현실로 맞이한 문명에 대한 '동경'과 '부정' 사이에서의 갈등이기 때문이다. 박인환의 〈아메리카 시초〉의 시편들은 박인환의 다른 시들에서 나타나는 결함들을 상당히 극복했으며, 무엇보다 그의 현실 인식의 일단을 엿볼 수 있는 중요한 작품이라고 생각된다. 이 장의 다음 절들은 이러한 점을 규명하는 데 바쳐질 것이다.

2. 미국 체험과 민족 의식

박인환은 생전에 단 한 권의 시집 『選詩集』을 내는데, 이 시집은 "書籍과 風景, 아메리카 詩抄, 永遠한 序章, 抒情 또는 雜草의 네 부분으로 이루어져 있다.[13] 〈아메리카 시초〉에는 11편의 시가 실려 있는데,[14] 시 끝에 "太平洋에서," "올림피아에서," "에베렛트에서" 등 시를 쓴 장소를 표기함으로써 이 시가 미국 여행의 소산임을 보여 주고 있다.[15] 박인환은 산문에서 미국을 "事實에 있어서 偉大한 나라로 온 世界에 알려진 아메리카"[16]로 표현하고 있다. 그러나 이 시들에서 두드러지는 것은 미국의 위대성이나 여행자의 눈에 비친 미국의 풍물이 아니라 미국 속에서 느끼는 한국인으로서의 민족 의식이다. 먼저 「어느날의 詩가 되지 않는 詩」를 살펴보자.

　　　당신은 日本人이지요?
　　　챠이니이스? 하고 물을때
　　　나는 不快하게 웃었다.
　　　거품이 많은 술을 마시면서
　　　나도 물었다.
　　　당신은 아메리카 市民입니까?

　　　나는 거짓말 같은 낡아빠진 歷史와

우리 *民族*과 말이 單一하다는 것을
자랑스럽게 말했다.
黃昏.
타아반 구석에서 黑人은 구두를 닦고
거리의 少年이 즐겁게 담배를 피우고 있다.

女優〈갈보〉의 傳記冊이 놓여있고
그 옆에는 디텍티이브 · 스토오리가 쌓여있는
書店의 쇼오위인드
손님이 많은 가개안을 나는 들어가지 않았다.

비가 내린다.
내 모자위에 重量이 없는 抑壓이 있다.
그래서 뒷길을 걸으며
서울로 빨리 가고 싶다고
센치멘탈한 소리를 한다.

— 「어느날의 詩가 되지 않는 詩」 전문

　이 시는 박인환이 한국인으로서의 정체성 문제를 뚜렷하게 의식하고 있다는 점을 보여 준다는 점에서 문제적이다. 타아반 구석에서 구두를 닦는 흑인, 거리의 소년이 즐겁게 담배를 피우는 모습이 그려지는 한편, 여배우 "〈갈보〉"의 전기가 놓여 있는 서점 풍경도 묘사되고 있지만, 이 시가 보여 주는 것은 미국의 그러한 풍경이 아니다. 미국 속에서의 한국인으로서의 자기 인식, 그것이 이 시의 주요 테마가 되고 있는 것이다. 화자는 술집에서 "당신은 일본인이지요?/챠이니이스?"라는 질문을 받는다. 술집에서 술을 마시고 있던 "아메리카 시민"은 화자를 일단은 일본인으로, 그 다음에는 중국인으로 추정한 것이다. 이러한 질문에 대한 화자의 반응은 우선 "불쾌하게 웃"는 것이며, 질문자를 향해 "당신은 아메리카 시민입니까?" 하고 되묻는 것이다. 그리고 우리 민족에 대해 설명해 주는 것이다. '국적'을 묻는 질문에 '민족'으로 답하는 형국이 되어 버렸지만, 이 경우 '민족'은 '국가'의 다른 이름이라고 보아도 좋을 것이다.[17] 화자가 "아메리카 시민"에게 "우리 민족"은 오랜 역사를 지니고 있으며 "민족과 말이 단일하"다는 것을 말해 준다. 질문자가 "우리 민족"에 대해 잘 알고 있었다면 화자가 굳이 이러한 설명을 할 필요가 없었을 것이다. 여기서 일단 화자의 이국인으로서의 소외감이 드러난다고 보아야 할 것이다. 화자는 우리 민족에 대해 "자랑스럽게 말했다"고 하고 있지만, "거짓말 같은 낡아빠진 역사"라는 표현은 화자가 결코 자신의 민족에 대해 자랑스럽게만 생각하고 있는 것만은 아니라는 점을 알게 해준다. 화자가 술집을 벗어나 거리로 나와서 "서점"의 "손님이 많은 가게안"을 들어가지 않는 것, 또 "뒷길"을 걷는 것, "서울로 빨리 가고 싶다"고 말하는 것은 모두 미국에서 느끼는 소외감 때문에 비롯된 것이라고 할 수 있을 것이다. 다음에 인용할 시 역시 미국에서 느끼는 화자의 한국인으로서의 자기 인식 문제를 다루고 있다.

거룩한 自由의 이름으로 알려진 土地
茂盛한 森林이 있고
飛廉桂舘과 같은 집이
連이어 있는 아메리카의 都市
샤아틀의 네온이 붉은 거리를
失神한 나는 간다
아니 나는 더욱 鮮明한 精神으로串

타아반에 들어가 鄕愁를 본다.

이즈러진 回想

不滅의 孤獨

구두에 남은 韓國의 진흙과

商標도 없는 〈孔雀〉의 연기

그것은 나의 자랑이다

나의 외로움이다.

또 밤 거리

거리의 飮料水를 마시는

포오트랜드의 異邦人

저기

가는 사람은 나를 무엇으로 보고 있는가.

— 「旅行」 부분

　이 시의 끝부분 "저기/가는 사람은 나를 무엇으로 보고 있는가"는
앞의 시 「어느날의 詩가 되지 않는 詩」에서 화자가 받았던 질문, 즉
"당신은 일본인이지요?/챠이니이스"의 변용이라고 할 수 있다. 타인
에게서 직접 질문을 받는 대신 자기 스스로 타인의 눈에 자신이 어떻
게 비칠지를 생각해 보는 것이다. 이 시의 앞부분에서 "구두에 남은
한국의 진흙과/상표도 없는 〈공작〉의 연기"가 나오는 것으로 보아
이 질문 역시 '국적'의 문제가 중심에 놓인다고 볼 수밖에 없다. 그
런데 이 시에서도 '한국'은 화자에게 '자랑'인 동시에 자신을 초라
하게 만드는 것이다. 화자가 보고 있는 "아메리카의 도시" "샤아틀"
(시애틀)은 "거룩한 자유의 이름으로 알려진 토지"이며 "무성한 삼림"
과 "비렴주관과 같은 집"이 연이어 있으며 "네온이 붉은 거리"를 지

닌 곳이다. 이렇게 화려한 거리를 보면서 화자는 스스로를 "실신"했다고 생각하고, "향수"를 느끼며, 또 "불멸의 고독"을 느낀다. 그것은 자신이 한국인이라는 인식과 결부되어 있다. 그런데 앞의 시에서와 마찬가지로 이 한국인이라는 인식은 '자랑'과 '외로움'이 함께 동반되어 나타난다. "구두에 남은 한국의 진흙과/상표도 없는 〈공작〉의 연기"는 화자에게 "한국"의 상징인데, 이것을 "나의 자랑이다/나의 외로움이다"로 표현하고 있는 것이다. 여기에는 미국 문명을 눈앞에 한 화자의 복잡한 심정이 그대로 드러나 있다. 자신은 한국인이라는 자부심이 있지만, 그 자부심의 이면에 문명에 압도당하는 초라한 자신의 모습이 있는 것이다.

   ①
   水夫들은 甲板에서
   갈매기와 이야기한다
   ……너희들은 어데서 왔니……
   和蘭성냥으로 담배를 붙이고
   싱가폴 밤 거리의 女子
   지금도 생각이 난다
   銅像처럼 서서 埠頭에서 기다리겠다는
   얼굴이 까만 입술이 짙은 女子
   波濤여 꿈과 같이 부숴지라
   헤아릴수 없는 純白한 밤 이면
   하모니카 소리도 처량하고나
   포오트랜드 좋은 고장 술집이 많아
   구레용 칠한 듯이 네온이 붉은 밤
   아리랑 소리나 한번 해보자

②

芬蘭인 미스터·몬은/自動車를 타고 나를 데리러 왔다./에베렛트
의 日曜日/와이샤스도 없이 나는 韓國노래를 했다./거저 쓸쓸하게
가냘프게/노래를 부르면 된다……파파·러브스·맘보……/춤을
추는 돈나/개와 함께 어울려 湖水가를 걷는다.//테레비죤도 처음
보고/카로리가 없는 맥주도 처음 마시는/마음만의 紳士/즐거운 일
인지 또는 슬픈 일인지/여기서 말해 주는 사람은 없다.// 夕陽./浪漫
을 연상ㅎ게 하는 時間./미칠 듯이 故鄕생각이 난다.//그래서 몬과
나는/이야기 할 것이 없었다 이젠//헤져야 된다.

— 「에베렛트의 日曜日」 전문

「수부들」은 '한국 노래'를 부르는 행위가 한국인으로서의 자기 확
인으로 나타나는 시라고 할 수 있다. 이 시에서 화자가 "아리랑 소리
나 한번 해보자"고 말하게 되는 것은 수부들의 갈매기를 향해 한 질
문, 즉 "너희들은 어데서 왔니"와 관련된다. 그러나 이에 대한 대답은
나오지 않고 "화란성냥으로 담배를 붙이"는 것, "싱가폴 밤 거리의
여자"가 생각난다는 얘기가 나온다. 이것으로 미루어 "어데서 왔니"
라는 질문은 '국적'의 문제와 관련되어 있다고 추정해 볼 수 있다.
이 시에는 화란, 싱가포르 외에도 미국(포오트랜드)이 나오는데, 화란
(네덜란드)은 "성냥"으로, 싱가포르는 "밤거리의 여자"로 미국의 포틀
랜드는 '술집이 많은 곳'으로 각각의 이미지를 나타내고 있다. 화자
가 시의 끝에서 한국의 국민가요라고 할 수 있는 "아리랑" 소리를 해
보자고 하는 것은 이것이 한국의 상징이기 때문이다. 즉, '나는 한국
에서 왔다'는 자기 인식이 '아리랑'으로 이어지고 있는 것이다.

「에베렛트의 일요일」역시 "한국노래"를 부르는 것이 화자 스스로 한국인임을 되새기는 기제로 작용하고 있다. "분란인"(핀란드인) 미스터 몬은 미국 문명을 대변하는 사람으로 화자에게 느껴진다. 그는 "자동차," "와이샤스," "테레비죤," "카로리가 없는 맥주" 등을 가진 신사이다. 그러나 화자는 이런 물질적인 것들은 전혀 가지고 있지 못하다. 그래서 화자는 "마음만의 신사"가 된다. 자동차를 타고 자신을 데리러 온 미스터 몬 앞에서 화자는 "한국노래"를 부른다. 이것은 자신이 미스터 몬과 달리 한국 사람이라는 것을 스스로에게 각인시키는 의미가 포함된다. 국가나 국민가요를 부르는 것은 그것을 부르는 사람들 사이에 화합의 기회, 민족이 메아리치며 물리적으로 실현되는 기회를 제공한다고 한다.[18] 위의 시 「수부들」과 「에베렛트의 일요일」은 모두 한국 노래를 부르는 형태로 화자의 한국인으로서의 정체성을 드러내는 시라고 할 수 있을 것이다.

四月十日의 復活祭를 위하여/포도酒 한병을 산 黑人과/빌딩의 숲속을 지나/에이브람·린컨의 이야기를 하며/映畵館의 스칠 廣告를 본다./······카아멘·죤스······//미스터·몬은 트럭을 끌고/그의 아내는 쿡크와 입을 맞추고/나는 〈지렡〉會社의 테레비죤을 본다.//韓國에서 戰死한 中尉의 어머니는/이제 처음 보는 韓國사람이라고 내 손을 잡고/샤아틀 市街를 救景시킨다.//많은 사람이 살고/많은 사람이 울어야하는/아메리카의 하늘에 흰구름./그것은 무엇을 意味하는가.//나는 들었다 나는 보았다/모든 悲哀와 歡喜를.//아메리카는 횟트맨의 나라로 알았건만/아메리카는 린컨의 나라로 알았건만/쓴 눈물을 흘리며/부라보······ 코리안 하고/黑人은 술을 마신다

— 「어느 날」

이 시에는 화자가 미국에서 만난 세 사람이 등장한다. 1연과 4연의 "흑인"과, 2연의 미스터 몬, 3연의 한국에서 전사한 중위의 어머니가 그들이다. 2연의 "미스터 · 몬"은 이 시만으로는 어떤 사람인지 잘 드러나지 않지만 「에베렛트의 일요일」과의 상호 텍스트적 읽기에 의해 핀란드계 미국인이며 트럭(자동차)을 모는 인물로 추정된다. 미스터 몬은 시의 다른 인물들과 달리 화자가 동질감을 느끼지 못하는 사람이다. "미스터 몬은 트럭을 끌고," "그의 아내는 쿡크와 입을 맞추"는 동안 화자는 "〈지렛〉 회사의 테레비죤을" 볼 뿐이다. 그러나 다른 두 인물, 한국 전쟁에 나가 전사한 아들을 둔 어머니와 흑인은 화자와 충분한 공감대를 형성하고 있다. 먼저 "어머니"는 화자의 손을 잡고 시애틀 시가를 구경시켜 준다. 그가 화자에게 이러한 친절한 베푸는 것은 그의 아들이 한국전쟁에서 전사했기 때문이며, 또 화자가 "처음 보는 한국사람"이기 때문이다. 그에게 화자는 "한국"을 대표하는 인물이 되고 있는 것이다. 물론 그 "어머니"에게 있어서 "한국"은 "전쟁"을 치른 나라로 인지되고 있을 것임에 틀림이 없다. 그런데 한국의 이러한 위상을 더 정확히 깨닫게 해주는 것이 바로 "사월십일의 부활제를 위하여/포도주 한병을 산 흑인"이다. 이 흑인은 부활제지만 포도주를 한 병만 살 만큼 가난한 인물이다. 이런 흑인의 모습에서 화자는 '아메리카의 비애'를 느끼기도 한다. 휘트먼의 나라, 링컨의 나라로 알았던 미국에 이런 면이 있다는 것은 화자에게 충격적으로 다가온다. 그런데 화자는 이 흑인을 미스터 몬이나 자신에게 친절을 베풀어준 여성보다 더 친근하게 느끼고 있다. 그것은 한국인인 자신과 이 흑인의 처지가 비슷하다는 생각에서 온 것일 터이다. 그러니까 이 시는 한국인인 자신과 미국의 흑인의 처지가 비슷하다는 인식을 보여 주고 있다고 할 수 있겠다. 미국인들을 통해 화자는 자신이 "전쟁"을 치른 나라에서 온 한국인이며, 흑인과 비슷한 처지의 사람이라는 것을 깨닫게 되는 모습을 보여 주고 있는 것이다.

〈아메리카 시초〉는 일단 미국을 여행함으로써 씌어진 시이다. 시편들이 미국 풍경을 담고 있는 것은 당연하다. 그러나 이 시들이 환기하는 것은 미국의 풍물이라기보다 그것을 통해 바라보게 된 한국인으로서의 자신의 모습이다. 많은 시들이 '나는 어디서 왔는가' 라는 질문을 담고 있으며 이것은 곧 '나는 한국인' 이라는 인식으로 이어지고 있다. 이 '한국인' 이라는 인식은 일단은 단일 민족에 단일 언어를 쓰고 역사 또한 오래되었다는 긍정적인 측면을 지닌다. 그러나 "낡아빠진 역사," "구두에 남은 한국의 진흙," "상표도 없는 〈공작〉의 연기" 등의 부정적인 측면 역시 지니고 있다. 〈아메리카 시초〉가 단순한 풍물시로 떨어지지 않을 수 있는 것은 이러한 인식 때문이다.

3. 물질문명에 대한 동경과 저항

앞 절에서 필자는 박인환의 〈아메리카 시초〉가 단순히 미국 풍물을 그려내는 기행시가 아니라 자신의 정체성 문제, 특히 한국인이라는 민족적 자의식을 드러낸 시가 많다는 점을 강조하였다. 그리고 박인환의 한국인으로서의 자의식이 미국 문명을 비판하고 우리 것에 대해 긍지를 느끼는 국수주의적인 태도로 드러나는 것이 아니라는 점도 확인하였다. 이 절에서 필자가 강조하려고 하는 것은 〈아메리카 시초〉에 드러나는 화자의 미국에 대한 대응 방식이 매우 복잡한 갈등 양상을 보이고 있다는 점이다.

① 테레비죤도 처음 보고/카로리가 없는 맥주도 처음 마시는/마

음만의 紳士/즐거운 일인지 또는 슬픈 일인지/여기서 말해 주는 사람은 없다.// 夕陽./浪漫을 연상ㅎ게 하는 時間./미칠 듯이 故鄕생각이 난다.//그래서 몬과 나는/이야기 할것이 없었다 이젠/헤져야 된다.

— 「에베렛트의 日曜日」 부분

②
많은 사람이 살고
많은 사람이 울어야하는
아메리카의 하늘에 흰구름.
그것은 무엇을 意味하는가.

나는 들었다 나는 보았다
모든 悲哀와 歡喜를.

— 「어느날」 부분

③
混亂과 秩序의 反覆이
물결치는 거리에
告白의 時間은 간다.

— 「투명한 바라이에티」 부분

위의 세 시는 모두 미국의 거리, 무뭄, 넓게는 미국 문명에 대한 회자의 태도를 엿볼 수 있게 해준다. ①에서 화자는 "테레비죤도 처음 보고," "카로리가 없는 맥주도 처음 마시는" 새로운 경험을 한다. 이러한 일에 대해 화사는 "즐거운 일인지 또는 슬픈 일인지/여기서 말해 주는 사람은 없다"고 말하고 있다. 즐거운 일이라는 것은 한국에서는 접해 보지 못한 것들을 처음 접하게 된 즐거움일 것이다. 슬픈 일이라는 것은 텔레비전이니 칼로리가 없는 맥주니 하는 것들이 한국에는 없다는 점에 기인한 것일 터이다. "마음만의 신사"는 이러한 화자의 심정을 단적으로 대변해 주는 것이라고 할 수 있다. 인용시 ②, ③에서 확인할 수 있는 것은 화자가 미국 문명에 대해 긍정적인 면과 부정적인 면을 함께 인지하고 있다는 것이다. 화자는 미국에서 "비애와 환희"를 듣고 보는가 하면(인용시 ②), "혼란과 질서"가 반복(인용시 ③)되고 있는 것도 본다. 그러니까 미국 문명에 두 가지 양면성이 함께 있다는 것을 확인하고 있는 것이다. 이렇게 박인환은 미국에서 긍정적인 측면과 부정적인 측면을 함께 보려고 애쓰고 있지만, 이것은 그의 내면에 심각한 갈등을 일으키기도 한다. 미국의 양면적인 모습이 화자의 내면 세계의 갈등과 더불어 나타나면 시는 한결 더 복잡한 양상을 띠게 된다.

대낮 보다도 눈부신
포오트랜드의 밤 거리에
單調로운〈그렌 · 미이라〉의 라브소디이가 들린다.
쇼오위인드에서 울고 있는 마네킹.

앞으로 남지 않은 나의 暫時를 위하여
紀念이라고 진 · 휘이즈를 마시면
녹슬은 가슴과 뇌수에 차디찬 비가 내린다.

나는 돌아가도 친구들에게 얘기 할 것이 없고나
유리로 만든 人間의 墓地와

벽돌과 콩크리트 속에 있던

都市의 溪谷에서

흐느껴 울었다는 것 외에는…….

天使처럼

나를 魅惑 시키는 虛榮의 네온.

너에게는 眼球가 없고 情抒가 없다.

여기선 人間이 生命을 노래 하지않고

沈鬱한 想念 만이 나를 救한다.

바람에 날려온 먼지와 같이

이 異國의 땅에선 나는 하나의 微生物이다.

아니 나는 바람에 날려와

새벽 한時 奇妙한 意識으로

그래도 좋았던

腐蝕된 過去로

돌아가는 것이다.

— 「새벽 한時의 詩」

　이 시는 3연의 "유리로 만든 인간의 묘지와/벽돌과 콩크리트 속에 있던/도시의 계곡"이라는 표현 때문에 일견 미국 문명을 비판하는 것으로 여겨진다. 그러나 문명 비판보다 중요한 것은, 미국이 주는 "매혹"과 자신의 왜소함 사이의 갈등이다. 화자가 지금 앉 있는 포틀랜드는 밤거리가 "대낮 보다도 눈부신" 곳이다. 이 거리에는 랩소디도 들려오고 마네킹이 진열된 쇼윈도도 있다. 돌아갈 날이 얼마 남지 않았으므로 기념으로 화사는 진피즈를 마신다. 마시면서 돌아가서 친구들에게 어떤 얘기를 할 것인지 생각해 본다. 화자의 머리에 떠오르는 것은 "유리로 만든 인간의 묘지와/벽돌과 콩크리트 속에 있던/도시의 계곡에서/흐느껴 울었다는 것"뿐이다. 이것이 미국에 대한 당당한 비판이라면 시의 끝 연에서처럼 자신을 "바람에 날려온 먼지"와 같은 "하나의 미생물"로 생각할 필요가 없다. 물론 화자는 "여기선 인간이 생명을 노래 하지않고/침울한 상념 만이 나를 구한다"고 하여 물질화된 미국을 비판하고 있기는 하다. 또 "허영의 네온/너에게는 안구가 없고 정서가 없다"는 비판도 하고 있다. 그러나 역시 그 허영의 네온은 "천사처럼/나를 매혹 시키는" 네온이다. 화자가 스스로를 "하나의 미생물"로 격하시키고 마는 이유는 포틀랜드 거리의 "매혹"에서 찾을 수밖에 없다. 미국이 "정서가 없고," "인간이 생명을 노래 하지않"는다는 점을 들어 비판하려고 하지만 역시 "대낮 보다도 눈부신" "네온"에 대해서는 매혹당하지 않을 수 없다는 데 화자의 혼란이 있는 것이다. 다음의 시에서도 화자의 미국에 대한 양면적 태도와 함께 분열된 의식을 발견할 수 있다.

STRAIT OF JUAN DE FUCA를 어제 나는
지냈다.
눈동자에 바람이 휘도는
異國의 港口 올림피아
피를 吐하며 잠 자지 못하던 사람들이
幸福이나 기다리는 듯이 거리에 나간다.

錯覺이 만든 네온의 거리
原色과 血管은 내 눈엔 보이지 않는다.
거품에 넘치는 술을 마시고

情慾에 불타는 女子를 보아야 한다.
그의 떨리는 손 가락이 가리키는
무거운 沈黙속으로 나는
발버둥 치며 달아 나야 한다.

世上은 좋았다
피의 비가 내리고
주검의 재가 날리는 太平洋을 건너서
다시 올수 없는 사람은 떠나야 한다
아니 世上은 不幸 하다고 나는 하늘에
고함친다
몸에서
베고니아 처럼 화끈거리는 慾望을 위해
거짓과 진실을 마음대로 써야한다.

젊음과 그가 가지는 奇蹟은
내 허리에 悲哀의 그림자를 던졌고
都市의 溪谷 사이를 다름박질 치는
육중한 바람을
充血된 눈동자는 바라다 보고 있었다.

— 「**充血된 눈동자**」

이 시는 미국의 항구 올림피아에 도착하는 것으로 시작되고 있다
"피를 토하며 잠 자지 못하던 사람들"도 항구에 도착하자 "행복이나
기다리는 듯이" 거리로 나간다. 그 거리는 "눈동자에 바람이 휘"돌
만큼 화려한 곳으로 "네온," "거품에 님치는 술," "여자"가 인상적인

곳이다. 그러나 화자는 올림피아의 거리를 부정적으로 바라본다. 네온의 거리는 "착각이 만든" 거리로, "여자"는 "정념에 불타는" 여자로 그려지고 있는 것이다. 화자는 "보이지 않는" 것, 그러니까 "원색과 혈관"과 보아야 하는 것, 즉 "정념에 불타는 여자" 사이에서 갈등하고 있다. "원색과 혈관"이 무엇을 뜻하는지 정확히 파악하기 어렵다. 그러나 "혈관"은 위에서 인용한 시「새벽 한시의 시」에 나온 "생명"과 비슷한 것으로 추정해 볼 수 있을 것 같다. 어쨌든 2연에 화자가 보고 싶지만 보이지 않는 것과 보기 싫지만 보아야만 하는 것 사이에서의 갈등이 드러나고 있는 것만은 확실하다. 화자의 이러한 갈등은 다음 행에서 더 심화되어 나타난다. 화자는 "세상은 좋았다"고 말한다. 그러나 곧 "아니 세상은 불행 하다고 나는 하늘에/고함친다"고 말한다. 이러한 분열된 의식은 "몸에서/베고니아 처럼 화끈거리는 욕망을 위해/거짓과 진실을 마음대로 써야한다"는 것에까지 이어진다. 화자의 미국 도시 "올림피아"를 대하는 태도가 부정적이기만 한 것이라면 "세상은 좋았다"와 "아니 세상은 불행 하다"의 상반된 진술이 나올 필요가 없을 것이다. "올림피아"를 긍정적으로 바라본다고 해도 마찬가지다. 화자의 이러한 혼란된 의식이 "거짓"과 "진실"을 마음대로 써야 한다는 판단으로 이어지고 있는 것이다. 다음에 인용할 시에서는 문명 세계를 마주한 화자의 혼란이 "다리 위의 사람"이라는 상징을 통해 드러나고 있다.

　　다리 위의 사람은
　　愛憎과 負債를 자기 나라에 남기고
　　岩壁에 부딪히는 波濤소리에 놀래
　　바늘과 같은 손가락은
　　欄干을 쥐었다.

차디찬 鐵의 固體

쓰디쓴 눈물을 마시며

混亂된 意識에 가랁아 버리는

다리 위의 사람은

긴 航路 끝에 이르른 寂寞한 土地에서

神의 이름을 부른다.

그가 살아오는 동안

風波와 孤節은 그칠줄 몰랐고

오랜 歲月을 두고

DECEPTION PASS 에도

비와 눈이 내렸다.

또다시 헤어질 宿命이기에

만나야만 되는 것과 같이

지금 다리 위의 사람은

로사리오海峽에서 부러오는

凄凉한 바람을 잊으려고 한다.

잊으려고 할때 두 눈을 가로막는

새로운 不安

화끈거리는 머리

絶壁 밑으로 그의 意識은 떨어진다.

太陽이 레몬과 같이 물결에 흔들거리고

州立公園 하늘에는

에메랄트처럼 빤짝거리는 機械가 간다.

변함없이 다리 아래 물이 흐른다

絶望된 사람의 피와도 같이

파란 물이 흐른다

다리 위의 사람은

흔들리는 발걸음을 것잡을 수가 없었다.

― 「다리 위의 사람」

　이 시는 '잊으려고 하는 것'과 '잊을 수 없는 것'의 대립, '하늘'과 '물'의 대립을 통해 화자의 불안정한 내면 심리를 보여 주고 있다. 화자는 지금 "자기 나라"에 "애증과 부채"를 남기고 "긴 항로"를 떠나 "적막한 토지"의 한 다리 위에 서 있다. "적막한 토지"는 물론 미국 땅이다. 그는 "바늘과 같은 손가락"으로 난간을 쥐고 살아온 과정을 되돌아본다. "풍파와 고절"의 연속이었다고 생각한다. "로사리오해협에서 부러오는/처량한 바람"을 잊으려고 하지만 "새로운 불안"이 두 눈을 가로막는다. 잊으려고 하는 것과 잊을 수 없는 것 사이의 갈등은 "하늘"과 "다리 아래 물"의 대립을 통해 강조되고 있다. "하늘"에는 "에메랄트처럼 빤짝거리는 기계"가 지나가고 있다. 화자가 서 있는 다리 아래로 지나가는 것은 "물"이다. 하늘의 기계가 보석처럼 반짝이며 지나간다면, 다리 아래의 물은 "절망된 사람의 피"처럼 흘러간다. 이 두 가지의 선명한 대조는 바로 화자의 내면 심리가 반영된 것이다. 화자가 서 있는 '다리'는 '하늘'과 '물'을 매개하는 것이라고 할 수 있다. 다리 위는 하늘의 반짝거리는 기계와 다리 아래 물의 절망된 사람의 피와도 같은 파란 물이 함께 보이는 곳이다. 화자가 "흔들리는 발걸음을 것잡을 수가 없"는 것은 바로 이 두 가지 사이에 위치해 있기 때문이다. 그러니까 이 시는 미국 문명을 눈앞에서 본 한 한국인의 갈등을 집약해 보여 주고 있다고 볼 수 있을 것이다.

　지금까지 필자는 박인환의 시 〈아메리카 시초〉가 미국 문명을 눈

앞에 한 화자의 갈등을 보여 주고 있음을 밝힌 셈이다. 박인환이 단순히 미국 문명을 비판한 것이 아니며 그것을 어떻게 받아들일 것인가에 대한 갈등이 시의 주조를 이룬다는 것도 지적했다. 그가 보여 준 미국에 대한 태도는 소극적이기는 하지만 민족주의의 일환으로서의 "빈곤에 대한 반항"[19]을 포함하고 있다고 생각된다. 박인환 시가 그려내는 미국의 정경은 주로 물질적 풍요에 초점이 맞추어져 있기 때문에 화자가 느끼는 초라함, 왜소함은 상대적으로 느끼는 물질적 빈곤에 기인한 것이라고 볼 수밖에 없을 것이다. 그가 미국 여행을 하고 돌아와 쓴 산문에서는 '빈곤'의 문제가 보다 분명하게 드러나 있다.

다시 말하자면 그들은 새知識이나 文學또는 哲學에 精神을 돌리지않아도 人生을즐겁게 보낼수있는 時代와 生活속에서 살고있다는 것이다. 우리나라와같이 日常의 生活이 貧困하고 항상마음의불만이 있는 곳에서는 國民이 新聞을 관심히읽는다든가 小說을보고하면서 자기의새로운知識을 얻는 것이 다시없는 즐거움이되는데 그들은 이에反하여 …(중략)… 아메리카人은 여하튼常識的인것밖에 모르고사는 것이다. 常識的이란 결코 소홀히 할수없는것이지만 우리는 常識에서 어떤精神的年齡을 찾지는 못할 것이다. 自己가 맡은 일에對한것외에는 알 필요도 없고 그 외의 더以上의 것을 안다는것은 그들에게 있어서는 精神의 消化이다. 나는 그들이 精神的으로 年齡이 어리다고 여기서 말할 수는 없으나 우리 韓國의 어떤 一部의 代表的인 사람과 그곳의 一部의 同一한 資格의 人間을 누하다면 오히려 우리들이 精神的으로 뒤떨어져있다고 믿고싶지가 않다. 그들이 노래하고 춤추고 自動車로 드라이브를 할때 우리들은 熱心히 知識을 吸收힌다면 아메리카文化와 다른 새로운 文化가 우리나라

에 생기고 社會와 家庭의生活이 높아질 것이다.[20]

    정신적인 면에서는 우리가 미국에 앞선다는 주장을 하고 있기는 하지만, 이 글의 대부분은 미국 문화에서 우리가 배워야 할 것에 대해 기술하는 데 바쳐지고 있다. 특히 위에서 인용한 부분에서는 우리나라의 "빈곤"이 분명하게 지적되고 있고 미국의 높은 "가정의 생활"에 맞설 수 있는 방법이 "열심히 지식을 흡수"하는 것밖에 없다고 역설하고 있는데, 바로 이 점에서 가난한 약소 민족의 구성원으로서의 자의식이 두드러진다고 하겠다.

4. 결론: 〈아메리카 시초〉의 중요성

〈아메리카 시초〉의 시들은 미국 여행이라는 구체적인 체험을 바탕으로 씌어진 것이고, 또 미국의 풍물이 상당히 많이 드러나고 있는 것이 사실이다. 그러나 이 장에서 더 주목해서 본 것은 이들 시에 드러나는 한국인으로서의 자의식이다.「어느날의 시가 되지 않는 시」,「여행」,「수부들」,「어느날」 들은 모두 '나는 어느 나라 사람인가'라는 문제를 정면으로 제기하고 있다. 그리고 그것은 자신은 단일한 민족, 단일한 언어를 쓰는 오랜 역사를 지닌 한국이라는 나라에서 왔지만, 그곳은 가난한 나라라는 자각을 불러일으키는 것으로 드러나고 있다.「에베렛트의 일요일」,「투명한 바라이에티」를 포함, 대부분의 〈아메리카 시초〉의 시들을 통해 볼 때 박인환이 파악한 미국의 특징은 물질적인 풍요함이다. 그리고 그것은 그에게 동경의 대상임과 동시에 저항의 대상이 된다.

50여 년 전 박인환이 〈아메리카 시초〉를 통해 보여 준 이러한 면들이 현재의 우리 한국인에게도 여전히 유효하다는 점에 이 시들의 매력이 있다. 박인환은 〈아메리카 시초〉 이후 몇 편의 시를 더 쓴 후 사망함으로써 우리에게 민족주의의 올바른 방향을 제시하지는 못했다. 더구나 그의 〈아메리카 시초〉는 세간의 주목을 받지 못함으로써 민족 담론을 파급하는 데 영향을 미치지도 못했다. 그러나 식민지를 막 벗어난, 그리고 동족상잔의 전쟁을 치른 나라의 국민이 세계 자본주의 종주국 미국에서 느껴야 했던 동경과 열등감 사이의 긴장은 충분히 되짚어 볼 만한 것이라고 생각된다.

김종삼 시의 공간—
집·학교·병원에 대하여

1. 공간과 시정신

전후 한국 시사에서 독자적인 시세계를 구축한 사람의 하나로 김종 삼을 꼽을 수 있다. 김종삼은 1951년 「돌각담」을 발표하며 시단에 등 단, 1984년 타계할 때까지 32년간 시작 활동을 했다. 그 기간 동안 216편의 시를 남겼으니 그를 다작의 시인이라고 할 수는 없을 것이 다.[1] 그러나 그 시들을 통해 보여 준 그의 시세계는 분명 독특한 것이 었다. "현대시가 낳은 가장 완전도가 높은 순수시인"[2]이라는 평가나 "30년이 넘는 시작과정을 통하여 독특한 스타일의 시를 보여줌으로 써 다른 사람이 따를 수 없는 자기세계를 구축해 왔다"[3]는 평가는 모 두 김종삼 시의 독특성에 바쳐진 것들이라고 할 수 있다. "한국시에 있어 참으로 특이한 제작시의 반열에 그의 시가 놓인다"[4]는 말 역시 마찬가지이다. "가장 외딴 집이요, 가장 신비한 세계"[5]라는 평가는 비 유적이긴 하지만 김종삼의 시세계가 개성적이라는 점을 잘 나타내 주고 있다.

최근에 들어 김종삼에 대한 논의가 양적으로나 질적으로 풍부해지

고 있지만 연구자들 사이에 견해차는 많지 않은 편이다. 기법 면에서
는 묘사와 절제,[6] 잔상 효과,[7] 담화 체계상 청자의 부재,[8] 장면 제시의
기법[9] 등이 논의되어 왔고, 시정신으로는 비극적 세계 인식,[10] 인간 부
재 의식,[11] 초월적 낭만주의 혹은 환상적 초월의식,[12] 죽음에 대한 친
화감,[13] 불안 의식,[14] 죄의식[15] 등이 논의되었다. 용어는 조금씩 다르지
만 김종삼의 시세계를 예술 지상주의 혹은 비세속성,[16] 미학주의[17] 등
으로 규정하는 데는 연구자들 대부분이 동의하고 있다. 김종삼의 시
중 일부가 난해한 시로 의미 해독의 길을 쉽게 열어 주지 않음에도
불구하고 이렇게 논자들 사이에 이견이 적다는 것은 특이한 일이라
고 하겠다.

김종삼 연구에 새로운 관점을 제시한 글, 문제 제기적인 글을 들라
면 이숭원과 정상균의 것을 꼽아야 할 것이다. 이숭원은 김종삼의 시
를 인간 부재의 시, 실험적인 존재 부정의 시로 보는 관점에 반기를
든다. 그는 김종삼 시에 나타나는 죽음에 대한 인식 및 삶의 의미에
대한 성찰에 초점을 맞추어 논의를 전개하면서, 김종삼 시에 나타나
는 아름다움이 인간의 삶과 무관한 것이 아니라 우리들이 겪는 죽음
과 삶의 체험과 긴밀히 관련되어 있음을 강조하고 있다.[18] 정신분석
학의 방법을 원용하여 김종삼의 시세계를 분석한 정상균은 김종삼을
'희열'에 대한 형벌을 스스로 만들고, '수형受刑'의 자세 속에 그의
시의 특유의 경지를 제시해 보인 '운명의 시인'으로 평가한다.[19] 그
의 글에서 특히 탁월한 분석력을 보여 주는 부분은 김종삼 시에 드러
나는 '모순의 시관과 세계관'을 밝힌 부분이다. 여기서 그는 김종삼
이 시와 비시非詩, 시인과 비시인, 시를 아는 것과 시를 모르는 것, 아
름다운 곳과 전쟁터, 사랑과 죽음, 비행과 추락 등의 대극적인 정서
를 하나의 작품이나 진술 속에 병치시키는 버릇이 있음을 지적하고
있다.[20]

이 글에서는 기존의 연구들이 소홀히 하고 있는 김종삼 시의 이미지, 그중에서도 집·학교·병원 등의 공간에 주목하고자 한다.[21] 많은 수의 김종삼의 시들이 집·학교·병원의 이미지를 제시하고 있는데, '병원' 이미지가 그의 시에 드러나는 이유에 대해서는 그가 오랫동안 질병을 앓았다는 자전적 체험과 관련한 해석이 가능할 수도 있을 것이다. 그러나 그가 학생도 교사도 아니면서 '학교'를 소재로 한 시를 많이 썼다는 것을 생각해 볼 때 '병원'과 '집'의 의미도 달리 해석되어야 함을 알 수 있다. 이 글은 김종삼 시에 빈번히 드러나는 공간 이미지를 중심으로 작품 분석을 시도하지만, 궁극적인 목표는 그의 시세계의 특징을 밝히는 것이다. 한 시인의 시에 자주 드러나는 이미지는 그의 시정신과 불가분의 관계를 맺고 있기 때문이다.

2. 죽음에 대한 지향과 집

김종삼 시에 많이 나타나는 공간 중 하나가 바로 '집'이다. 초가집(「스와니江이랑 요단江이랑」, 「소리」), 삼칸초옥(「往十里」), 통나무집(「꿈의 나라」), 납작집(「새」), 초가집(「소리」), 판잣집(「虛空」), 목조건물(「연인」)에서부터 뾰죽집(「뾰죽집」), 방갈로(「샹펭」), 오두막(「라산스카」)에 이르기까지 그의 시에는 수많은 형태의 '집'이 등장한다. 그런데 이들 집은 대부분 '죽음'의 문제와 관련되어 있어 주목된다.

　①
　사면은 잡초만 우거진 무인지경이다
　사그마한 판자집 안에선 어린 코끼리가

옆으로 누운 채 곤히 잠들어 있다
자세히 보았다
15년 전에 죽은 반가운 동생이다
더 자라고 둬 두자
먹을 게 없을까

— 「虛空」

②
새로 도배한
삼칸초옥 한칸 房에 묵고 있었다
時計가 없었다
人力거가 다니지 않았다.

하루는
도드라진 電車길 옆으로 챠리 챠플린 氏와
羅雲奎 氏의 마라돈이 다가오고 있었다.
金素月 氏도 나와서 求景하고 있었다.

— 「往十里」 1, 2연

　　인용한 시 ① 「허공」에 나타나는 "판자집"은 "15년 전에 죽은 반가
운 동생"이 "잠들어 있"는 곳이다. '잠들다' 는 말은 '죽다' 는 말의
완곡어로 쓰이거니와, "판자집"은 죽은 동생이 잠들어 있는 곳이라
는 측면에서 '무덤' 의 이미지를 환기한다. 특히 "판자집"이 "사면은
잡초만 우거진 무인지경"에 위치해 있다는 것은 일반적으로 쉽게 가
지 않는 곳이라는 의미를 내포하고 있다고 해야 할 것이다. ②에서
화자가 거주하는 공간은 "삼칸초옥"이다. 이 집에 "시계가 없"다는

것은 시간의 흐름이 정지되었다는 것을 의미하며, "인력거가 다니지 않"는다는 것은 사람의 통행이 없다는 것을 의미하는 것으로 보아야 할 것이다. 이 삼칸초옥에 "묵고" 있는 화자의 보다 특징적인 면은 "챠리 챠플린," "나운규," "김소월" 등 이미 사망한 사람들이 "마라 돈"을 하거나 "구경"을 하는 것을 본다는 것이다. 시간의 흐름이 없고, 산사람의 통행도 없으며 죽은 사람들이 지나다니는 곳을 애기하는 것으로 보아 이 시의 화자가 묵고 있는 "삼칸초옥"은 죽음과 밀접한 관련이 있음이 분명해진다. 특히 "초옥"이라는 말은 풀로 만들어졌다는 측면에서 무덤의 봉분의 분위기를 환기한다. 위의 시 ①, ② 모두에서 '집'은 사람이 다니지 않는 곳에 위치해 있으며 '풀'(잡초, 초옥)과 관련되어 있어 '집'과 '무덤'의 연관성을 입증해 주고 있는 것이다. 원형적 측면에서 무덤은 "지하의 주거지underworld dwelling"[22]로 이해된다. 김종삼 시에 '집'의 이미지가 많이 등장하는 것은 그의 무덤 지향, 더 크게는 죽음 지향과 관계가 있는 것으로 판단된다.

또 언제 올지 모르는
또 언제 올지 모르는
새 한 마리가 가까이 와 지저귀고 있다.
이 세상에선 들을 수 없는
고운 소리가
천체에 반짝이곤 한다.
나는 인왕산 한 기슭
납작집에 사는 산사람이다.

— 「새」

이 시의 화자는 자신을 "인왕산 한 기슭/납작집에 사는 산사람"으로 표현하고 있다. 그런데 이 "납작집"은 "이 세상에선 들을 수 없는/ 고운 소리"가 들리는 곳이라는 측면에서 '죽음'과 관련되며, 상징적 으로도 '새'는 "영혼의 상징"[23]으로 알려져 있다. 이 세상에서 들을 수 없는 소리라면 저세상에서 울려오는 소리라고 보아야 할 것인데, 이 시의 화자는 그것을 듣고 있는 상황이므로 죽은 상황이라고 보는 것이 자연스럽다. "나는 인왕산 한 기슭/납작집에 사는 산사람이다" 라는 표현은 자신을 죽은 것으로 보는 상태에서만 가능한 것이다. 앞 에서 인용한 시 「허공」과 「왕십리」에 나타나는 집과 마찬가지로 시 「새」에서의 '집' 역시 "인왕산 한 기슭," 즉 사람이 잘 다니지 않는 곳에 위치해 있으며, 산기슭에 있다는 점에서 '풀'과 관련되어 있다. 그런데 여기서 보다 더 중요한 문제는 화자가 자신을 이미 죽은 사람 처럼(무덤 속에 있는 사람처럼) 얘기하고 있다는 것이다. 그리고 그 죽음이 어둡고 부정적인 것으로 그려지지 않고 긍정적인 모습으로 나타나고 있다는 것이다. 「새」에서 화자는 저세상에서 들려오는 소 리를 "고운 소리"로 표현하고 있으며 그것이 "천체에 반짝이곤 한 다"라고 말한다. 이렇게 '죽음'이 비극적인 색채를 띠지 않는다는 것 은 김종삼 시의 중요한 특질을 이룬다. 물론 '죽음'을 통해 '인간의 비정함'[24]을 보여 주는 「掌篇·1」, 「民間人」, 「西部의 여인」 같은 시 들이 존재하기는 한다.[25] 그러나 '죽음'이 인간의 삶의 모습의 일부 가 아니라 시인 자신의 문제가 될 때, 그것은 그가 지향하는 세계의 모습으로 나타난다.

①
무척이나 먼

언제나 먼

스티븐 포스터의 나라를 찾아가 보았다

조그마한 통나무집들과
초목들도 정답다 애뜻하다
스티븐을 찾아다니고 있었다
같이 한 잔 하려고.

― 「꿈의 나라」

②
어느 산록 아래 평지에/널찍한 방갈로 한 채가 있었다/사방으로
펼쳐진/잔디밭으론/가즈런한/나무마다 제각기 이글거리는/색채를
나타내이고 있었다//세잔느인 듯한 노인네가/커피 칸타타를 즐기
며/벙어리 아낙네와 손짓으로/대화를 나누고 있었다/가까이 가 말
참견을 하려 해도/거리가 좁히어지지 않았다.

― 「샹펭」

위의 두 시는 모두 화자의 '죽음 지향'을 보여 준다. ①에서 화자
는 "스티븐 포스터"가 사는 "통나무집"을, ②에서는 "세잔느인 듯한
노인네"가 사는 "방갈로"를 방문하려고 한다. 시 ①에서 화자는 "스
티븐 포스터"와 "같이 한 잔 하려고"하며, ②에서는 세잔느인 듯한
노인네와 벙어리 아낙네의 대화에 끼어들고자 한다. 같이 한 잔 한다
거나 대화에 끼어든다는 것은 격이 없이 친한 사이에서 가능한 것이
므로, 화자의 이러한 시도에는 스티븐 포스터나 세잔느와 같은 처지
에 놓이고 싶다는, 즉 죽고 싶다는 소망이 반영된 것으로 이해될 수
있을 것이다. 위의 두 시에서 화자가 죽음을 지향하고 있다는 것은

화자가 묘사하고 있는 집과 집 주변의 분위기를 통해서도 확인할 수 있다. ①에서 화자는 "스티븐 포스터의 나라"를 "조그마한 통나무집들과/초목들도 정답다 애틋하다"고 하여 긍정적인 곳으로 그려내고 있다. ②에서 "세잔느인 듯한 노인네"가 사는 "방갈로" 역시 "평지," "널찍한," "사방으로 펼쳐진/잔디밭," "가즈런한/나무" 등의 시어가 환기하는 정서에 의해 긍정적인 공간으로 묘사되고 있다. 특히 "방갈로"는 "커피 칸타타"를 즐길 수 있는 곳이라는 측면에서 화자에게 편안한 곳으로 인식되고 있음을 알 수 있다. 위의 두 시에서 왜 하필이면 "스티븐 포스터"나 "세잔느" 같은 예술가가 등장하는가에 대해서는 이미 많은 연구자들이 정확히 지적한 것처럼, 이들이 "절대순수, 절대가치의 미적 세계를 표상"[26]하며, "일상적 세계와는 다른 순수한 삶의 표상"[27]이기 때문이라는 설명이 가능할 것이다. 여기서 인용한 시 외에도 「꿈 속의 향기」, 「라산스카」, 「샹뼁」에는 죽음으로서의 집(기와집, 오두막, 스카이 라운지)과 죽은 예술가(김소월, 라산스카, 로트렉ㄲ)가 함께 나타나고 있다. 이것은 김종삼이 죽음을 지향하는 것이 순수 예술에 대한 경사와도 관련이 있음을 보여 주는 것이라고 하겠다.

3. 평화에 대한 염원과 학교

김종삼 시에 나타나는 또 다른 특징적인 공간의 하나는 '학교'이다. '학교'는 일차적으로는 배움의 장소이고 유년 시절의 많은 시간을 보낸 소중한 장소이기도 하다. 그런데 김종삼의 시에는 유년의 기억과 관련해서 학교를 떠올리는 경우는 물론이고 현실의 삶과 학교를 병치시키는 모습을 보여 주는 것들도 많다. 그의 시에서 '학교'는 유년 시절에 대한 기억 이상의 의미를 지니고 있는 것이다. 김종삼의 두 번째 시집은 "시인학교"라는 제목을 가지고 있다. 이 시집에 실린 같은 제목의 시를 분석하는 것에서부터 '학교에' 대한 논의를 시작해 보자.

> 公 告//오늘 講師陣//음악 部門/모리스 라벨/미술 部門/폴 세잔느//시 部門/에즈라 파운드/모두/缺講.//金冠植, 쌍놈의새끼들이라고 소리지름. 持參한 막걸리를 먹음. 敎室內에 쌓인 두터운 먼지가 다정스러움.//金素月/金洙暎 休學届/全鳳來/金宗三 한 귀퉁이에 서서 조심스럽게 소주를 나눔. 브란덴브르그 협주곡 제五번을 기다리고 있음.//校舍./아름다운 레바논 골짜기에 있음.
>
> ─「詩人學校」

화자가 "시인학교"라고 이름한 이 학교는 강사와 학생이 독특한 구성원들로 이루어져 있으며 교사校舍의 위치 또한 특이하다는 점에서 일반적인 학교와는 달리 생각해야 한다는 것을 알 수 있다. 이 학교에서 강의를 하기로 되어 있는 사람은 모리스 라벨, 폴 세잔느, 에즈라 파운드 등 각각 음악, 미술, 시의 대가들이다. 그리고 김관식, 김수영, 전봉래, 김종삼 등의 시인들이 "시인학교"를 다니는 것으로 되어 있다. 이 학교는 강사진이 "모두/결강"하고 교실 내에 두터운 먼지가 쌓여 있음에도 불구하고 따뜻하고 평화로운 분위기를 풍긴다. 교실 내에 쌓인 먼지를 다정스럽게 바라보는 화자의 시선이나 학생들이 막걸리나 소주를 "지참"하고 다니는 자유로운 분위기 때문일 것이다. "金冠植, 쌍놈의새끼들이라고 소리지름"이라는 표현이 강사들의 결강에 대한 격렬한 항의로 느껴지기보다는 김관식의 성격의 일면을 보여 주는 것으로 느껴지는 것도 이 시를 평화로운 분위기로 만드는 데 기여한다.

이 시에는 시인들이 모여 음악, 미술, 시를 배우면 좋겠다는 시인의 소망이 일차 반영되어 있을 것이다. 그런데 왜 시인은 학교를 "레바논 골짜기"에 위치시킨 것일까? 레바논은 1943년 독립 이후 기독교도와 이슬람교도 사이의 정권 쟁탈을 위한 갈등과 대립이 계속되어 왔으며, 특히 1970년에는 팔레스타인 게릴라들과 이스라엘의 무장 투쟁을 비롯 국가 전역이 내전에 휩싸여 있었다. 정상균의 적절한 지적처럼, 이 학교의 강사나 수강자들이 레바논과 특별히 인연이 있지 않은데도 불구하고 시인은 전쟁이 나서 폐허가 되어 있을 곳에 시인 학교를 건설하고 있는 것이다. 여기에는 "레바논 골짜기"에 예술가들이 모여서 음악과 미술과 시를 얘기했다면 그런 비극이 일어나지 않았을 것이라는 화자의 생각이 개입되어 있다고 판단된다. 그리고 굳이 '학교'라는 장소에 그 예술가들을 모아놓은 것은 시인의 의식 속에 '학교'는 평화로운 곳으로 자리 잡고 있기 때문일 것이다.[28] 비극의 현장에 학교를 놓는 것은 이 때문이다. 이렇게 역사적인 참상이 있는 곳과 학교를 병치시키는 방식은 시 「아우슈뷔츠」에도 나타난다.

> 어린 校門이 보이고 있었다
> 한 기슭엔 雜草가
>
> 죽음을 털고 일어나면
> 어린 校門이 가까웠다.
>
> 한 기슭엔

如前 雜草가,

아침 메뉴를 들고

校門에서 뛰어나온 學童이

學父兄을 반기는 그림처럼

복실 강아지가 그 뒤에서 조그맣게 쳐다보고 있었다

아우슈뷔츠 收容所 鐵條網

기슭엔

雜草가 무성해 가고 있었다

— 「아우슈뷔츠」 부분

　이 시는 1, 2로 되어 있는데, 인용한 부분은 1이다. 의미가 모호한 부분이 많이 있음에도 불구하고 "아우슈뷔츠" 수용소 기슭의 잡초와 교문 기슭의 잡초의 병치만은 분명히 드러나 있다. "아우슈뷔츠 수용소 철조망/기슭"에 "잡초가 무성해 가고" 있는 것과 "어린 교문" 기슭의 잡초 사이에 어떤 연관이 있는지를 찾아내기 쉽지 않음에도 불구하고 학교(교문)가 긍정적인 기능을 지니고 있음을 확인하는 것은 어렵지 않다. 2연에서 보는 것처럼 "죽음을 털고 일어나면" 더 가깝게 느껴지는 곳이기 때문이다. 3연에서 보여 주는 학교 교문과 관계된 정경 역시 따스하고 평화롭다. "아침 메뉴를 들고/교문에서 뛰어나온 학동이/학부형을 반기는 그림처럼/복실 강아지가 그 뒤에서 조그맣게 쳐다보고 있"는, 그야말로 "어린" 시절 학교에서 벌어질 만한 풍경을 묘사하고 있는 것이다. 이 시에서도 아우슈비츠라는 비극의 장소에 학교를 위치시키고 있으며, 이 학교는 화자의 평화에 대한 염원을 담고 있음을 확인할 수 있다. 특히 인용하지 않은 "2"에서 화자는 "이 무리들은 제네바로 간다 한다"는 표현을 하고 있는데, '제네바'는 '평화로운 곳'의 환유로 보아야 할 것이다. '제네바'는 전쟁으로 인한 희생자 보호를 위한 국제 조약인 제네바 협약이 이루어진 곳이며, 군축 회의가 이루어진 곳이기 때문이다.

위의 두 시를 통해 김종삼 시에 나타나는 '학교'는 레바논, 아우슈비츠의 비극에 대한 안타까움과 평화에 대한 염원을 담고 있는 곳으로 쓰이고 있는 것을 확인한 셈이다. 이렇게 학교를 이상적인 공간으로 생각하는 것은 김종삼에게 있어 매우 특징적인 면이라고 하겠다. 그의 다른 시들을 통해서도 학교가 평화롭고 따뜻한 공간으로 인식되고 있음을 알 수 있다.

五학년 一반입니다.
저는 교외에서 살고 있기 때문에 저의 학교도 교외에 있읍니다.
오늘은 운동회가 열리는 날이므로 오랜만에 즐거운 날입니다.
북치는 날입니다.
우리 학군
높은 포플라 나무줄기로 반쯤 가리어져 있읍니다.
아까부터 남의 밭에서 품팔이하는 제 어머니가 가물가물하게 바라다보입니다.
운동 경기가 한창입니다.
구경온 제또래의 장님이 하늘을 향해 웃음지었읍니다.
점심때가 되었읍니다.
어머니가 가져 온 보자기 속엔 신문지에 싼 도시락과 삶은 고구마 몇 개와 사과 몇 개가 들어 있읍니다.
먹을 것을 옮겨 놓는 어머니의 손은 남들과 같이 즐거워 약간 떨리고 있읍니다.

어머니가 품팔이하던

밭 이랑을 지나가고 있었읍니다. 고구마 이삭 몇 개를 주워 들었
읍니다.

어머니의 모습은 잠시나마 하나님보다도 숭고하게 이 땅 위에 떠
오르고 있었읍니다.

이제 구경왔던 제또래의 장님은 따뜻한 이웃처럼 여겨졌읍니다.

— 「五학년 一반」

「5학년 1반」이라는 제목으로 되어 있는 이 시는 초등학교 운동회
를 소재로 하고 있는데, 여기서 학교는 사람들에게 "오랜만에 즐거운
날"을 제공하는 곳으로 제시되어 있다. 보다 구체적으로 얘기하자면,
가난한 사람이나 신체에 장애가 있는 사람도 모두 즐거워할 수 있고
웃을 수 있는 곳으로 나타나고 있는 것이다. "남의 밭에서 품팔이하
는" 어머니조차도 이 날은 점심 때 "도시락과 삶은 고구마 몇 개와
사과 몇 개"를 보자기에 싸서 아들(화자)의 운동회에 참석한다. 화자
의 "어머니의 손"이 "남들과 같이 즐거워 약간 떨리고 있"다는 것은
이렇게 잠시나마 품팔이하던 일을 놓고 아들에게 점심 도시락을 가
져다줄 수 있다는 즐거움의 표현이다. 이 학교 운동장은 이렇게 고단
한 삶을 잠시 잊게 하는 운동장이며, 신체 장애를 지닌 장님조차 "따
뜻한 이웃으로 여겨"지게 하는 곳이다. "구경온 제또래의 장님"이라
고 표현한 것으로 보아 이 장님은 화자와 비슷한 나이로 정상적으로
학교에 다닌다면 5학년쯤 되었겠지만 학교를 다니지 못하는 상황임
을 알 수 있다. 그러나 운동회날 만큼은 장님 아이도 학교로 와 맘껏
웃으며 운동회를 즐길 수 있는 것이다. 이렇게 「5학년 1반」에서 학교
는 가난한 사람도, 장애를 가진 사람도 다같이 즐거울 수 있는 평화
의 공간으로 그려지고 있는 것이다.

가난한 사람도 "남들과 같이" 즐거워할 수 있으며 상애를 가진 사

람도 "따뜻한 이웃으로 여겨"지는 '학교' 같은 공간이 전 세계로 확대될 때, 세상은 전쟁이나 폐허 대신 평화가 넘치는 곳이 될 것이다. 김종삼의 시에서 학교가 등장하는 것은 바로 그런 세상에 대한 염원을 보여 주는 것이라고 할 수 있다.

> 걷고 있다 어느 古宮 담장옆을
>
> 옛 고향땅
> 녹음이 짙어가던 崇實中學과
> 崇實專門 校庭과
> 崇義女高 뜨락
> 장미 꽃포기들의 사이 길을
>
> 흰 구름 떠 있던
> 光成高普
> 正義女高 담장옆을
>
> 酒岩山 그림자가 드리워진
> 대동강 상류쪽을
>
> 또 어디였던가.
>
> ― 「또 어디였던가」

이 시는 5연 12행으로 되어 있는데, 이 짧은 시에 학교 이름이 다섯 가지나 나오고 있다. 여기서 학교 이름 하나하나의 의미를 짚어보는 일은 별로 의미가 없을 것 같다. 다만 화자가 거론하고 있는 학교가 지니는 정서가 어떠한 것인지는 자세히 살펴보아야 할 것이다. 화자는 자신의 현재 상황을 "걷고 있다"란 말로 압축해 버린 후 특정한 장소들을 기억해 내려고 애쓴다. 그런데 화자가 기억해 낸 장소는 숭실중학, 숭실전문, 숭의여고, 광성보고, 정의여고 등의 학교이다. 화자가 왜 이러한 학교들을 떠올리는지에 대한 정보를 위의 시는 충분히 전달하고 있지 않다. 그러나 화자의 회상의 목적이 고향에 있는 학교를 떠올리는 것이 아님은 분명하다. 5연에서 "주암산 그림자가 드리워신 대농강 상류쪽을"이란 표현을 하고 있는 것으로 보아 화자의 관심이 학교에 국한되지 않는다는 것을 확인할 수 있기 때문이다. 화자가 회상하는 장소는 모두 평화로운 분위기를 지니고 있다는 특징을 지닌다. 학교를 수식하는 "녹음이 짙어가던," "흰 구름 떠 있던" 등의 수식어와 "장미 꽃포기들의 사이 길"이라는 명사구가 그것을 증명한다. 현재 상황은 감춘 채 과거의 특정 장소, 그것도 평화로운 장소들만을 떠올리는 것은 현재의 삶이 만족스럽지 못하다는 의미도 될 것이다. 어쨌든 이 시는 화자가 생각하는 가장 평화로운 공간이 학교라는 점을 가장 분명하게 보여 주고 있다고 하겠다.

4. 병원과 성자적 자세

김종삼에 대한 연보가 확실히 정리되어 있지 않은 상황이어서 정확히 알 수는 없지만, 여러 연구자들의 글을 살펴보면 그가 죽기 전 10여 년간 병을 앓았으며 병원 신세를 진 적도 많다는 것을 알 수 있다.[29] 이러한 병원 체험은 그의 시에도 그대로 반영되어 병원, 혹은 병을 소재로 한 많은 시를 단생시킨다.「무슨 曜日일까」,「掌篇 · 4」,

「평범한 이야기」, 「앞날을 향하여」, 「투병기」, 「오늘」 등이 그러한 시이다. 그러나 병원과 관련된 이 시들을 전기적 사실과 관련해서 이해하는 것만으로는 부족하다. 앞 장에서 필자는 김종삼 시에 '학교'라는 공간이 자주 나타나며 이것은 그의 평화 지향과 관계 있다는 설명을 했다. 김종삼은 학생이나 선생의 신분이 아니면서도 '학교' 이미지를 시에 자주 차용하고 있는 것이다. 따라서 '병원'에 대해서도 다른 각도에서의 해석이 필요함을 알 수 있다.

①
나는 입원하여도 곧 죽을 줄 알았다.
십여 일 여러 갈래의 사경을 헤매이다가 살아나 있었다.
…(중략)…
한 아낙과 어린것을 안은 여인이 나를 유심히 보고 있었다. 나는 냉큼 손짓으로 인사하였다.
…(중략)…
산소 호흡 마스크를 입에 댄 채 이틀이 지나며 산소호흡기 사용료는 한 시간에 오천 원이며 보증금은 삼만 원 들여 놓았다며
팔려고 내놓은 판자집이 팔리드래도 진료비 절반도 못 된다며, 살아나 주기만 바란다고 하였다.
…(중략)…
가망이 없다는 통고를 받았다는 것이다.
그이가 생존할 때까지 돈이 아무리 들어도
그이에게서 산소 호흡기를 떼어서는 안 된다고 조용히 조용히 말하고 있었다.
되풀이 하여 조용히 조용히 말하고 있었다.

― 「앞날을 향하여」

②

　　작년 1월 7일/나는 형 종문이가 위독하다는 전달을 받았다/추운 새벽이었다/골목길을 내려가고 있었다/허술한 차림의 사람이 다가왔다/한미병원을 찾는다고 했다/그 병원에서 두 딸아이가 죽었다고 한다/부여에서 왔다고 한다/연탄가스 중독이라고 한다/나이는 스물 둘, 열 아홉/함께 가며 주고받은 몇 마디었다/시체실 불이 켜져 있었다/관리실에서 성명들을 확인하였다/어서 들어가 보라고 한즉/조금 있다가 본다고 하였다.

— 「장편」

　　위에서 인용한 시는 모두 병원과 관련된 내용을 보여 주고 있다. 더 정확히는 병원에서 만난 사람들에 대한 화자의 연민을 보여 주고 있다고 해야 할 것이다. 시 ①의 경우는 화자 자신이 병원에 입원한 환자로 설정되어 있지만, 화자가 관심을 갖고 있는 것은 자기보다 더 딱한 처지에 놓인 다른 환자다. 화자는 "십여 일 여러 갈래의 사경을 헤매이다가 살아나," "시체실 주위를 배회하거나/죽어가는 사람의 침대 옆에 가 죽어가는 얼굴을 들여다보"거나 "특별치료 병동 중환자 보호자 대기실에 놀러가곤" 하면서 시간을 보낸다. 화자의 이러한 행동은 병든 사람으로서 미리 죽음에 익숙해지려는 노력 이상의 의미가 들어 있는 것으로 보인다. 화자가 "마실을 다니"면서 특히 주목하게 된 사람은 산소 호흡 마스크를 쓰고 있는 남편을 살려보려고 애쓰는 한 '여인'이다. 화자가 이 여자를 "만날 때마다 반"기며 "십구일 동안이나 의식불명이 되었다가 살아난 사람도 있는데 밀 그러느냐고" 하면서 위로하는 이유는 화자가 이 여자의 가난과 착한 심성에 끌리고 있기 때문이다. 이 여자는 "팔려고 내놓은 판자집이 팔리드래도 진료비 절반도 못" 되는 상황이며, 결국은 "가망이 없다는 통고를 받"았지만 "그이가 생존할 때까지 돈이 아무리 들어도/그이에게서 산소 호흡기를 떼어서는 안 된다고" 생각하는 가난하고도 착한 사람이다. ②의 경우도 사정은 비슷하다. "형 종문이가 위독하다는 전달을 받"고 병원에 가는 도중 "한미병원을 찾는다"는 사람을 만난다. 그 사람은 스물둘, 열아홉 먹은 딸을 연탄가스 중독으로 잃었다고 한다. 그 사람이 부여에서 왔다는 것으로 보아 두 딸은 부모와 떨어져 서울에서 살다가 변을 당한 것임을 알 수 있다. 화자는 위독하다는 형에게 먼저 가보기보다 그 남자와 함께 시체실에 가보고 관리실에서 성명을 확인하는 일까지 지켜봐 준다. 화자가 이 남자를 쉽게 떠나지 못하고 "어서 들어가 보라고" 말하는 것은 이 남자의 "허술한 차림"과도 관련이 있을 것이다.

위의 두 시를 포함해서 김종삼 시에 나타나는 병든 사람들, 또 그들의 보호자들은 거의 대부분이 가난하지만 착한 사람들이다.「이 짧은 이야기」에 나오는 "세상 욕심이라곤 없는 불치의 환자처럼 생존하여 갔다"는 구절로 미루어 김종삼에게 있어 '가난'은 '세상 욕심 없는 것'과 등가의 의미로 이해되고 있는 것으로 판단된다. 그리고 김종삼은 그러한 사람들에게 동정 이상의 반응을 보인다. 인용하지 않은 시「시체실」에서는 "시립 무료병실"에서 '10여 년간 기거하고 있는 여동생'을 "하느님의 딸"이라고까지 표현한다. 김종삼이 이렇게 가난한 병자들에게 관심을 보이는 이유는, 이 세상이 이렇게 착하고 가난하게 사는 사람들은 병들게 만든다고 판단하기 때문이다. 여기서 더 나아가 김종삼은 이러한 사람들을 위해 기꺼이 봉사하겠다는 태도를 보여 주고 있다.

나는
밋숀 병원의 圓柱처럼

주님이 꽃 피우신 울타리

지금 너희들 가난하게
생긴 아기들의 많은
어머니들에게도 그랬거니와
柔弱하고도 아름답기 그지 없음은 짓밟혀 갔다고 하지만

지혜처럼 사랑의
먼지로서 말끔하게 가꾸어진
자그마하고도 거룩한
생애를 가진 이도 있다고 하잔다.

(1연 생략)

제각기 色彩를 기다리고 있는 새싹이 트이는 봄이 되면 너희들의
부스럼도 아물게
되면
나는
밋숀 병원의 늙은 간호부라고 하여 두잔다

— 「마음의 울타리」

위의 시는 두 가지 측면에서 주목을 끈다. 하나는 "유약하고도 아름답기 그지 없음은 짓밟혀 갔다"는 진술이고, 다른 하나는 자신을 "주님이 꽃 피우신 울타리," "밋숀 병원의 늙은 간호부"로 비유하는 것이다. "유약하고도 아름답기 그지 없음"이 짓밟힌다는 것은 "밋숀 병원," "간호부" 등이 등장하는 이 시의 문맥으로 보아 병드는 것

과 유사한 상황이라고 하겠다. 화자는 이러한 상황이 "많은 어머니들에게도 그랬거니와"라고 하여 거의 당연한 사실로 받아들이고 있다. 그리고 특히 "가난하게/생긴 아기들의 많은/어머니들에게도" 그런 일이 일어났다고 하여 '가난'을 강조하고 있다. 앞에서 인용한 시 「앞날을 향하여」, 「장편」에서 화자가 병든 사람들, 혹은 그 가족을 위로하듯이 위의 시 「마음의 울타리」에서도 화자는 병든 사람들을 위해 기꺼이 '마음의 울타리'가 되어 주고자 한다. 화자는 이 '울타리'를 "주님이 꽃 피우신" 것이라고 하여 신성한 의미까지 부여하고 있는 것이다.

"유약하고도 아름답기 그지 없음은 짓밟혀" 버리는 것이 당연하다는 생각, 즉 가난하고 착하게 사는 사람은 살기 어려운 세상이라는 생각은 김종삼이 맘에 맞지 않는 현실을 견디는 한 방법이 되었을 것이다. 「드빗시 山莊」, 「고장난 機體」, 「걷자」, 「그럭저럭」, 「난해한 음악들」 등의 시는 김종삼이 '돈'을 버는 일을 포함해 현실적인 삶의 문제들에 적응하기 얼마나 힘겨워 했는지 잘 보여 준다. 자신이 병들어 있다는 것은 어떤 면에서 김종삼의 자부심의 일면을 형성하게 된다. 그에게 있어 병이 들었다는 것은 착하고 아름답게 살고 있다는 증거이며, 나아가 신성하게 살고 있다는 의미도 되기 때문이다.

　　머지 않아 나는 죽을거야
　　산에서건
　　고원지대에서건
　　어디메에서건
　　모짜르트의 플루트 가락이 되어
　　죽을거야
　　나는 이 세상엔 맞지 아니하므로

병들어 있으므로

머지 않아 죽을거야

끝없는 평야가 되어

뭉게 구름이 되어

양떼를 몰고 가는 소년이 되어서

죽을거야

— 「그날이 오며는」

이 시는 비교적 단순한 구조로 되어 있는데, 네 번이나 반복되는 "죽을거야"를 중심으로 의미상의 단락을 구분해 볼 수 있을 것이다. 첫 번째 단락에서는 자신이 죽을 것이라는, 그것도 머지않아 죽을 것이라는 대전제를 내놓는다. 그리고 두 번째 단락에서는 자신이 죽을 장소와 죽을 방식에 대해 얘기하며, 세 번째 단락에서는 자신이 "머지 않아" 죽을 수밖에 없는 이유에 대해 설명한다. 여기서 화자가 죽을 것이라고 생각하는 이유에 대해서는 각별히 주목할 필요가 있다. 화자는 자신이 "이 세상에 맞지 아니하"며, "병들어 있"기 때문에 죽을 것이라고 말한다. 이 세상에 맞지 않다는 것, 병들어 있다는 것은 일면 현실에 대한 패배의식으로 읽히지만 조금 달리 생각해 보면 이것은 화자의 긍지와 관련되어 있는 것임을 알 수 있다. 이 세상에 맞지 않아 곧 죽게 될 것이라는 말에는, 죽은 뒤의 세상이야말로 자기에게 맞는 세상일 것이라는 기대가 들어 있다. 그리고 화자에게 그러한 세상을 앞당겨주는 것이 바로 자신이 병들어 있는 상황이다. 그러니까 이 시의 화자가 겪고 있는 병은 자신에게 맞지 않는 세상을 억지로 살아가느라고 생긴 것으로 보아야 할 것이다. 화자에게 있어 '죽음'은 자신에게 맞는 세상으로 가는 것이며 병을 치유하는 것이다. 그러나 화사의 '죽음'에 대한 기대는 여기서 끝나지 않는다. 이 시의 의미상의 네 번째 단락에서 화자는 "그날"의 자신의 모습을 "양떼를 몰고 가는 소년," 즉 예수에 비유하고 있다.[30] 신약성서에서 예수는 선한 목자에 비유되고 있으며, 이 선한 목자는 양들을 위하여 목숨을 버리는 것으로 되어 있다.[31] 위에서 인용한 시「앞날을 향하여」,「장편」,「마음의 울타리」 등에서 보여 주는 것처럼 이 시에서도 자신이 병들어 있음에도 불구하고 다른 사람들을 돌보겠다는 의지를 보여 주고 있는 것이다. 이때의 의지는 영웅 의식, 우월 의식에서 나온 것이라고 할 수 있다.[32] 이 시가 자신의 죽음에 대해 노래하면서도 평화롭고 아름다운 분위기를 유지할 수 있는 것은 바로 이러한 의식이 바탕에 깔려 있기 때문일 것이다.

5. 결론: 죽음과 평화의 시학

한 시인의 시에서 특정한 이미지가 반복되어 나타난다면, 이 이미지들은 그 시인의 의식과 밀접한 관계를 맺고 있는 것이라고 보아야 할 것이다. 김종삼의 시에는 집, 학교, 병원의 이미지가 자주 등장한다. 이 글은 이 이미지들을 중심으로 김종삼 시의 특징을 분석해 본 것이다.

김종삼 시에 나타나는 집들(초가집, 삼칸초옥, 통나무집, 납작집, 판자집, 뾰죽집, 방갈로, 오두막) 등은 모두 '죽음'과 관련되어 있다. 그 집들은 대부분 사람이 잘 다니지 않는 곳에 위치해 있으며 식물 이미지로 둘러싸여 있다는 점에서 '무덤'의 표상으로 이해된다. 원형적 측면에서도 '무덤'이 '지하의 주거지'로 이해되어 왔다는 점에 미루어볼 때, 김종삼 시에 집의 이미지가 많이 등장하는 것은 그가 죽음을 지향하고 있는 것임을 알 수 있다. 김종삼 시에 등장하는 '집'들의 특징적인 면은 크게 두 가지로 나누어 볼 수 있겠는데, 하나는 그곳이 따뜻하고 아름다운 곳으로 그려져 있다는 것이고, 다른 하나는 그곳에 주로 순수 예술가들(스티븐 포스터, 세잔느, 김소월, 라산스카, 로트렉끄 등)이 산다는 점이다. 이것은 그가 죽음의 세계를 지향하는 것이 순수 예술에 대한 경사와도 관련이 있음을 입증한다.

김종삼 시에 나타나는 또 하나의 특징적인 공간은 '학교'이다. 「시인학교」, 「아우슈뷔츠」 등의 시에서 '학교'는 레바논, 아우슈비츠 등 역사적인 비극이 자행된 곳에 위치한다. 이것은 그의 평화 지향성을 보여 주는 것이라고 하겠다. 김종삼에게 있어 학교는, 「5학년 1반」에서 볼 수 있는 것처럼, 가난한 사람도 장애를 가진 사람도 다같이 즐거울 수 있는 평화의 공간이기 때문이다.

왜 김종삼 시에 '병원' 이미지가 많이 등장하는가에 대해서는 그의 개인적 이력과 관련한 대답, 즉 오랜 투병 생활을 했다는 것이 가장 손쉬운 대답이 될 것이다. 그러나 그가 '병원'과 관련해서 보여 주는 의식은 매우 독특하다고 할 수 있다. 그의 시에서 병든 사람은 거의 대부분이 가난하지만 착한 사람들로 나타나고 있다. 그리고 이 사람들이 병든 이유는 "유약하고 아름답기 그지 없"이 살기 때문이라고 생각한다. 그런 사람들은 "이 세상에 맞지 아니하므로/병들어 있"을 수밖에 없다. 그러니까 김종삼에게 있어 병원은 "세상 욕심 없는 사람들"이 모이는 곳이라고 할 수 있다. 그러한 사람들에 대해 보여 주는 김종삼의 태도는 성자적 자세와 거의 흡사한 것이다.

이렇게 집, 학교, 병원으로 구분하여 김종삼의 시세계를 요약해 보았지만, 이 세 가지 공간들은 다시 하나의 의미망으로 묶일 수 있을 것이다. '학교'와 '병원'도 넓게는 '집'에 속한다. '집'이 '죽음'과 관계된다는 것은 이 글의 2장에서 자세히 밝힌 바 있는데, '병원'도 곧 죽을 사람들이 모여 있는 곳이라는 측면에서 죽음과 관련된다. '학교'는 김종삼이 평화의 공간으로 제시한 곳인데, 그에게 있어 평화는 죽음과 다르지 않다. 이 세상은 병든 사람, 즉 "유약하고 아름답기 그지 없"는 사람들이 살아가기에는 알맞지 않은 곳이기 때문에 '다른 세상'(죽음)을 지향하게 되는 것이다. 이렇게 볼 때 죽음과 평화에 대한 회구, 그것이 김종삼 시의 기저를 이루고 있다고 보아도 좋을 것이다.

주

1. 〈오이디푸스 콤플렉스〉를 통해서 본 김수영, 박인환, 김종삼의 시세계

1. 김현승, 「김수영의 시적 위치」, 황동규 편, 『김수영의 문학』, 민음사, 1983, 35쪽.

2. 박현수, 「전후 세계의 비전과 검은 '역사의 천사'」, 문승묵 편, 『사랑은 가고 과거는 남는 것』, 예옥, 2006, 567쪽.

3. 황동규, 「잔상의 미학」, 『김종삼 전집』, 청하, 1988, 254쪽.

4. Sigmund Freud, *Three Essays on the Theory of Sexuality*, James Starchey et., trans, The Standard Edition of the Complete Psychological works of Sigmund Freud, vol. V, London: The Hogarth Press, 1975. vol.7, pp. 125-245(p. 226n). 이하 이 책은 SE로 표기하기로 한다.

5. 로버트 M 영, 이정은 역, 『오이디푸스 콤플렉스』, 이제이북스, 2002, 7-8쪽.

6. Sigmund Freud, 앞의 책, 같은 곳.

7. 로버트 M. 영은 "오이디푸스 콤플렉스는 무의식 개념 및 투사적 동일시 개념과 더불어 정신분석학의 가장 유용한 세 가지 개념 가운데 하나에 속한다"(로버트 M. 영, 앞의 책, 78쪽)고 하였다. 라캉도 이 〈오이디푸스 콤플렉스〉를 무의식에서 중심적인 콤플렉스로 간주했을 뿐만 아니라 세 가지 '가족 콤플렉스'(이유 콤플렉스, 침입 콤플렉스, 오이디푸스 콤플렉스) 중의 마지막이자 가장 중요한 것이라고 주장하였다 (Dylan Evans, *An Introductory Dictionary of Lacanian Psychoanalysis*, London and New York: Routledge, 1996, 264쪽).

8. 위의 책, 264-76쪽.

9. 장 벨맹-노엘, 최애영 · 심재중 역,『문학 텍스트의 정신분석』, 동문선, 2001, 58쪽.

10. Sigmund Freud, *The Interpretation of Dream*, SE, vol. 4 and 5, p. 262.

11. 위의 책, pp. 262-3.

12. Sigmund Freud, "Preface to Reik's Ritual: Psycho-Analytic Studies," vol. 17, pp. 256-63(at pp. 261-2).

13. 프로이트는 〈오이디푸스 콤플렉스〉 개념을 고대 소포클레스의 비극『오이디푸스 왕』에서 가져왔고, 이것을 보편적인 것이라고 하였다. 그러나 같은 주제를 다루고 있는 또 하나의 비극『햄릿』은『오이디푸스 왕』과는 다른 방식으로 전개되고 있다. 이것은 시간적으로 멀리 떨어져 있는 두 문명시대의 정신적 삶에 전반적인 차이가 있음을 드러내며, 이것은 또한 인류의 정서적 삶이 사회의 규제를 더 받게 되었음을 보여 준다. Sigmund Freud, *The Interpretation of Dreams*, pp. 263-4.

1.4. 김수영 시의 비판 정신과 저항 의식에 대해서는 필자가 「김수영의 시정신과 시방법론 연구」에서 자세히 밝힌 바 있다(한명희, 서울시립대 박사학위 논문, 2002). 이 글에서는 〈오이디푸스 콤플렉스〉의 관점에서의 비판 정신과 저항 의식에 집중하였다.

15. 위의 글, 23쪽.

16. 노용무,「김수영 시 연구」, 전북대 박사학위 논문, 2001, 75쪽.

17. 숀 호머, 김서영 역,『라캉읽기』, 은행나무, 2006, 109쪽.

18. 오이디푸스 콤플렉스 안에서의 아버지의 기능을 통해 초자아가 형성된다. 초자아는 아버지를 내재화한 결과이다. 위의 책, 97쪽.

19. 위의 책, 108쪽. 아버지의 은유의 기능은 어머니에 대한 욕망을 아버지의 법으로 치환하는 것이다. 같은 책, 같은 곳.

20. 위의 글, 같은 곳.

21. 딜란 에반스, 김종주 외 역,『라캉 정신분석 사전』, 인간사랑, 1998, 226쪽.

22. 상상적 남근은 아이에 의해 누구든 어머니의 욕망의 대상이 되려면 가져야만 하는 것으로 추정되는 것인데, 어머니의 욕망은 일반적으로 아버지를 향하고 있으므로 그가 남근을 가진 것으로 추측되는 것이다. 어머니의 욕망을 만족시키기 위해 노력하는 과정에서 아이는 어머니가 상실했을 것으로 추측되는 대상과 동일시하며 그녀를 위해 그 대상이 되고자 한다. 숀 호머, 앞의 책, 103-4쪽.

23. 장 벨망-노엘, 앞의 책, 88쪽.

24. 숀 호머, 앞의 책, 111쪽.

25. 이홍섭, 「박인환, '검은 신'에 담긴 진정성」, 『시인세계』, 2005, 겨울, 82쪽.

26. 이 점에 대해서 「박인환 시의 정신분석적 접근 '죽음'과 '여성'의 문제」에서 상세히 논의하였다(한명희, 『어문학』, 81집, 한국어문학회, 2003). 이 책의 8장이 그 논문을 수정한 것이다.

27. 장 라플랑슈·장 베르트랑 퐁탈리스, 임진수 역, 『정신분석사전』, 열린책들, 2005, 433쪽.

28. 프랑스어인 수이상스는 영어로는 'enjoyment'로 번역되지만, 여기에는 원어 주이상스가 내포하는 성적 오르가슴이 포함되지 않는다. 이 때문에 한국어 번역에서도 원어 그대로 쓴다. 주이상스는 쾌락 원칙과 관련이 있다. 주체의 쾌락에는 늘 일정한 한계가 주어지게 된다. 그러나 주체는 늘 자신의 쾌락에 가해지는 제한을 돌파하여 '쾌락 원칙을 넘어서려' 한다. 그러나 이 쾌락 원칙을 넘어선 결과는 더 많은 쾌락이 아니라 고통이 된다. 왜냐하면 주체가 담당할 수 있는 쾌락은 고통이 되며, '이 고통스러운 쾌락'이 라캉이 말하는 주이상스이다. 맬컴 보위, 앞의 책, 359쪽.

29. 라캉은 실재적 어머니real mother, 상징적 어머니symbolic mother, 상상적 어머니imaginary mother를 구별하는 것이 중요하다고 한다. 어머니는 실재계에서 유아를 돌보는 최초의 사람으로 자신을 드러낸다. 아이는 자신의 욕구를 드러낼 수 없다. 따라서 자신을 돌봐주는 하나의 대타자에게 전적으로 의존할 수밖에 없다. 어머니는 무엇보다도 상징적이다. 어머니는 주체의 요구를 좌절시킬 때만 실재적이 된다(딜란 에반스, 앞의 책, 118-9쪽).

30. 로버트 M. 영, 앞의 책, 9쪽.

31. 딜란 에반스, 앞의 책, 270-6쪽.

32. 숀 호머, 앞의 책, 104-5쪽.

33. 딜란 에반스, 앞의 책, 48쪽.

34. 아이는 자신이 남근의 상상적 모사로서 어머니의 욕망을 채울 수 없다는 것을 깨닫게 되는데, 이때 부적질감, 무력감을 느낀다고 한다. 위의 책, 266쪽.

35. 김종삼 시에 드러나는 죄의식을 집중 조명한 글로는 다음과 같은 것이 있다. 최종환, 「현대시에 나타난 기독교적 죄의식의 심리학적 연구」, 경희대 박사학위 논문, 2003; 송경호, 「김종삼 시 연구 — 죄의식과 죽음의식을 중심으로」, 서울시립대

박사학위 논문, 2007.

36. 융기본저작집 8, 「어머니와 재탄생의 상징들」, 『영웅과 어머니 원형』, 솔, 2006, 157쪽.

37. 숀 호머, 앞의 책, 103쪽.

38. 위의 책, 104-5쪽.

39. 딜란 에반스, 앞의 책, 88쪽.

40. 위의 책, 108쪽.

41. 프로이트는 죄의식이 오이디푸스 콤플렉스에서 싹트는 것임을 분명히 했다. "탐욕스럽고 다양한 모습을 지닌 '원시 시대의 아버지,' 즉 원시 유목민의 족장은 자신의 아들들에게 배신당하고 살해당했다. 이 때문에 모든 도덕적, 문화적 금기들의 초석인 근친상간에 대한 금기가 만들어졌다. 우리는 인간의 죄책감이 오이디푸스 콤플렉스에서 싹트며, 함께 파문당한 형제들이 아버지를 살해한 것 때문에 갖게 된 것이라는 가정에서 벗어날 수 없다." Sigmund Freud, *Civilization and Its Discontents* (1930), SE, vol. 21, pp. 131-4.

42. 로버트 M. 영, 앞의 책, 9쪽.

43. 주체가 법과 그것을 위반하고자 하는 욕망 사이의 긴장을 피하는 길은 전무하며, 이 욕망 자체는 '죄의식'으로 표현된다. 정신분석에서는 단순히 우리가 법을 어기고 근친상간을 범했을 때 유죄판결을 받게 되는 것이 아니라 근친상간을 범하고자 하는 욕망에 의해 우리는 항상 이미 유죄이다. 그러므로 이때 드러나는 초자아의 궁극적인 역설은 "초자아의 명령에 복종하면 할수록 그 압력은 더욱 강해지고 우리는 더욱 죄의식을 느끼게 된다"는 것이다. 숀 호머, 앞의 책, 110-1쪽.

44. Sigmund Freud, *Civilization and Its Discontents*, SE, vol. 21, pp. 59-145 (at p. 60).

45. 장 라플랑슈 외, 앞의 책, 430쪽.

46. 류인균, 『한국 고소설에 나타난 오이디푸스 콤플렉스』, 서울대학교출판부, 2004, 1쪽.

2. 김수영의 시와 시정신

1. 김수영은 1964년에 쓴 글에서 "나는 위선은 우리 시단이 해야 할 일은 현재의 유파의 한계 내에서라도 좋으니 작품다운 작품을 하나라도 더 많이 내놓는 일이라고 생각한다."라고 하여 시에서의 '작품됨'을 강조하는 발언을 하고 있다(김수영,「生活 現實과 詩」, 김수명 편,『김수영 전집 2 ─ 산문』, 민음사, 1981, 192쪽).

2. 김윤식 · 김현은 서정주, 김춘수와 함께 김수영을 "해방 이후 한국시에 가장 강력한 영향력을 미친 사람"으로 평가하고 있다(김윤식 · 김현,『한국문학사』중판, 민음사, 1987, 272쪽). 김영무와 김종윤도 각각 김수영을 "서정주와 더불어 오늘까지의 한국 시문학사에서 가장 만만치 않은 영향을 남기고 있는 시인"(김영무,「金洙暎의 영향」, 황동규 편,『김수영의 문학』, 민음사, 1983, 317쪽), "해방 이후의 한국 현대시에 가장 강력한 영향력을 행사하고 있는 시인 중의 한 사람"(김종윤,「김수영 시 연구」, 연세대 박사학위 논문, 1987, III쪽)으로 평가하고 있다.

3. 김윤식,「金洙暎 변증법의 표정」, 황동규 편, 앞의 책, 295쪽. 이 글은『세계의 문학』, 1982년 겨울호에 발표되었다.

4. 조남현,「70년대 시의 주조」,『지성의 통풍을 위한 문학』, 평민사, 1985, 51쪽.

5. 김주연,「문화산업 시대의 의미」,『문학을 넘어서』, 문학과지성사, 1987, 41쪽.

6. 정상균,『한국최근시문학사』, 아세아문화사, 2000, 87-8쪽.

7. 김수영 연구 자료 중 가장 자세한 정보를 담고 있는 것은『작가세계』2004년 여름호에 실린 것이다. 이 자료 역시 여기서 인용하였다.

8. H. 마르쿠제,『자유에 대하여』, 배현나 역, 평민서당, 1988, 41쪽.

9. 위의 책, 같은 곳.

10. 김수영,「지식인의 사회참여」,『전집 2』, 156쪽.

11. Bertrand Russell, *Power: A New Social Analysis*, New York: W.W. Norton, 1938, 13쪽.

12. Max Weber, *On Law in Economy and Society*, Cambridge: Harvard University Press, 1954, 323쪽.

13. 이러한 해석을 한 대표적인 사람은 최두석이다. 그는 이 시를 "시를 쓰는 것과 자유를 행하는 것이 일치될 것을 바라는 시인의 열망이 깔려 있다"고 보았다. 그에

의하면 이 시에 나오는 '고독'은 "새로움을 추구하면서 동시에 자유를 행사하는 창조자의 고독"이다(최두석, 「김수영의 시세계」, 김승희 편, 『김수영 다시읽기』, 프레스 21, 2000, 48쪽).

14. Joseph L. Henderson, "Ancient Myths and Modern Man," C. G. Jung ed., *Man and His Symbols*, Perguson Publishing, 1964, 151쪽.

15. 위의 글, 179쪽.

16. 졸고, 『김수영 정신분석으로 읽기』, 월인, 2002, 95-97쪽. 사실 김수영에게 있어서는 '자유,' '혁명'은 물론 '현실'이라는 말조차도 외적인 의미, 그러니까 정치적인 의미와 더불어 내적인 의미, 즉 자기 자신의 '자유,' '혁명,' '현실'이라는 의미를 지닌다. 김수영이 말한 '자유,' '혁명,' '현실'을 '내적인 의미'의 것을 사상한 채 '외적인 의미'로만 이해하는 데서 김수영에 대한 오해가 발생하게 되는 것이다.

17. C. S. 홀 외, 『융 심리학 입문』, 최현 역, 범우사, 1993, 59쪽.

18. 김수영, 「詩여, 침을 뱉어라」, 『전집 2』, 252쪽.

19. 김수영, 「현실생활과 시」, 『전집 2』, 196쪽.

20. 김수영, 「시여, 침을 뱉어라」, 『전집 2』, 252쪽.

21. 김수영, 「養鷄 辨明」, 『전집 2』, 45쪽.

22. 김수영, 「토끼」, 『전집 2』, 51쪽.

23. 김수영, 「반시론」, 『전집 2』, 257쪽.

24. 김수영, 「문단추천제 폐지론」, 『전집 2』, 146쪽.

25. 김수영, 「일기초 1」, 『전집 2』, 325쪽.

26. 김수영의 산문 중에서 '죽음'에 대한 생각이 드러난 것을 몇 가지 소개한다.

① 평소부터 죽음에는 동요하지 않을 자신이 있는 것같이 생각했는데 건방진 생각이었다(「김이석의 죽음을 슬퍼하면서」).

② 아직도 나는 시를 통한 구원을 받지 못하고 있는 것처럼 죽음에 대한 구원을 받지 못하고 있다(「마리서사」).

③ 빨리 죽는 게 좋은데 이렇게 살고 있다(「반시론」).

④ 모든것과 모든 일이 죽음의 척도에서 재어지게 된다(「나의 연애시」).

⑤ 낡은 것이 새로운 것으로 바뀌어지는 순간. 이 시에는 죽음의 깊이가 있다(「생활현실과 시」)

⑥ 죽음을 디디고 일어선 자기의 스타일을 가진 강인한 정신의 소산이라고 말할

수 있다(「시월평」)

27. 이승훈 편, 『문학상징사전』, 고려원, 1995, 279쪽.

28. C. G. Jung, "Approaching the Unconscious," C. G. Jung, ed., 앞의 책, 151쪽.

29. S. Freud, James Starchey et., trans., SE, vol. 10, The Cases of 'Little Hans' and the 'Rat Man,' The Hogarth Press, 1975, 112-3쪽.

30. C. G. Jung, "Approaching the Unconscious," 앞의 책, 106쪽.

31. 위의 글, 50-1쪽.

32. S. Freud, *Dreams and Telepathy*, Tames Starchey et., trans., SE, vol. 18, The Hogarth Press, 1975, 213쪽.

33. 위의 책, 198쪽.

34. 「폭포」를 '죽음'과 관련시켜 해석한 다른 글로는 오형엽의 「김수영 시의 미적 근대성 연구」가 있다. 오형엽의 글은 심리학의 방법을 원용한 글이 아님에도 불구하고 「폭포」에 대해 필자와 비슷한 견해를 보이고 있는 주목할 만한 글이다. 오형엽도 '폭포'의 '떨어짐'이란 깨어짐과 직결되는 의미로서 추락하는 물은 부서지고 죽을 수밖에 없는 비극성을 암시한다고 하였다(오형엽, 「김수영 시의 미적 근대성 연구」, 『국어국문학』 125호, 국어국문학회, 1999, 340쪽).

35. Richard P. Adams, "The Archetypal Pattern of Death and Rebirth in Milton's Lycidas." John B. Vickery ed., *Myth and Literature*, University of Nebraska Press, 1973, 189쪽.

36. C. G. Jung, "The Type Problem in Psychopathology," trans by R.F.C. Hull, *The Collected Works of C. G. Jung*, vol. 6, London: Kegan Paul, Ltd., 1971, 204쪽.

37. 김수영, 「시작 노우트 1」, 『전집 2』, 286쪽.

38. 김수영, 「새로움의 모색」, 『전집 2』, 171쪽.

39. 김수영, 「나의 戀愛詩」, 『전집 2』, 89쪽.

3. 김수영 문학의 영향 관계

1. 「세대교체의 연수표」, 『전집 2』, 182쪽.

2. 「일기초(II)」, 『전집 2』, 344쪽.

3. 「일기초(II)」, 『전집 2』, 348쪽.

4. 「히프레스 문학론」, 『전집 2』, 200-1쪽.

5. 「변한 것과 변하지 않은 것」, 『전집 2』, 243쪽.

6. 최하림 편, 『김수영』, 문학세계사, 1993, 27-53쪽 참고.

7. 김수영의 산문에는 일서日書로 사르트르의 『순교와 반항』, 조르주 바타이유의 『문학과 악』, 모리스 블랑쇼의 『불꽃의 문학』을 읽었다는 대목이 나온다. 그리고 1961년 2월 10일과 1966년 2월 20일 일기는 일본어로 씌어져 있다.

8. 최하림 편, 앞의 글, 같은 곳.

9. 「히프레스 문학론」, 『전집 2』, 201쪽.

10. 위의 글, 203-4쪽.

11. 김수영의 다음과 같은 진술, "나는 천년 후의 우주탐험을 그린 미래의 과학소설의 서평같은 것을 외국잡지에서 읽을 때처럼 불안할 때가 없다"(「반시론」, 『전집 2』, 264쪽)는 '외국 잡지'를 대하는 것이 시대에 떨어지지 않으려는 노력이었음을 잘 보여 준다.

12. 김윤식, 「金洙暎 변증법의 표정」, 『전집 3』, 310쪽.

13. 김수영, 「밀물」, 『전집 2』, 27쪽.

14. 조현일, 「김수영의 모더니티관에 관한 연구」, 『작가연구』, 제5호, 1998년 상반기, 104쪽.

15. "여기에 역출한 6편의 작품은 최근의 「엔카운터」지에 게재된 12편중에서 뽑은 것이고, 그의 시집 「에스트라바가리오」(1958)와 「프레노스 · 포데레스」(1962)에서 골라 낸 것들이다"(김수영, 『창작과 비평』, 1968년 여름호. 183쪽).

16. 김수영, 「金星 라디오」, 『전집 2』, 65쪽.

17. *Partisan Review*는 1934년에 미국에서 창간된 잡지로 창간 초기에는 좌익의 입장에 섰었다. 그러나 1936년 재정적인 이유로 1년간 정간하였다가 1937년에 다시 복간되면서는 지식인 계급을 지지하여 공산당의 파벌주의, 스탈린의 전체주의적 공산주의 및 프롤레타리아와 결별하였다. 이 잡지는 '뉴욕 지성인파The New York Intellectuals'가 주도하였다(Vincent B. Leitch, 김성곤 외 역, 『현대미국문학비평』, 한신문화사, 1993, 11-146쪽).

18. 김수영은 알프레드 케이즌의 「정신분석과 현대문학」을 번역한 바 있다. 케이

즌은 뉴욕 지성인파였을 뿐 아니라『파르티잔 리뷰』의 중요한 인물로 활동했다.

19. Leitch, Vincent B., 앞의 책 104쪽.

20.「일기초(II)」,『전집 2』338쪽.

21.「히프레스 문학론」,『전집 2』, 201쪽.

22. 이 점에 대해서는 필자가「김수영 시의 영향관계 연구」(『비교문학』제29집, 한국비교문학회, 2002)의 199-200쪽에서 자세히 논의한 바 있다.

23. 정명자,『인물로 읽는 러시아문학』, 한길사, 2001, 385-6쪽.

24. 김수영의 시「죄와 벌」은 길거리에서 자기 아내를 때린 독특한 소재를 시화하고 있다. 이 시는 김수영이 1963년에『현대문학』에 발표한 시인데, 보즈네센스키가 1960년에 발표한 시「누군가 여자를 때리고 있다」와 많은 점에서 유사하다. 현재로서는 김수영의「죄와 벌」이 보즈네센스키의「누군가 여자를 때리고 있다」를 본 후 쓴 것인지 아닌지를 확인할 수는 없다. 그러나 동시대를 살았던 외국 작가에게서 이만큼 친연성이 높은 시를 발견하게 되는 것도 흔치 않은 일이라고 생각된다(졸고,「김수영 시와 보즈네센스키 시의 비교」,『우리말글』27, 우리말글학회, 2003).

25. 전후의 미국 시인들은 각기 나름대로의 특성을 갖고 '다양성' 있는 시들을 써냈지만, 그들을 크게 두 그룹으로 나눈다면 고백시 계열과 투사시 계열로 분류할 수 있다(김성곤,『미국문학과 작가들의 초상』, 서울대출판부, 1993, 233-4쪽). 고백시적인 경향이나 투사시적인 경향은 오늘날의 미국 시단에까지 영향을 미쳐, 오늘날의 미국 시인들이 크게는 이 두 그룹 중 하나에 속하는 유형의 시를 써오고 있다. 따라서 이 두 그룹이 갖는 의미가 미국 문학사에서 대단히 중요한 것으로 평가되고 있다(김성곤,『포스트모던 시대의 작가들』, 민음사, 1996, 293-4쪽).

26.「생활의 극복」,『전집 2』, 59쪽.

27.「시작 노우트」,『전집 2』, 300-1쪽.

28. 김수영 시에 나타나는 고백시적 요소에 대해서는 다른 글에서 자세히 다룬 바 있다(졸고,「김수영 시에서의 고백시의 영향」,『전농어문연구』, 제9집, 서울시립대국문과, 1997).

29. 김수영,『창작과 비평』, 1968년 여름호, 183쪽.

30.「시작 노우트」,『전집 2』, 294쪽.

31.「시작 노우트」,『전집 2』, 303쪽.

32.「연극하다가 시로 전향」,『전집 2』, 230쪽.

33.「시작 노우트」,『전집 2』, 308-9쪽.

34.「반시론」,『전집 2』, 260쪽.

35. 김수영과 하이데거의 영향 관계에 대해서는 김유중이『김수영과 하이데거』를 통해 자세히 밝히고 있다. 그는 김수영이 비교적 이른 시기부터 하이데거의 존재 사유에 매력을 느꼈을 것으로 추론하고 있다. 김유중,『김수영과 하이데거』, 민음사, 2007.

36.「시작 노우트」,『전집 2』, 287쪽.

37.「시여, 침을 뱉어라」,『전집 2』, 251쪽.

38.「시월평」,『전집 2』, 399쪽.

4. 김수영 시와 보즈네센스키 시의 비교

1. 이 점에 대해서는 필자가 다음의 글에서 자세히 논의한 바 있다(한명희,「김수영 시의 영향관계 연구」,『비교문학』제29집, 한국비교문학회, 2002).

2. '영향'은 완성된 문학 작품 사이에 존재하는 제반 관계를 뜻하고, '수용'은 작가, 독자, 평론가와 비평가, 출판자와 그 주변 환경 등을 포함하여 작품과 그 상황 사이의 관계 같이 좀 더 폭 넓은 영역을 의미한다(Ulrich Wisstein, *Comparative Literature and Literary Theory: Survey and Introduction*, Bloomigton: Indiana Univ. press, 1973, p. 33).

3. 김수영은 미국의 신비평가에서 시카고학파, 라이오넬 트릴링, 고백파 시인, 비트 시인, 뉴욕 지성인파, 그리고 영국의 엘리엇, 오든 그룹, C. D. 루이스, 조지 바커, 딜란 토마스, 킹스리 아미스 등을 거론하고 있다. 이 외에도 프랑스, 독일, 러시아, 폴란드 시인들에 대해서도 관심을 보이고 있다(한명희, 앞의 글, pp. 199-200).

4. 외국 작가들 중 1950년대 미국의 고백파 시인들이 김수영 시에 미친 영향에 대해서는 필자가 다른 글에서 자세히 다룬 바 있다(한명희,「김수영시에서의 고백시의 영향」,『김수영 정신분석으로 읽기』, 월인, 2002).

5. 프랑시 클로동 · 카랭 아다-보틀링, 김정란 역,『비교문학개요』, 2001, p. 31.

6. Ulrich Wisstein, Op. cit, p. 124.

7. 이혜순, 「緖: 비교문학이란 무엇인가」, 이혜순 편, 『비교문학』, 문학과지성사, 1985, p. 15.

8. 김수명 편, 『김수영 전집 2: 산문』, 민음사, 1981, p. 202.

9. 위의 책, p. 264.

10. 위의 책, p. 204.

11. 위의 책, p. 202.

12. '해빙기 투쟁'에 대해 이해하려면 러시아 문단 상황을 조금 알아야 할 것 같다. 러시아 문학은 1953년 스탈린의 사망과 더불어 획기적인 전기를 맞게 된다. 스탈린 격하 운동이 벌어지기 시작하였고 개인 숭배의 배격을 공공연히 논의하였다. 공포의 상징이던 베리아가 숙청되는가 하면 강제수용소로 끌려갔던 죄수들이 돌아오고 많은 사람들이 복권되었다. 바야흐로 공포의 시대는 지나가고 소련 전체가 새로운 자유로 충만되어 가는 느낌이었다. 이러한 현상은 문학에서도 민감한 반응을 일으켜 혁명 후 처음으로 '자유의 한계성'을 둘러싼 논쟁까지 벌어졌는데, 바로 이때 에렌부르크의 『해빙解氷』이 발표되었다. 『해빙』은 이른바 "해빙기 문학"의 효시가 되었고 소련에서는 그때까지 볼 수 없었던 대담한 작품들이 쏟아져 나왔다. 그 대표적인 작품이 B. 파스테르나크의 『의사 지바고』와 두진체프의 『빵만으로는 살 수 없다』 등이었다. 50년대 중반에서 60년대에 걸쳐 '해빙기'의 바람을 타고 등장한 젊은 시인군에 안드레이 보즈네센스키, 예브게니 예프투센코 등이 포함된다.

13. 『전집 2』, p. 202.

14. 앨비Edward Albee는 1928년 미국에서 태어난 희곡작가이다. 앨비는 김수영의 시 「전화이야기」에도 등장한다. 「전화이야기」를 다룬 이 책의 5장에서 앨비에 대해 자세히 소개하였다.

15. A. 보즈네센스키, 조주관 역, 『이 세상에 옛애인은 없어요』 해설, 열린책들, 1989, p. 169.

16. 위의 책, pp. 69-70.

17. 1960년에 발간한 작품집들은 시의 형식면에서 과감한 실험 정신을 보여준 것으로 당시 소비에트 문단과 외국 문난에 이르기까지 큰 반향을 일으키며 보즈네센스키라는 신인에게 확고한 문명을 안겨주었다(정명자, 『인물로 읽는 러시아문학』, 한길사, 2001, pp. 385-6).

18. A. 보즈네센스키, 이항재 역, 『한 여자가 매를 맞고 있다』, 시문학사, 1990, pp.

21-3과 A. 보즈네센스키, 조주관 역, 앞의 책, pp. 35-7을 참고로 하여 필자가 문맥을 일부 손질하였다.

19. 비교 문학의 변형 방법 중에는 '암시'와 '전용' 등이 있다. '전용'이 차용한 부분을 의식적으로 분명하게 밝히는 방법이라면, '암시'는 무의식적으로 기존 작가의 작품과 유사한 부분을 우연하게 자신의 작품에 드러내는 것이다(윤호병, 『비교문학』, 민음사, 1994, p. 127).

20. 이민호는 이 시를 자본에 대한 시인의 적의를 표출한 시로 해석한 바 있다. 그는 다음과 같이 말한다. "'백의'로 상징되는 자본의 생리는 사람을 울리기도 하지만, 그 상처를 치유하는 점에서 폭력적이면서도 유혹적이다. 이 이중성은 시인으로 하여금 경멸과 타협의 이중적 태도를 강제하고 있다. 이것은 시인의 정직성을 위협하는 것이다. 그러므로 시인은 자본에 부정적일 수밖에 없다. '간통'이라는 어휘만큼 자본에 대한 시인의 적의를 극단적으로 표출하는 것은 없을 것이다"(이민호, 「현대시의 담화론적 연구 — 김수영 · 김춘수 · 김종삼의 시를 중심으로」, 서강대 박사학위 논문, 2000, p. 94).

21. A. 보즈네센스키, 이항재 역, 앞의 책, pp. 79-80.

5. 김수영 시 「전화이야기」의 기법과 그 수용 양상

1. 황동규, 「양심과 자유, 그리고 사랑」, 황동규 편, 『김수영의 문학』, 민음사, 1983, p. 123.

2. 김주연, 「교양주의의 붕괴와 언어의 범속화」, 위의 책, p. 272.

3. 조명제, 「김수영 시 연구」, 우석대 박사학위 논문, 1994, p. 173.

4. 김수영 시에 나타나는 '풍자,' '아이러니'에 대해서는 다음의 글을 참고할 수 있다. 정현덕, 「김수영 시의 풍자연구」, 경기대 박사학위 논문, 2003: 신주철, 「김수영 시의 아이러니 연구」, 한국외대 박사학위 논문, 2002: 황혜경, 「김수영 시의 아이러니 연구」, 이화여대 박사학위 논문, 1998.

5. 김수영, 「현실생활과 시」, 『김수영 전집 2 — 산문』, 민음사, 1981, p. 192.

6. 김수영, 「변한 것과 변하지 않은 것」, 위의 책, p. 243.

7. 김수영, 「시월평」, 위의 책, p. 382.

8. 김수영, 「시여, 침을 뱉어라」, 위의 책, p. 251.

9. Mark Schorer, "Technique as Discovery," James L. Calderwood & Harold E. Toliver (ed.), *Perspectives on Fiction* (Oxford University Press, 1968), p. 200.

10. 권오만, 『시의 정신과 기법』, 새미, 2002, p. 67-70.

11. 최미숙, 「한국 모더니즘시의 글쓰기 방식에 관한 연구」, 서울대 박사학위 논문, 1997, p. 88.

12. 금동철, 『한국 현대시의 수사학』, 국학자료원, 2001, p. 185.

13. 안숙원은 박완서의 「나의 가장 나종 지니인 것」이 "우리 문학사상 최초의 전화 텍스트"라고 하였다(안숙원, 「전화 텍스트와 역동적 수화자」, 한국소설학회, 『현대소설시점의 시학』, 새문사, 1996, p. 511). 그는 또 이 작품이 '전화'라는 매체를 의식하고 쓴 소설이란 점에서 전화의 소설 시학을 검토해 볼 만하고, 그것은 특히 지금까지의 서술 시점 위주로 논의된 나머지 수화자의 존재가 경시되어 왔던 것을 일깨위 준다고 하였다(위의 글, p. 513).

14. 구술 문화와 문자 문화, 혹은 말하기와 쓰기의 차이점에 대해서는 학자들이 다음과 같이 밝혀놓은 바 있다.

월터 J. 옹은 구술 문화의 특성을 다음과 같이 지적한 바 있다. ① 종속적이라기보다는 첨가적이다. ② 분석적이라기보다는 집합적이다. ③ 장황하거나 다변적이다. ④ 보수적이거나 전통적이다. ⑤ 인간의 생활 세계에 밀착된다. ⑥ 논쟁적인 어조가 강하다. ⑦ 객관적인 거리 유지보다는 감정이입적 혹은 참여적이다. ⑧ 향상성이 있다. ⑨ 추상적이라기보다는 상황 의존적이다(월터 J. 옹, 『구술문화와 문자문화』, 문예출판사, 1995, pp. 61-92).

Claire Kramsh는 '쓰기'와 대비되는 '말하기'의 특성을 다음과 같이 정리했다. ① 말하기는 영속적이라기보다는 일시적인 것이다. ② 말하기는 부가적이며 음유적이다. ③ 말하기는 사회성이 강하다. ④ 말하기는 잉여적 혹은 '말이 많은 것'이다. ⑤ 말하기는 문법적으로 느슨하게 구성되어 있으며, 어휘적으로도 빈약하다. ⑥ 말하기는 사람 중심적이다. ⑦ 직접적으로 상황에 밀섭한 말하기는 문맥 의존적이다(Claire Kramsh, 장복명 외 역, 『언어와 문화』, 박이정, 2001, pp. 51-5).

이러한 구술 문화, 혹은 말하기의 특성과 관련되는 것으로서의 「전화이야기」의 특성은 따로 분석하지 않기로 한다.

15. 영문학에서 정의하는 '극적 독백'은 다음과 같은 특징을 갖는다. (1) 시인 자신은 아닌, 한 사람의 인물이, 중대한 순간에 특수한 상황에서 시 전체를 입으로 말한다. (2) 이 인물은 한 사람 또는 그 이상의 사람들에게 말을 하거나 그들과 교호 작용을 한다. 그러나 독자는 한 사람의 발언자와 담화 속에 나타나 있는 단서만을 근거로, 청자들이 현존한다는 것과 그들의 말과 행동을 알 수 있다. (3) 발언자가 말하는 내용의 선택이나 구성을 지배하는 원칙은 발언자의 기질이나 성격이 은연중에 드러나도록 해야 한다. 즉, '극적 독백'에서는 말없는 청자의 존재가 필수적이다. 또 관심의 초점이 발언자가 이야기를 하는 중에 조심스럽게 드러내는 성격에 주어져 있어야지, 화자의 교묘하고 능란한 설득 자체에 주어져 있어서는 안 된다. 한 사람의 인물이 말없는 청자에게 말하는 형식을 취하고 있다고 하더라고 발언자가 시인 자신과 동일 인물임을 알 수 있고, 또 시의 구성 원칙이 발언자의 남다른 기질을 밝혀내는 것이 아니라 자신의 견해와 생각과 기억과 감정을 전개시키는 것은 엄격한 의미에서 극적 독백이라고 할 수 없다(M. H. 아브람스, 최상규 역, 『문학용어사전』, 대방출판사, 1985, p. 72).

16. T. S. Eliot, *The Three Voice of Poetry: On Poetry and Poetics*, McGraw-Hill Ryerson, Ltd., 1976, p. 96.

17. 마샬 맥루언, 김성기 · 이한우 역, 『미디어의 이해』, 민음사, 2002, p. 72, p. 373.

18. 마샬 맥루한, 김인홍 역, 『인간의 확장』, 집문당, 1976, p. 91. 매클루언(맥루한)에 의하면, 글로 쓰는 말 중심의 문자 문화는 시각적인 감각의 영향으로 분리 중심의 개인주의를 발생시키고, 이야기에 대한 반응의 기회나 반응에의 욕구를 바랄 수 없게 하며, 감정 혹은 정서적인 관여와 동떨어진 행동을 유발시키는 반면, 이야기하는 말이 중심이 되는 구술 문화는 청각적 생활이 경험을 강하게 지배하므로 시각적 가치는 억눌리게 되고, 행동과 반응을 동시에 행사하게 되는 심리적이고 포괄적인 의식을 증대시킨다(위의 책, pp. 80-91).

19. 김수영, 「반시론」, 김수영, 앞의 책, p. 264.

20. 앨비가 『아메리칸 드림 *The American Dream*』을 발표한 것이 1960년이고, 김수영이 「전화이야기」를 발표한 것이 1966년이다. 당시의 문단 상황에 비추어볼 때 김수영이 세계 문단의 조류에 얼마나 민감한 인물이었는지를 확인케 하는 대목이라고 생각된다.

21. 이승훈, 『당신의 방』, 문학과지성사, 1986, p. 91.

22. 「겨울 저녁」의 전문을 인용하면 다음과 같다. "여보세요, 혹시 슬프시다면 제가 행복을 만들어 드릴까요? 겨울 하늘의 구름을 따서 당신 허리에 매어 드릴까요? 사실, 네, 네, 저는 사람입니다. 겨울 저녁 중곡동 벌판에서 저를 만나셨지요. 놀랄 건 없어요. 저는 형태가 없으니까요. 實刑을 받았지요. 제가 누구냐구요? 하아, 제 이름은 꿈이지요. 여보세요, 웃으시는군요. 누구나 밤에는 비를 맞지요. 죽음, 캄캄하지 않은 저녁 길, 저는 당신이 계신 곳에 있으면서 거기 없어요. 다 행복 탓입니다. 저는 밤에 구름을 만들기도 하지요. 한번 보시겠습니까? 안 보여요? 구름이 비를 맞으며 돌아가는 길, 여보세요, 벌써 잠드셨군요. 저는 海底에 얼굴을 파묻고 오늘도 시시하게 살아요"(이승훈, 「겨울 저녁」, 『환상의 다리』, 일지사, 1976, p. 152).

23. 오규원, 『이땅에 씌어지는 抒情詩』, 문학과 지성사, 1981, p. 66.

24. 「풀」의 수용 양상에 대해서는 한명희의 「김수영 시 〈풀〉의 수용 양상」, 『김수영 정신분석으로 읽기』, 월인, 2002 참조.

25. 김혜순, 『나의 우파니샤드, 서울』, 문학과 지성사, 1994. p. 32.

26. 이숭원은 "공교롭게도 그의(김수영의) 시정신은 80년대 이후 여성 시인들의 시에도 깊은 영향을 남겼다"는 점을 지적한 바 있다. 여성에게 주어진 사회적·정치적 억압에 대한 거부와 여성적 감수성을 통한 새로운 스타일의 추구라는 측면이 김수영 시정신의 이중성과 맞아 떨어졌기 때문이라는 것이다(이숭원, 「김수영 시정신의 이원성과 그 계승」, 『초록의 시학을 위하여』, 청동거울, 2000, p. 171). 그야말로 공교롭게도 '전화'라는 담화 체계를 시에 활용한 여성 시인들이 많다.

27. 김승희, 『어떻게 밖으로 나갈까』, 세계사, 1991.

28. 이승훈, 『포스트모더니즘 시론』, 세계사, 1992, p. 203.

29. 황지우, 『겨울-나무로부터 봄-나무에로』, 개정판, 민음사, 1995, pp. 47-9.

30 이승하, 『우리들의 유토피아』, 나남, 1989, p. 32.

31. 김혜순, 『나의 우파니샤드, 서울』, 문학과 지성사, p. 12.

6. 김수영 시어가 미친 영향

1. 필자는 이미 「김수영 시 〈풀〉의 수용 양상」이란 글을 통해, 김수영 시가 미친 영향력의 특징에 대해 얘기한 바 있으므로 이 글에서는 다시 거론하지 않는다(졸고, 「김수영 시 〈풀〉의 수용 양상」, 『인문과학』 제8집, 서울시립대학교 인문과학연구소, 2001).

2. 김준오, 『시론』, 이우출판사, 1988, 61쪽. 김준오는 "전통 시문체가 고도의 조직성과 긴밀성과 암시성을 생명으로 하는 폐쇄형식을 취한 데 반해 김수영은 일상언어를 그대로 재현하는 개방형식의 시문체를 보여주는 것"으로 평가한다. 김준오는 김수영 시의 이러한 특성을 '개방체'로 정의한다. 그는 "김수영은 자기 시를 전통시와의 투쟁을 일으키는 긴장 관계에 정위시킴으로써 그의 말대로 그의 일련의 작품들은 전통시에 대한 철저한 '반시'가 되었다"라고 하여 이 개방체를 후배 시인들에게 많은 영향을 끼친 커다란 변혁으로 평가하고 있다(김준오, 『시론』(4판), 삼지원, 1997, 110-1쪽).

3. Lynn Altenbernd & Lesline L. Lewis, *A Handbook for the Study of Poetry*, Macmillan Publishing co., Inc., 1966, p. 9.

4. 백낙청, 「김수영의 시세계」; 김화영, 「미지의 모험, 기타」; 김우창, 「예술가의 양심과 자유」; 김주연, 「교양주의의 붕괴와 언어의 범속화」; 김영무, 「김수영의 영향」. 이 글들은 모두 황동규가 편한 『김수영의 문학』(민음사, 1983)에 실려 있다.

5. 김수영, 「詩作 노우트」, 『전집 2』, 287쪽.

6. 이성부, 『빈 산 뒤에 두고』, 풀빛, 1989, 45쪽.

7. 유종호는 이러한 측면에서 「하…… 그림자가 없다」를 저항과 참여의 시의 방향을 암시하는 수작으로 보고 있다(유종호, 「다채로운 레파토리 ― 洙暎」, 황동규 편, 앞의 책, 33쪽).

8. 블룸의 견해에 대해서는 필자가 「김수영 시 〈풀〉의 수용 양상」에서 이미 소개한 바 있으므로 이 글에서는 개략적인 설명만 하기로 한다(졸고, 앞의 글).

9. 블룸에 따르면, 자기 비하는 반복 충동 강박에 대비하여 사용하게 되는 심리 상태의 방어 심리와 동일한 파괴 수단이다(헤럴드 블룸, 윤호병 역, 『시적 영향에 대한 불안』, 고려원, 1991, 24쪽).

10. 위의 책, 92쪽.

11. H. Bloom, *Poetry and Repression*, New Haven: Yale University Press, 1976, 87-8쪽.

12. 블룸이 강조하는 최초의 수정주의 비율이 바로 '궤도 이탈'이다. 즉, 시적 오독이나 기만행위는 아이러니라는 문채에 의해서 선배 시인에게 대립되는 후배 시인의 반응을 형성한다. 후배 시인은 선배 시인의 작품을 읽게 될 때에 어느 정도는 의식적으로 그러나 대부분의 경우는 무의식적으로 선배가 지속하고 있는 일정한 궤도로부터 이탈하게 된다. 후배의 이러한 이탈에 대해서 선배는 처음 얼마 동안은 영향을 끼치게 된다. 그러나 시간이 지남에 따라 후배는 점점 발전하는 데 반해서 선배는 이미 형성된 기존의 궤도만을 배회하기 때문에 선배의 영향력은 무력하게 되고 후배의 시세계는 선배의 시세계로부터 완전히 벗어나게 된다(헤럴드 블룸, 앞의 책, 101쪽).

13. 김남주, 『사상의 거처』, 창작과비평사, 1991, 12쪽.

14. 졸고, 「김수영의 시정신과 시방법론 연구」, 서울시립대 박사학위 논문, 2000, 18-9쪽.

15. 김재홍, 「반역의 정신과 인간해방사상」, 『한국현대시인비판』, 시와시학사, 1994, 81쪽. 김재홍은 나아가 「오적」을 "1920년대 김팔봉이 제기한 프로문학의 활로 내지 타개책으로서의 단편서사시시론이 지녔던 문제점과 함께 60년대 김수영의 모더니즘적 현실비판시의 한계점을 동시에 극복해낸 쾌거가 아닐 수 없다"라고 하여 김수영의 연계선상에서 「오적」의 위치를 확립시키고 있다.

16. 블룸은 '악마화'라는 용어를 '신플라톤주의'의 용법에서 인용하였는데, 신플라톤주의에서는 인간도 신도 아닌 반인반수의 매개체가 인간을 돕기 위해 등장한다(헤럴드 블룸, 앞의 책, 24쪽).

17. 김지하는 김수영이 "우리 민족의 해학과 풍자언어을 계승하고 있지 못하다는 점"을 비판하였다(김지하, 「풍자냐 자살이냐」, 『타는 목마름으로』, 창작과 비평사, 1982, 152쪽).

18. 「오석」은 시작 부분부터 "북을 치되 잡스러이 치지말고 똑 이렇게 치랐다"로 시작되는 판소리사설의 서두 양식을 그대로 차용하고 있다. 표현 기법에 있어서도 나열법을 비롯하여 반복법, 연쇄법, 대조·대구법, 과장법, 의인법 등 전통적인 문체와 수사법을 활용하여 익살스런 효과를 북돋운다. 또한 풍자 정신의 면에서 골계로써 비

애를 차단함으로써 비장미를 심화시키고, 이와 함께 현실의 왜곡상을 부각시키는 풍자와 야유 방법을 능동적으로 사용한다는 점이 주목된다(김재홍, 앞의 글, 81쪽).

19. 문혜원,「타자에의 지향과 언어의 실험성」,『한국문학』, 1997년 겨울호, 56쪽.

20. 헤럴드 블룸, 앞의 책 24-5쪽.

21. 김준오는 김수영에 의해 시도된 이러한 시문체의 새로운 형식을 '조선시대 후기의 사설시조가 전기의 양반시조의 문체를 파괴한 몫에 등가'가 되는 획기적인 것으로 파악한다(김준오,『시론』, 앞의 책, 111쪽).

22. R. P. Warren, *Pure and Impure Poetry*, Selected Essays 26, Random House, 1958, p. 70.

23. 황지우,『새들도 세상을 뜨는구나』, 문학과지성사, 1983, 68-9쪽.

24. 황지우,『겨울-나무로부터 봄-나무에로』, 민음사, 1985, 38-9쪽.

25. 위의 책, 83-4쪽.

26. 블룸은 이 어휘를 자크 라캉에게서 차용하였다. '깨진 조각'은 신비에 싸인 초기 신앙에서부터 응용되었는데, 이때는 깨진 항아리의 두 조각을 다시 맞추는 행위가 인식의 한 수단으로 비법 전수자 사이에 행해졌다. 완성을 위한 연결고리에서 선배 시인의 언어를 새롭게 충만되고 확장된 언어로 환원시키지 않는다면 소멸되고 만다는 것을 신인은 물론 이 다음 시대에 나타나게 될 또 다른 신인도 알아야 한다는 것을 깨진 조각은 암시하고 있다(헤럴드 블룸, 앞의 책, 73쪽).

27. 윤호병,『비교문학』, 앞의 책, 102쪽.

28. 최승자,『이 時代의 사랑』, 문학과지성사, 1981, 28쪽.

29. 김혜순,『아버지가 세운 허수아비』, 문학과지성사, 1985, 98-9쪽.

7. 박인환과 김수영, 그 영향의 수수 관계

1. 김수영과 박인환의 인간관계에 대해서는 〈후반기〉 동인을 비롯, 주변 인물들이 쓴 글들이 많다. 다음과 같은 글들이 대표적이다. 강진호 · 이상갑 · 채호석,『증언으로서의 문학사』, 깊은샘, 2003; 김규동,「박인환론」,『심상』, 1978. 1; 김차영,「박인환에 대한 몇 가지 추억」,『시문학』, 1975. 6; 이봉구,「내가 알던 박인환」,『신시학』,

1956. 5; 김규동, 「소설 김수영」, 김명인 · 임홍배 편, 『살아있는 김수영』, 창비, 2005.

2. 유종호의 다음의 글에서도 1950년대 김수영의 위상을 나타내 주는 대목을 발견할 수 있다. "그 당시(1950년대: 필자)만 하더라도 김수영을 인정해 주는 사람은 없었습니다. 비평이나 시평을 쓰는 사람들 쪽에서 김수영에 대해 인정해 준 것은 거의 없었고 아마 제가 거의 처음이었을 겁니다." 유종호, 이남호 대담, 「1950년대와 현대문학의 형성」, 강진호 · 이상갑 · 채호석 편, 위의 책, 110쪽. 유종호는 같은 글에서 1950년대 모더니스트들 중에서 그나마 인정할 수 있었던 사람들은 김수영이나 전봉건, 박인환 등이었다고 말하고 있다.

3. 한기는 "짝패란 서로 욕망하면서 경쟁하고, 경쟁하면서 욕망하는 쌍둥이와 같은 관계"라는 르네 지라르의 개념을 끌어와 김수영과 박인환을 "우리 현대시사에서 아름다운, 혹은 괴물 같은 짝패"라고 부른다. 한기, 「박인환과 김수영, 혹은 문학사적 짝패의 초기 동행여정」, 『살아있는 김수영』, 창작과비평사, 2005, 276쪽.

4. 김수영, 「박인환」, 『김수영 전집 2 ─ 산문』, 개정판, 민음사, 2003, 98-9쪽. 이하 이 책은 『전집 2』로 표기하기로 한다.

5. 김수영, 「마리서사」, 『전집 2』, 106쪽.

6. 이 점에 대해서는 필자의 다음의 글을 참고할 수 있다. 졸고, 「김수영 시의 방법론」, 『김수영 정신분석으로 읽기』, 월인, 2002, 217-33쪽.

7. 다음은 김수영이 '난해시'에 대해 언급한 글들이다.

① 난해시의 논의의 궁극적인 귀결은 난해시가 나쁘다는 것이 아니라 난해시처럼 꾸며 쓰는 것이 나쁘다는 것이다. 말을 바꾸어 하자면, 좀 시니컬하게 들릴지 모르지만 우리 시단에 가장 필요한 것이 진정한 난해시이다(「시월평」, 『전집 2』, 280쪽).

② 우리의 생활현실이 담겨있느냐 아니냐의 기준도, 진정한 난해시냐 가짜 난해시냐의 기준도 이 새로움이 있느냐 없느냐에서 결정되는 것이다(김수영, 「생활현실과 시」, 『전집 2』, 264쪽).

8. 김수영, 「참여시의 정리 ─ 1960년대의 시인을 중심으로」, 『전집 2』, 386쪽.

9. 김수영, 「마리서사」, 『전집 2』, 108쪽.

10. 위의 글, 107쪽.

11. "인환의 최면술의 스승은 따로 있었다. 박일영이라는 화명을 가진 초현실주의 화가였다. 그때 우리들은 그를 복쌍이라는 일제시대의 호칭을 그대로 부르고 있었다.

복쌍은 싸인보드나 포스터를 그려주는 것이 본업이었는데 어떻게 해서 인환이하고 알게 되었는지 몰라도, 쓰메에리를 입은 인환을 브로드웨이의 신사로 만들어준 것도 콕토와 자꼬브와 동향청아(東鄕靑兒)의 〈가스빠들의 입술〉과 브르통의 〈초현실주의 선언〉과 트리스탄 짜라를 교수하면서 그를 전위 시인으로 꾸며낸 것도…… 파운드도 엘리어트도 이렇게 친절하게 가르쳐 주지는 않았을 것이다." 위의 글, 105쪽.

12. 정구향, 「1950년대 모더니즘 시연구」, 정창범 편, 『전후시대 우리문학의 새로운 인식』, 박이정, 1977, 77쪽.

13. 위의 글, 78쪽.

14. 김수영, 「연극하다가 시로 전향」, 『전집 2』, 332-3쪽.

15. 위의 글, 333쪽.

16. 김경린·한수영 대담, 「현대성의 경험과 모더니즘」, 강진호·이상갑·채호석 편, 앞의 책, 29쪽.

17. 김수영, 「연극하다가 시로 전향」, 『전집 2』, 333쪽.

18. 한기, 앞의 글, 288쪽.

19. 김수영, 「박인환」, 『전집 2』, 98쪽.

20. 박인환, 『목마와 숙녀』, 미래사, 1991, 52-53쪽.

21. 김수영, 「연극하다가 시로 전향」, 『전집 2』, 332쪽.

22. 위의 글, 332-3쪽.

23. 위의 글, 333쪽.

24. 위의 글, 335-6쪽.

25. 김수영, 「나의 연애시」, 『전집 2』, 133-4쪽.

26. 김수영, 「연극하다가 시로 전향」, 『전집 2』, 336쪽.

27. 『달나라의 장난』 후기는 다음과 같이 되어 있다. "1948년부터 1959년에 이르기까지의 여러 잡지와 신문 등속에 발표되었던 것을 추려 모아놓은 것이다. ……특히 『민경』지에 실린 「거리」와 『민생보』에 실린 「꽃」은 이 안에 묶어두고 싶었지만 지금은 양지가 다 구할 길이 없다.//목차는 대체로 제작 역순으로 되어 있다.//1959년 11월 10일."

28. 남진우, 『미적 근대성과 순간의 시학』, 소명출판, 2001, 72쪽.

29. 이 시를 『김수영 전집 1 시』에서는 「아메리카 타임 지(誌)」로 표기하고 있고, 『김수영 전집 2 산문』에서는 「아메리칸 타임지」로 표기하고 있다. 이 글에서는 인용

할 경우에는 전집의 표기를 따랐고 필자의 설명일 경우에는 「아메리카 타임지」로 표
기하였다.

30. 유종호, 「어려운 시와 고통의 언어」, 『문학이란 무엇인가』, 민음사, 1994, 145
쪽. 유종호는, 이 시에 "와사의 정치가"란 말이 두 번이나 나오는데 이것이 무슨 뜻인
지를 검토하는 것조차 부질없는 것이라고 한다.

31. 오세영, 「김수영론」, 『현대시』 2005년 2월호. 41-2쪽.

32. 한기는 "전체적으로 난해한 면모를 보여주는 이 시 속에서 이 시기 벌써 김수
영의 세계의식에 '아메리카'가 자리잡고 있었음을 알 수 있다"고 한다. 그리고 '활
자'와 '정치가'를 언급한다는 점에서 그의 높은 사회의식, 문화의식이 바야흐로 내
면적인 잉태를 준비하는 단계에 들어서 있었으며, 그렇지만 전체적으로 난해시의 면
모를 띠어 쉽게 알아보기 어려운 양상을 띠고 있다는 것은 이 시기 그의 암중모색하
는 내면의식을 반영하는 것이라 할 수 있다고 하였다. 한기, 앞의 글, 302쪽.

33. 김수영, 「마리서사」, 『전집 2』, 106쪽.

34. 김수영, 「연극하다가 시로 전향」, 『전집 2』, 334-5쪽.

35. 이홍섭, 「박인환, '검은 신'에 담긴 진정성」, 『시인세계』, 2005, 겨울, 82쪽.

8. 박인환 시의 정신분석적 접근 ― '죽음'과 '여성'의 문제

1. 장승엽, 「박인환의 본질과 한계」, 『한국문학논총』, 제5집, 1982. 장승엽의 분석
에 의하면 울음 · 눈물과 관련된 시어가 50여 회, 불안 · 불행 등이 45회, 고독 · 고립
등이 55회, 회색 · 검은색 등 어두운 색채어가 60여 회, 파괴 · 폐허 등이 35회 나타난
다고 한다.

2. 윤정룡, 『전후시의 미로』, 도서출판 호민, 2000, 93쪽.

3. 문혜원, 『한국 현대시와 모더니즘』, 신구문화사, 1996, 63쪽.

4. 정신재, 「박인환론 ― 죽음 컴플렉스를 중심으로」, 『한국현대시인연구』, 푸른사
상, 2001, 272-8쪽.

5. 김은영, 「1950년대 모더니즘 시 연구」, 창원대 박사학위 논문, 2000, 110쪽.

6. 김영주, 「한국 전후시의 죽음의식 연구」, 숙대 박사학위 논문, 1999.

7. 김재홍, 『현대시와 열린 정신』, 종로서적, 1987, 60쪽.

8. 프로이트는 죽음 욕동을 성적 욕동과 대립되는 것으로 보았지만 라캉은 이 죽음 욕동이 분리된 욕동이 아니라 모든 욕동의 한 측면이라고 주장한다(Dylan Evans, *An Introductory Dictionary of Lacanian Psychoanalysis*, London and New York: Routledge, 1996, p. 33). 라캉은 죽음의 역할을 이론화하면서 헤겔과 하이데거의 철학 체계를 끌어들였다. 헤겔로부터는 죽음이 인간의 자유와 '절대적 주인absolute Master'을 구성하는 것이라는 관념을 받아들였다. '죽음'은 주인과 노예라는 헤겔의 변증법에서 결정적 역할을 하는데, 거기에서 주인은 오로지 죽음에 대한 욕망에 의해 다른 사람과 자신을 구별하기 때문에 죽음은 욕망과 밀접하게 관련되어 있다(위의 책, 32쪽).

9. 프로이트, 박찬부 역, 『쾌락원칙을 넘어서』, 열린책들, 1997, 131쪽.

10. 위의 책, 63쪽.

11. 허금주, 「박인환 시에 나타난 죽음의식 연구」, 『한국언어문화』 제19집, 한국언어문화학회, 2001, 203쪽.

12. Dylan Evans, 앞의 책, 48쪽.

13. 이 시는 "순백한 결혼식," "청순한 아내"라는 단어가 주는 느낌 때문에, "소시민적 행복에의 갈망과 〈절망과 기아의 행렬〉로 대표되는 시대의 폭풍이 그것을 허용치 않는다는 의식 사이에서 찢겨 있는 시인의 정신세계"(이동하, 『박인환』, 문학세계사, 1993, 213쪽)를 보여 주는 시로 이해되고 있다. 그러나 정신분석적으로 볼 때 결혼과 사망, 신방과 무덤은 이상하게도 동일시되어 나타난다(C. G. Jung, & C. Kereny, *Essays on a Science of Mythology*, Princeton University Press, 1973, p. 129). 이 시는 물론이거니와 박인환 시에서 '신부新婦'가 등장하는 경우, 그것이 '결혼'을 상징한다기보다는 '죽음'을 의미하는 것으로 이해되어야 하는 경우가 많다.

14. 이 시와 더불어 다음의 시 「무도회」는 '죽음 지향'과 더불어 '시체 애호'의 양상을 보인다는 점에서도 주목할 만한 시라고 생각된다. "煙氣와 女子들 틈에 끼어/나는 舞踏會에 나갔다.//밤이 새도록 나는 狂亂의 춤을 추었다./어떤 屍體를 안고./…(중략)…/새벽에 돌아가는 길 나는 내 親友가/戰死한 通知를 받았다."(「舞踏會」 부분).

15. 이 시뿐 아니라 박인환 시에 등장하는 '신'들은 여성 이미지로 이해된다. 「미래의 창부」가 "새로운 신에게"라는 부제를 달고 있는 것도 이러한 사실을 반증한다.

이 시에서 "창부"는 "향기 짙은 젖가슴을/총알로 구멍 내고/암흑의 지도 고절된 치마 끝을/피와 눈물로/최후의 생명으로" 이끄는 존재로 형상화되고 있는데, 화자의 "너의 목표는 나의 무덤인가"라는 진술은 이 "창부"가 화자를 "무덤," 즉 죽음으로 이끄는 존재라는 점을 암시하고 있다. 「永遠한 日曜日」에서는 "날개없는 女神이 죽어 버린 아침/나는 暴風에 싸여/주검의 日曜日을 올라 간다"고 하여 죽은 여신(여성)과 살아 있는 나의 모습을 보여 주고 있다. 「검은 신이여」의 신은 화자에게 "슬픔 대신에" "죽음을" 줄 수 있으며 "인간을 대신하여 세상을 풍설로 뒤덮"을 수 있는 존재라는 측면에서 다른 시들의 여신 이미지와 일치한다고 하겠다.

16. S. Freud, James Starchey et., trans, SE, vol. 21, London: The Hogarth Press, 1975, p. 120.

17. 라캉은 실재적 어머니real mother, 상징적 어머니symbolic mother, 상상적 어머니imaginary mother를 구별하는 것이 중요하다고 한다. 어머니는 실재계에서 유아를 돌보는 최초의 사람으로 자신을 드러낸다. 아이는 자신의 욕구를 드러낼 수 없다. 따라서 자신을 돌봐 주는 하나의 대타자에게 전적으로 의존할 수밖에 없다. 어머니는 무엇보다도 상징적이다. 어머니는 주체의 요구를 좌절시킬 때만 실재적이 된다 (Dylan Evans, 앞의 책, 118-9쪽).

18. 위의 책, 119쪽.

19. 위의 책, 92쪽.

20. S. Freud, James Starchey et., trans, SE, vol. 5, London: The Hogarth Press, 1975, p. 335.

21. Dylan Evans, 앞의 책, 117쪽.

9. 박인환 해방기 시의 현실 인식

1. 이주형, 「박인환 시고」, 이동하 편저, 『박인환』, 문학세계사, 1993, 26쪽.

2. 한계전, 「한국 전후시에 있어서 모더니즘적 특성과 그 가능성」, 『시와시학』, 1991년 여름, 405쪽.

3. 이동하, 앞의 책, 26쪽.

4. 박민수, 『한국현대시의 리얼리즘과 모더니즘』, 국학자료원, 1996, 202쪽.

5. 김영철, 『한국 현대시의 좌표』, 건국대 출판부, 2000, 39쪽. 박민수는 박인환이 "현실주의와 순수 문학주의의 양면성을 지닌 시적 성향을 보이며 출발"하고 있다고 했다(박민수, 앞의 책, 205쪽).

6. 유종호, 『다시 읽는 한국 시인』, 문학동네, 2002.

7. 조병화, 「나를 부르는 소리」, 『박인환전집』, 문학세계사, 1986, 225쪽. 조병화는 〈후반기〉 동인을 "좌익계의 문인들도 아니며, 우익계의 문인도 아닌" "도시적이며, 감각적이며, 코스모폴리탄적인 지성의 보헤미언들"이라고 평한 바 있다.

8. 김은영, 「1950년대 모더니즘시 연구 ─ 후반기 동인을 중심으로」, 창원대 박사학위 논문, 2000, 101쪽.

9. 김은영, 위의 글, 90쪽.

10. 김영철, 앞의 책, 394쪽.

11. 박윤우, 위의 책, 51쪽.

12. 마루야마 마사오, 김석근 역, 『현대정치의 사상과 행동』, 한길사, 1997, 329쪽.

13. 김승환, 「21세기 한국 민족문학과 세계체제」, 『비평과 전망』 7, 2003년 하반기, 233쪽.

14. 박윤우, 『한국 현대시와 비평정신』, 국학자료원, 1999, 50쪽.

10. 박인환 시 〈아메리카 시초〉에 대하여

1. 박민수는 박인환의 시를 네 단계로 나눈다. 초기(전쟁 이전)의 시, 전후의 시, 미국 여행 시기의 시, 말기의 시가 그것이다(박민수, 『한국현대시의 리얼리즘과 모더니즘』, 국학자료원, 1996, 212쪽). 김은영은 초기시, 중기시, 말기시의 세 가지로 나누는데, 말기시에 해당하는 것이 바로 미국 여행시에서부터이다(김은영, 「1950년대 모더니즘시 연구 ─〈후반기〉 동인을 중심으로」, 창원대 박사학위 논문, 2000, 89쪽).

2. 김영철, 『박인환』, 건국대학교출판부, 2000, 188쪽. 김영철은 박인환 연구에 있어 가장 많은 성과를 낸 연구자 중의 한 사람이라고 생각된다. 이 책과 더불어 「박인환의 현실주의 시」도 박인환의 시를 "모더니즘의 자로만 평가하려는 경향"에 이의를

제기하고 모더니즘 이면에 있는 "암울한 리얼리즘의 시세계"가 있다는 점을 설득력 있게 분석한 글이라는 점에서 주목을 끈다(김영철, 「박인환의 현실주의 시」, 『한국 현대시의 좌표』, 건국대학교출판부, 2000). 그러나 두 논문 모두에서 〈아메리카 시초〉에 대해서는 자세히 언급하지 않고 있다.

3. 이건청, 「박인환과 모더니즘적 추구」, 『한국현대시사연구』, 일지사, 1983, 625 쪽.

4. 윤정룡, 『전후시의 미로』, 도서출판 호민, 2000, 86쪽.

5. 〈아메리카 시초〉에 대해 가장 먼저 주목한 사람은 김광균이 아닌가 한다. 그는 "나는 박인환의 작품 속에선 이 합동 시집의 것보다 대한해운공사의 사무장이란 가칭으로 승선하여 미국을 다녀와 쓴 〈아메리카 시초〉의 것을 들고 싶다./격정하는 고독한 동양 청년이 찾아가 발견한 미국은 우리 시에 보지 못하던 것이었다./박인환의 시는 그 후에도 이 길로 지향하는 것이 옳았을 것 같다. 그러나 그것은 이내 개화하지 못하였다"고 하였다(김광균, 「마리서사 주변」, 김영철, 『박인환』, 앞의 책, 142쪽). 그러나 이 글은 본격적인 연구가 아니고 일종의 회고록이다.

6. 박윤우, 『한국현대시와 비판정신』, 국학자료원, 1999, 66쪽.

7. 위의 책, 같은 곳.

8. 양애경, 「50년대 모더니즘 시의 미적 구조」, 『한국퇴폐적낭만주의시연구』, 국학자료원, 360-1쪽.

9. 김은영, 「1950년대 모더니즘시 연구 ─〈후반기〉동인을 중심으로」, 창원대 박사학위 논문, 2000, 138쪽.

10. 위의 글, 136쪽.

11. 박민수, 앞의 책, 213쪽.

12. 위의 책, 같은 곳.

13. 박인환, 『선시집』, 1955, 산호장.

14. 『선시집』을 낼 당시에는 〈아메리카 시초〉에 11편의 시가 실려 있었으나 1976년에 간행된 『목마와 숙녀』에는 「이국 항구」가 한 편 더 추가되었다. 본고는 12편의 시 모두를 대상으로 한다.

15. 〈아메리카 시초〉를 쓸 당시, 더 정확히는 박인환이 대한해운공사에서 화물선 '남해호'의 사무장을 위촉받아 미국에 가게 될 당시의 상황은 박인환이 미국 여행을 마치고 돌아와 『조선일보』에 쓴 다음의 글에 잘 나타나 있다.

"솔직한말로서 나는 아무計劃도期待도없이「南海號」라는 배로떠났다 詩를쓴다는 것이나 映畫評論을한다는일이 이나라에서는 生活的인職業이 되지못하여 나는大韓海運公社의 그늘진冊床옆을 몇개월간을나갔다 勿論 固定된收入도없이 漠然히 生活은 어떻게되겠지하며 親友들이말리는것도 뿌리치고 月給의날을 기다렸다 그러한 어느 날 별로 일같은일도하고있지않던나에게 배를타고 아메리카를 한번 가보는것이어떠 냐는社長의말이 떨어졌다 꿈같은일이라고하기에는 너무도우스운일이었다

모든일을 善意로 解釋하자는 것이 나의 今年에 들어서의 信條였다 會社에 하루종 일 나가있는댔자 神通한일도 없고 暫時나마 이곳을 벗어나는것은 별로 不快한일은 아니다 그러면 떠나자 여기저기서 빚을 얻어가지고 몇푼의美貨로 바꾸고 三日後인 三月五日에는 釜山港과作別을했다 그翌日인 六日에는 日本 神戶港에 寄港 九日夜半 에 내가탄배는 태평양으로나갔다

十四日間을 孤獨과 風浪과싸우며 나는나로서 二十二日아침에「워싱톤」州의 首俯 인「올림피아」의 거리를 바라다 볼수가있었다 어찌된셈인지 어떤目的인지 나도 모르 는 사이에 아메리카에 오고 배의 한人員이된 義務로서 그후寄港한「타코마」「에베레 트」「아나코데스」「크로에ㄴ제르」과 그附近의都市 村落十餘個所를 求景했다 交通費 가 비싸서 먼곳은 갈수도 없고 細部에걸쳐 觀察한다는것은 내自身이避하고 말았다" (박인환,「19일간의 아메리카 1」,『조선일보』, 1955년 5월 13일).

16. 박인환,「19일간의 아메리카 1」,『조선일보』, 1955. 5. 13.

17. 우리나라의 경우, '민족'과 '국가'는 구별 없이 쓰이는 경우가 많다. 임지현은 "국가가 없다는 것이 집단적 삶의 정상적 조건이었던 식민지의 비정상적 역사 상황 속에서 민족은 사실상 국가의 공백을 채워주는 실체이자 신화였다"고 한다(임지헌, 『민족주의는 반역이다』, 소나무, 1999, 350쪽). 그는 20세기 한반도의 담론 체계에서 민족이 국가를 대체한 것은 당연한 것이라고 본다(같은 책, 5쪽).

18. 베네딕트 앤더슨, 윤형숙 역,『상상의 공동체』, 나남출판, 2002, 187쪽.

19. 마루야마 마사오는 아시아의 민족주의는 유럽의 그것에 비해 사회 운동의 성 격이 강하다면서 "제국주의에 대한 반항, 빈곤에 대한 반항, 서양에 대한 반항"이라 는 세 가지 반항이 섞여 있다고 하였다. 마루야마 마사오,『현대정치의 사상과 행동』, 한길사, 1997, 329쪽.

20. 박인환,『조선일보』, 1955. 10. 17.

11. 김종삼 시의 공간 — 집 · 학교 · 병원에 대하여

1. 권명옥 편의『김종삼 전집』(나남, 2005)에 따르면 김종삼은 산문도 단 5편을 남겼을 뿐이다.

2. 황동규,「잔상의 미학」, 장석주 편,『김종삼 전집』, 청하, 1988, 254쪽.

3. 이숭원,「김종삼 시에 나타난 죽음과 삶」,『현대시와 삶의 지평』, 시와시학사, 1993, 110쪽.

4. 이숭원,「김종삼 시의 내면구조」,『근대시의 내면구조』, 새문사, 1988, 191쪽.

5. 이경수,「부정의 시학」, 장석주 편, 앞의 책, 268쪽.

6. 김주연,「비세속적 시」, 장석주 편, 위의 책 ; 김준오,「완전주의, 그 절제의 미학」,『김종삼 시선』, 미래사, 1991.

7. 황동규,「잔상의 미학」, 장석주 편, 앞의 책.

8. 류명심,「김종삼 시 연구 — 담화체계 및 은유를 중심으로」, 동아대 박사학위 논문, 1998.

9. 한이각,「김종삼시연구」, 서울여대 박사학위 논문, 1995.

10. 김현,「김종삼을 찾아서」, 장석주 편, 앞의 책.

11. 황동규, 앞의 글 ; 이경수, 앞의 책.

12. 장석주,「한 미학주의자의 상상세계」, 장석주 편, 앞의 책 ; 김시태,「언어의 고독한 축제」, 김용직 외,『한국현대시연구』, 민음사, 1989 ; 이숭원,「김종삼 시의 내면구조」, 위의 책.

13. 이숭원,「김종삼 시에 나타난 죽음과 삶」, 위의 책 ; 오형엽,「풍경의 배움과 존재의 감춤 — 김종삼론」,『한국근대시와 시론의 구조적 연구』, 태학사, 1999.

14. 한이각, 앞의 글.

15. 정상균,『한국최근시문학사』, 아세아문화사, 2000 ; 송경호,「김종삼론: 희생과 속죄양 의식」,『전농어문연구』제12집, 서울시립대 국문과, 2000.

16. 심수연, 앞의 글.

17. 장석주, 앞의 글.

18. 이숭원은 김종삼의 시가 인간 부재의 시로 오인된 이유가 그의 시에 내재되어 있는 의미의 암시성, 이미지의 연상성 때문이라고 지적한다(이숭원,「김종삼 시에 나

타난 죽음과 삶」, 앞의 책, 120-3쪽).

19. 정상균, 앞의 글, 136쪽.

20. 위의 글, 88-96쪽. 정상균의 이러한 지적은 이숭원이 김종삼 시의 근간을 이루는 작시 원리를 "明暗의 교차, 動과 不動의 교차"(이숭원, 「김종삼 시의 내면구조」, 앞의 글, 194쪽)로 파악한 것과는 다른 맥락에서 이루어진 것이지만, 이숭원과 마찬가지로 김종삼 시의 원리를 대극적인 정서를 병치시키는 것에 두고 있다는 점에서 주목된다.

21. 이승훈이 김종삼 시의 상상력을 지배하는 주요 이미지로 물과 돌을 지적하고 여기에 대해 분석한 바 있지만, 그의 시에 나타나는 공간들, 특히 집·학교·병원이 의미하는 바에 대해 깊이 있게 탐구한 글은 찾아보기 어렵다(이승훈, 「평화의 시학」, 장석주 편, 앞의 책).

22. Erich Neumann, Ralph Manheim tr., *The Great Mother*, Princeton Univ. Press, 1972, 283쪽.

23. 이승훈 편, 『문학상징사전』, 고려원, 1995, 279쪽.

24. 이숭원, 「김종삼 시에 나타난 죽음과 삶」, 앞의 책, 120쪽.

25. 특히 「民間人」은 김종삼에게 제2회 현대시학 작품상을 수상케 한 작품으로 우리 민족사의 비극인 전쟁과 분단의 문제를 예리하게 그려내고 있다. 필자가 이 글에서 얘기하고 있는 '죽음'과 「掌篇·1」, 「민간인」, 「서부의 여인」 등의 작품에 나타나는 '죽음'이 어떻게 다른지 비교하기 쉽게 「민간인」 전문을 인용해 둔다. "1947년 봄/深夜/黃海道 海州의 바다/以南과 以北의 境界線 용당浦//사공은 조심 조심 노를 저어가고 있었다./울음을 터트린 한 嬰兒를 삼킨 곳./스무 몇 해나 지나서도 누구나 그 水深을 모른다."

26. 김준오, 앞의 글, 144쪽.

27. 김시태, 앞의 글, 349쪽.

28. 음악, 미술, 시를 강의하는 사람들의 강의를 들으려고 시인이 모이는 공간이 '예술가학교'가 아니고 '시인학교'인 이유도 생각해 볼 필요가 있겠다. 여기서 '시인'이란 김종삼이 「누군가 나에게 물었다」라는 시에서 보여 준 넓은 의미에서의 시인이라고 보아야 할 것이다. 이 시에서 김종삼은 "엄청난 고생 되어도/순하고 명랑하고 맘 좋고 인정이/있으므로 슬기롭게 사는 사람들이/그런 사람들이/이 세상에서 알파이고/고귀한 인류이고/영원한 광명이고/다름아닌 시인"이라고 말하고 있다.

29. 강석경의 「문명의 배에서 침몰하는 토끼」(장석주 편, 앞의 책)는 간략한 김종삼 평전 같은 느낌을 주는데, 이 글의 287-8쪽에서 김종삼의 '술병'에 대해 기록하고 있다.

30. 김종삼은 「부활절」, 「마음의 울타리」, 「무슨 요일일까」, 「돌각담」, 「고향」 등의 시에서 기독교적 이미지를 많이 사용하고 있다. 따라서 이 시에서의 "양떼를 몰고가는 소년"을 예수의 이미지로 보는 것은 타당하다고 생각된다. 특히 이 시에서의 '나'가 죽을 때의 모습은 시 「고향」에서의 예수가 죽을 때의 모습과 유사한 이미지를 보여 주고 있다.

31. 신약성서의 「요한 복음」 10장 11-16절을 참고하시오.

32. 정상균, 앞의 글, 126-33쪽.

찾아보기

인명

시 작품